武蔵野燃ゆ◉目次

装　丁　　古川勝紀
企画・編集協力　遊子堂

刊行によせて

比企総合研究センター代表　髙島　敏明

武蔵武士を評した人口に膾炙（かいしゃ）した言葉がある。曰く、「関八州は天下に敵し、武蔵の兵は関八州を制す」。この武蔵武士の生き様、悲哀、美学、それを支えた女達の複雑な想念、そして間奏曲の如く武蔵の武士（もののふ）と姫たちとの淡い恋心を綴ったのが本書であろう。

ところで、本書刊行の契機となったのは齊藤喜久江、齊藤和枝著『比企遠宗の館跡』（まつやま書房二〇一〇年一〇月五日発行）を目にしたからである。同著は比企家の末裔として、同家の八〇〇年にも及ぶ口伝、伝承を集大成したものであった。詳細は同著に譲るが源頼朝乳母比企遠宗夫妻は鎌倉を坂東支配の拠点とする源義朝の命を受けて川田谷(現桶川市)から和泉(現比企郡滑川町)に館を構えたという。通称三門（みかど）館であり、その遺蹟は現存している。遠宗が川田谷から移構した勅願院泉福寺には定朝様式の金色眩い阿弥陀如来が今なお伝えられている。戦前は国宝であり、戦後は重要文化財になっている。

当時、義朝と多胡（群馬県）から進出してきた弟の義賢は北武蔵の覇権を巡って激しく争っていた。三門館は義賢打倒の最前線に位置する。義賢の居館、大蔵館とは指呼の間、五キロほどである。そして、義朝側と義賢勢が干戈（かんか）を交えた大蔵合戦（一一五五年）は武蔵武士のヒーローが全員集合した観があった。

因みに義朝の長男悪源太義平は正代館（東松山市高坂）から叔父の義賢を襲い、殺害した。武蔵国留守所惣検校職を巡って秩父平氏は骨肉の争いを展開していた。これが大蔵合戦の背景にある。畠山重能（重忠の父）は叔父の重隆（後の河越氏祖）を討った。そして幡羅郡長井庄の斎藤別当実盛は義朝に与した。齊藤氏の同著によれば頼朝乳母比企禅尼（遠宗夫人）は実盛の妹であるという。敗れた義賢の遺児駒王丸は畠山重能、斎藤実盛の手によって乳母夫中原兼遠を頼って木曽谷に落ちのびた。後の旭将軍木曽義仲である。蛇足であるが三年に一度斎行される萩日吉神社（比企郡ときがわ町）の流鏑馬は義仲を供養したものであり、大蔵館跡は大蔵神社として祀られている（比企郡嵐山町）。又、比企郡滑川町福田の浅間神社は義賢の遺臣が義賢の霊を祀ったものである。

大蔵合戦は一般的には義朝、義賢兄弟による北武蔵争奪の局地戦と考えられているが一知半解というべきだろう。摂関家など中央勢力が相方をバックアップしていたのである。悪左府藤原頼長と義賢との男色関係は夙に著名である。大蔵合戦は翌年（一一五六）帝都で勃発した保元の乱の前哨戦、代理戦争と考えるべきものである。天皇側、上皇側と朝廷勢力をも二分した保元の乱によって武家貴族ともいうべき源平二氏が歴史の表舞台に登場した。大蔵合戦の火の粉は帝都に飛び火、帝都を炎上したのである。長らく続いた平安の世の終焉であった。そして、勝者平清盛の率いる平氏と源義朝の率いる源氏はその三年後に雌雄を決することになる。平治の乱（一一五九年）がそれである。頼朝はこの平治の乱に敗れた義朝の嫡男である。清盛継母の池禅尼の必死の助命嘆願によって頼朝は一命を取りとめ伊豆の蛭ヶ小島に流されたわけである。そして、この流人頼朝を二十年の長きにわたって物心ともに支援し続けたのが乳母の比企禅尼を筆頭とする比企一族であったわけである。私は平安末期に展開した当地方での大蔵合戦、そして帝都での保元の乱、平治の乱、頼朝流罪と郷土の比企氏を中心に大まかなストーリーを描くことが可能だと考えた。そこで旧知の女流作家篠綾子先生に本書となる歴史小説の執筆を依頼したのであった。

ここで私事になるが二、三思い出を語らせて頂きたい。私は郷土の歴史に埋もれた比企一族の発掘、顕彰こそ当地方覚醒の狼煙になるという信念・直覚から比企一族をテーマとした郷土史劇を構想した。ついては、私の東京での勉強会「社会人大学文明論講座」（昨年十一月三十周年を機に閉講）の仲間、畏友である劇作家の湯山浩二氏（昭和五十八年度文化庁舞台芸術創作奨励特別賞受賞）に脚本の制作を依頼し、当地方を案内させて頂いたわけである。同氏は当地方の歴史遺産に瞠目（どうもく）され、「何故今まで誰も手をつけていないのかなぁ」と嘆息されたのであった。同氏の作品、演劇「滅びざるもの」は私どもがお預かりしていた東松山松葉町郵便局開局十周年の記念事業として平成五年当市の文化会館で上演されたわけである。そして、翌年の平成六年日本歩け歩け協会（現日本ウオーキング協会）発足三十周年の記念公演として東京の日比谷公会堂で再演されたのであった。同劇はその後も平成八年、平成十二年と計四回上演されている。集客数延七〇〇〇名余になろうか。定員四名の特定郵便局（当時）が仕掛けたイベントとしては空前絶後であろう。同局のイベントを誌した碑が六〇〇名余の浄財を得て比企氏ゆかりの扇谷山宗悟寺（東松山市大谷）境内に建立された。「比企一族顕彰碑」がそれである。同碑は当地方が比企氏の地であることを内外に示す金字塔であるといえよう。

さらに時代を遡及する。今から三十余年前のことになろう。郷土の師父と敬慕する関根茂章先生（五期嵐山町町長、県教育委員長、初代名誉町民、故人。拙著『日本文明論と地域主義』で同氏を紹介）と郷土の歴史を語った折りに「郷土の生んだ歴史上の人物、英雄である畠山重忠や木曽義仲を主人公とする小説を誰か書いてくれないかな」と言われたことがある。郷土の歴史を多くの地元住民に知らしめ、後世に伝えていきたいという熱き想いがあったからであろう。私も賛意を表したが徒らに歳月が流れてしまった。しかし、今度篠綾子先生によって年来の想いが実現したわけであり、誠に感慨深いものがある。ただ関根先生との対話の中で比企氏のことは語られなかった。比企氏の存在が地元民の口の端にのぼるようになったのは平成五年の演劇「滅びざるもの」以来である。

私は何故か郷土の名族比企氏に縁があったようである。私は演劇「滅びざるもの」の上演、比企一族顕彰碑の建立、『甦る比企一族』の発行、比企能員息女で二代将軍頼家夫人の若狭局を創作日本舞踊「若狭」で表現した。又、地酒「比企三姫」を自局商品として開発した。因みに丹後局（比企禅尼長女、島津家初代忠久生母）、姫ノ前（比企朝宗息女、絶世の美人で権威無双の官女）、若狭局である。この「比企三姫」は東松山市松葉町の「日の義」酒店で販売されている。さらに二〇〇二年の比企氏の八〇〇年遠忌に因んで映像「比企讃歌」を企画、制作した（二〇〇本ダビング）。これらは巻末の比企総合研究センターのホームページで見ることができる。そして、今回の小説の刊行である。関根茂章先生の御高著『師父列傳』の跋文に次の一節がある。曰く、「真の郷土の振興は、先人の遺風業績を新たに掘り起こすことから始まる。過去を継承せずして健全な未来の創造はあり得ない。」私はこの関根先生のお言葉、信条を私なりに地で行ったのであろうか。

いずれにしても篠綾子先生の健筆によって郷土の名族、英雄が小説として甦った。比企地方の比企、畠山両氏、お隣りの河越氏、そして武蔵、相模へとそのスケールは大河ドラマにふさわしい内容となっている。本書『比企・畠山・河越氏の興亡　武蔵野燃ゆ』は私の期待に十二分応えたものであり、同先生の力作、渾身の書き下ろしである。私は改めて先生に深甚な謝意と敬意を表したい。そして、篠先生も又本県のご出身である。先生の中に潜む目には見えない土地の遺伝子、シェルドレイクの「形態共鳴論」のなせる技であったのだろうか。

最後に比企総合研究センターで小説を刊行するのは最初にして最後であろう。発売の労をとって下さった「まつやま書房」、本書表紙カバーとして演劇「滅びざるもの」のポスターを再度使用させて頂いた古川勝紀画伯に改めて謝意を表したい。本書は郷土史でもある。地域に生きる私どもの原点、ルーツはここにある。是非ご一読願いたい。

平成二十六年初夏

東松山市　陣屋亭記

武蔵野燃ゆ

比企・畠山・河越氏の興亡

【関係系図】

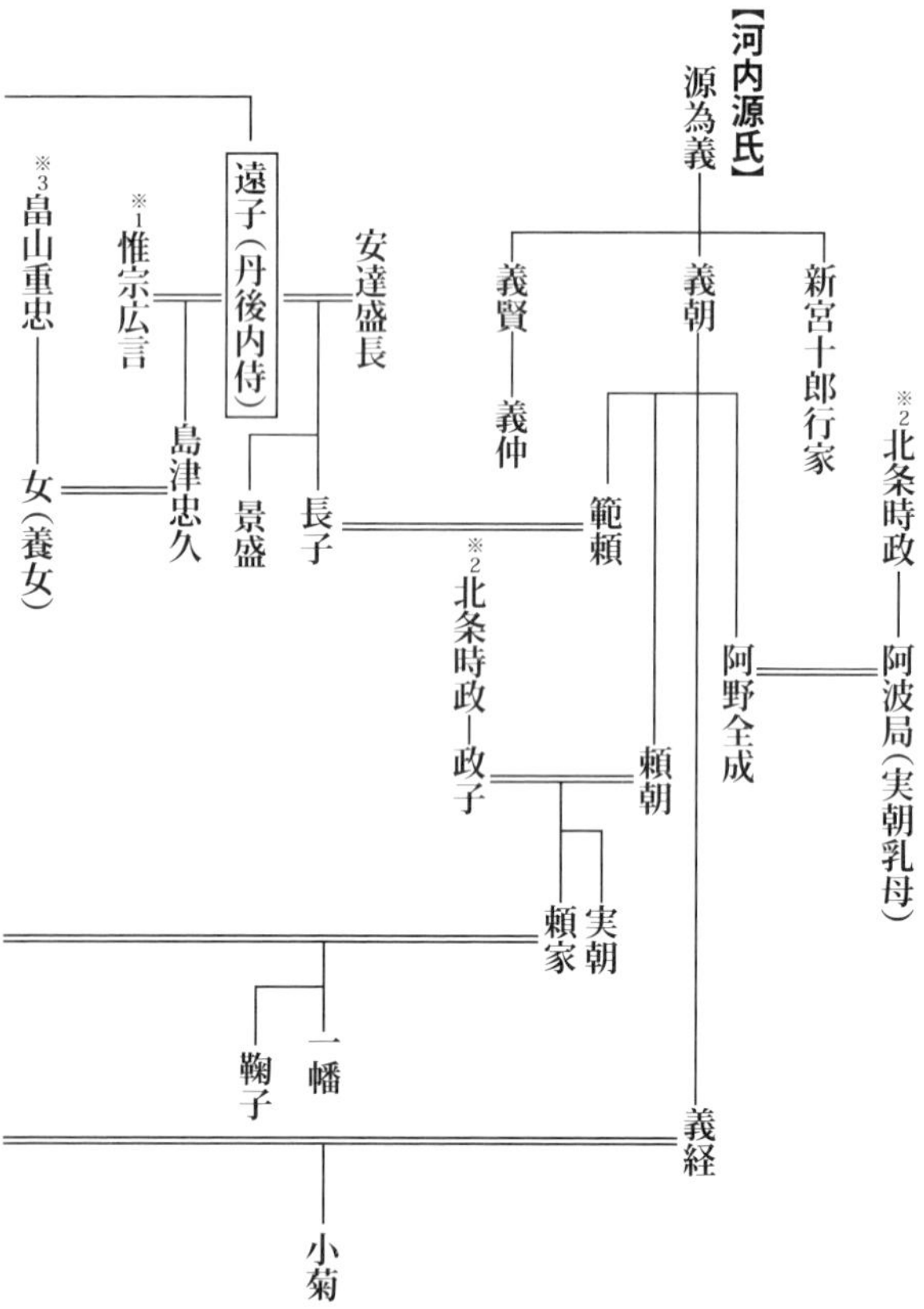
【河内源氏】
源為義
新宮十郎行家
義朝
義賢
義仲
※2北条時政
阿波局（実朝乳母）
阿野全成
範頼
頼朝
義経
※2北条時政
政子
実朝
頼家
安達盛長
長子
景盛
遠子（丹後内侍）
※1惟宗広言
島津忠久
※3畠山重忠
女（養女）
一幡
鞠子
小菊

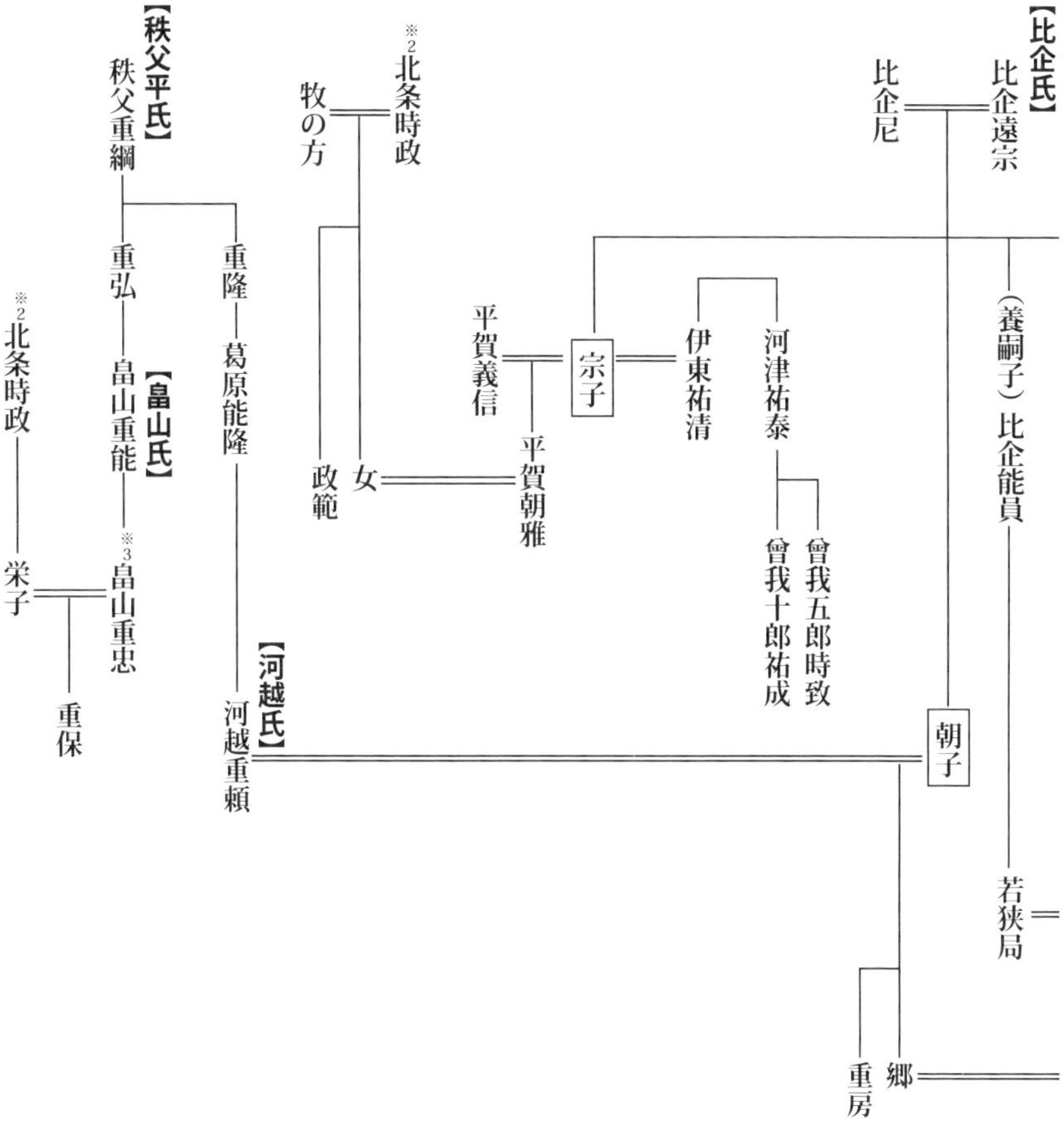

□ 比企三姉妹（比企尼の娘たち）
※1 忠久の父親について諸説あり

一陣の風がごうっという音を立てて、草地を吹きぬけてゆく。

青々とした草が一面に靡いた。それは荒々しく、躍動感にあふれる光景だった。

(そう、ここは都ではない)

と、比企尼は思った。

ここは、比企尼の故郷、武蔵野である。

見上げれば空は高く、遠くには秩父山地の山々が見える。

今から二年前の平治元（一一五九）年、比企尼の夫である比企掃部允遠宗は、主人である源義朝に従って、「平治の乱」を戦った。

その結果、源義朝は平家に敗れ、掃部允遠宗は領地のある武蔵国比企郡へ逃れてきた。

この時、比企尼が乳母として仕えていた義朝の子頼朝は、伊豆へ流罪となっている。

そして、二年が経ち、掃部允遠宗が亡くなった。

「いよいよ伊豆へお発ちになられるのですね、母上」

傍らに立つ娘の朝子が言う。

朝子は同じ武蔵国の豪族河越重頼に嫁ぎ、比企郡にほど近い河越庄に暮らしていた。が、比企尼が伊豆へ発ってしまえば、もうめったなことでは会えなくなろう。

「若君によろしくお伝えください」

朝子が切れ長の目を伏せて言った。

掃部允遠宗と比企尼には、三人の娘がいた。

長女の遠子（とおこ）は今も都に残り、宮中の女房として二条帝にお仕えしている。次女が朝子で、三女は宗子（むねこ）といった。

宗子は伊豆の豪族伊東祐清（すけきよ）に嫁いでいる。

三人とも、頼朝の乳母子であり、平治の乱までは一家で京に暮らしていたため、頼朝やその姉弟たちとも親しかった。

三姉妹の中で、いちばん美貌の際立っていた朝子を、頼朝は幼い頃、

「妻にします」

と、大真面目に言ったことがある。

それを聞いた三女の宗子は、

「あたしが、若君の妻になるのよー」

と言うなり、声を上げて泣き出してしまった。勝気な朝子は妹を慰めるでもなく、

「あきらめの悪い子ね。若君はわたしがいいとおっしゃったのに……」

と言い放ったものである。

だが、頼朝が最初に契りを結んだ相手は、長女の遠子のはずであった。朝子や宗子は今も、頼朝と姉の秘め事を知らないだろう。

比企尼もまた、見て見ぬふりをしてきたのだから――。

だが、それもすべて、遠い夢のような出来事であった。

伊豆の流人となった頼朝と、坂東豪族の妻となった娘たちとの間には、もはや埋まりようのないほど遠い隔たりがある。

(それでも、私だけは若君を捨てるわけにはいかぬ)

比企尼は武蔵国比企郡を出て、伊豆へ赴き、頼朝の世話をする決意を固めたのであった。

それは、ただひとえに頼朝のためというばかりではない。

(私はこの武士の世に、女子(おなご)の花を咲かせてみたい)

比企尼は心に強くそう思っていた。

遠い昔、比企尼の兄斎藤別当実盛(さねもり)が口にしたことがある。

「これからは武士の世になる。武士の世は男のものだ」と——。

それに対し、比企尼は言い返した。

「武士の世の半分は女のものにございます。私は女子として、その世に花を咲かせたい」

比企尼がまだ嫁ぎもせず、ましてや頼朝の乳母になる以前のことだ。

河内源氏の棟梁となる男子を育てることで、花を咲かせられると思った時もあった。だが、その養君はわずか十四歳で都を追われ、伊豆に流される身の上となってしまったのだ。

(されど、若君の人生はまだ終わってはいない)

そして、武士の世に花を咲かせたいという比企尼自身の人生も——。

（そなたも、己の花を咲かせよ）

との思いをこめて、比企尼は娘の朝子をじっと見つめた。

その傍らには、夫遠宗亡き後、比企家の家督を継ぐことになった養子の能員（よしかず）も立っている。能員に任せておけば、比企家のことはもう心配ない。

「では、行ってまいる」

比企尼は朝子や能員らに見送られて、武蔵国を発った。

馬上の人となってから、比企尼は一度振り返って、名残惜しい武蔵野の景色を目に焼き付けた。

なだらかに続く秩父の山、無限に続くかと見えるような曠野――。

海に面した伊豆国は、ここ武蔵野とはまったく違った光景なのであろう。

比企尼は食い入るように故郷の天地を見つめた後、首を前に戻すと、もう二度と振り返ることなく馬を進めさせた。

一章　以仁王の令旨

一

平治の乱からはや二十年余が経ち、時は治承(じしょう)四（一一八〇）年の春――。

源頼朝は伊豆の蛭(ひる)ヶ小島(こじま)へ流された後、この地で歳月を送り、すでに三十歳を越えている。今では、頼朝の監督および世話を任されていた伊豆の豪族北条氏の婿となっていた。

北条氏の当主は時政(ときまさ)という。

頼朝は、その長女政子(まさこ)と駆け落ち同然の結婚をしたのであった。

当初は流人の婿などとんでもないと、反対していた時政も、政子に子が生まれてしまうと、もはや承諾せざるを得なくなった。そして、頼朝と政子夫婦、それに生まれた娘は、そろって伊豆の北条館へ迎えられたのである。

頼朝の乳母である比企尼は、伊豆の長久寺（現、高源寺）近くに邸を構え、北条館にも出入りしていた。

武蔵国の比企館からは、尼の生活にかかる米や布を今も送ってきている。頼朝が北条家へ婿入りする以前は、頼朝の暮らしをこの比企一族が支えていた。

平治の乱で係累の多くを亡くした頼朝も、比企尼のことを一介の乳母というより、母も同然の者と口にしている。そのため、比企尼は北条館でも丁重に扱われていた。

「乳母殿の娘御たちは、達者ですか」

廂(ひさし)の間に腰を下ろした頼朝は、庭に揺れている辛夷(こぶし)の白い花を見やりながら、比企尼に尋ねた。

尼は頼朝の傍らに、ちょこんと座っている。

もともと小柄だった体が、老いていっそう小さくなってしまったようだ。ただ、時折見せる両眼の炯々(けいけい)とした鋭さだけは、昔と変わっていない。

「はあ。達者なのでございましょう。もう何年も会うてはおりませぬが……」

比企尼はとぼけたような顔つきで、返事をした。

京で丹後内侍(たんごのないし)と呼ばれ、二条院に仕えていた遠子は、そこで惟宗広言(これむねひろこと)の子を出産した。その後、東国へ下り、今は伊豆の豪族安達盛長(もりなが)と再婚している。

次女朝子は河越重頼の妻となって、すでに数人の子がおり、伊藤祐清に嫁いだ三女宗子にはまだ子がない。

「三人とも、ばらばらになってしまいましたな。私は一人くらい私の妻にもらえるものと、幼い頃は信じていたのですが……」

「それは、少しも存ぜぬことでござりました」

「私はしかと申し上げたはずです。朝子を気に入っていると――」

「あれは、戯言（ざれごと）と思うておりました」

「大人の耳に戯言と聞こえても、童子はそうではありません」

「では、まことに朝子と夫婦になりたかった、とでも――」

「いや、まあ、私は、遠子も宗子も好きでしたが……」

ぬけぬけとした調子で、頼朝は言った。

「さりとて、三人とも若君に差し上げることはできますまい」

比企尼は頼朝から目をそらし、頼朝が見つめているのと同じ辛夷の花を見つめた。

「それにしても、朝子は十五の頃までしか知りませんが、美しい娘でしたな。あのまま都におれば、あの娘を欲しがる公達（きんだち）は多かったでしょうに……」

「その娘を、河越氏ふぜいに嫁にやり、惜しかったとでもおっしゃりたいのですか」

「いや、そういうわけではありませぬが……」

頼朝はまぶしそうに目を細めた。

「河越重頼殿がぜひにも――と、やけにしつこくお望みになられましたのでな。何やら、お断りするのも気の毒になって……」

「では、断ろうと考えていたのですか」

頼朝は比企尼の横顔に、目を向けて尋ねた。

「いえ、ただ朝子が当時は、あまり気乗りしないふうに見えましたのでな」

「ほう」

「都の華やかさを知ってしまったがゆえに、武蔵国の田舎暮らしが退屈に思えたのでございましょう。まあ、それも朝子が若い頃の話。今では、朝子とて、年頃の娘を持つ母親なのでございますからな」

「ほう、朝子の娘ですか」

頼朝は興味を惹かれたふうに呟いて、おもむろに顎鬚を撫ぜた。

「乳母殿の娘御は一人もいただけなかったゆえ、それでは孫娘にでも期待しましょうか」

軽口のように頼朝は言う。

比企尼は頼朝に目を戻すと、

「朝子の娘ならば、期待するのはおやめなされ。その娘は朝子のごとく、派手で人目につくような顔立ちではありませぬぞ」

と、諌めるように言った。

「では、朝子には似ていないと――」

「まあ、容貌は十人並みというところでしょうな。幼い頃しか知りませぬが……」

「されど、女人は化けるといいますぞ」

「さあ、どうでしょうか。朝子は幼い頃から際立っていたと存じますが……」

「まあ、それもそうですな」

頼朝は素直に認めた。

「いずれにしても、あの怖い北条の北の方（正妻）では、若君が他の妻を持つことなど叶いますまい」

比企尼はやりこめるように言った。

頼朝の妻北条政子が嫉妬深いことはよく知られている。また、生活のすべてを北条氏の厄介になっている身の上で、頼朝が別の女を側に置くのは難しかった。

「それよりも、京では何かあったようでございますな」

比企尼は表情を改めて言った。その目が鈍い光を放っている。

「はあ、何でも、法皇さまが鳥羽殿に幽閉されたのだとか」

頼朝は相変わらず、のん気そうな口ぶりで言った。

平治の乱後、都の覇者となったのは、義朝を降した平清盛である。

だが、ただちに政権を握ったわけではない。

平治の乱の直後は、院政を行おうとする後白河院と、親政を推し進めようとする二条帝との間に対立が存在していた。

清盛はそのいずれとも、深い縁を持っていた。清盛の妻の時子は二条帝の乳母であり、時子の妹滋子は後白河院の女御だったのである。

この頃、清盛は後白河院と二条帝のいずれにも与することなく、慎重に身を処していた。

この対立は、やがて後白河院と滋子の間に憲仁親王が生まれ、二条帝が二十三歳という若さで崩御するに至り、自然と消滅した。

清盛と後白河院は手を組んで、憲仁親王の即位を目指すこととなり、清盛をはじめとする平家一門は後白河院の庇護を受けて、のし上がっていった。

憲仁親王は無事に即位して、高倉帝となり、清盛の娘徳子を中宮とした。平家一門の将来は磐石であるかのように見えていたのである。

ところが、治承元年、高倉帝の生母として建春門院となっていた平滋子が亡くなると、後白河院と平家の間に亀裂が入り始めた。

同じ年の冬、鹿ヶ谷の山荘で平家討伐の陰謀が企てられたことが発覚する。この陰謀に、後白河院までもが加わっていたという。

その後、高倉帝と中宮徳子との間に、言仁親王が産まれ、ただちに東宮に立てられるなどの慶事があって、後白河院と平家一門との間も和やかになりかけたのだが、前年の十一月、再び大きな衝突が起こった。

福原に隠居していた平清盛が軍勢を率いて上洛し、後白河院の院政を停止させたのである。後白河院は鳥羽殿に幽閉された。

また、関白松殿基房をはじめ、院の近臣三十九名が官職を解かれ、平家寄りの公卿、殿上人らがその穴を埋めた。

治承三年の政変である。

当然ながら、この軍事政変への反撥は大きい。

しかし、都には平家一門に対抗し得る武門が存在しなかった。

結局、年が明けて間もなく、高倉帝は東宮言仁親王に譲位し、安徳帝が即位することになる。

後白河院に代わり、高倉院が治天の君として院政を行うことになった。


「されば、法皇さまは今もご幽閉の御身で、おわしますのか」

頼朝が口をつぐんだところで、比企尼は口を開いた。

「さよう」

頼朝は重々しくうなずき返す。

「それで、都の方々は黙っておられますのか」

「まあ、黙っていないような公家衆は皆、官職を奪われたのですから——」

頼朝が他人事のように淡々と言う。

だが、こうしてことさら、無関心を装ってみせる時こそ、頼朝の関心が強いのだということを、比企尼は見抜いていた。

官職を失ったとはいえ、反平家の公家衆が皆、流刑に処されたわけではない。彼らは今も都で反撃の機会を狙っているだろうし、この軍事政変によって、中立派の公家衆が平家に反感を抱いた可能性もある。

「とはいえ、このままで済むとは、若君も思ってはおられますまい」

比企尼が頼朝にじっと目を据えて尋ねた。

頼朝のことを相も変わらず「若君」と呼び続けるのは、今ではこの尼一人である。

「まあ、間もなく都で何かが起こるやもしれませぬなあ」

頼朝は相変わらずの気楽そうな口ぶりで答えた。

「その時、若君はどうなさろうと、お考えなのじゃ」

比企尼は切り込むように尋ねた。

だが、頼朝は何とも答えなかった。比企尼の眼差しから逃れるように、目を庭の方へ向ける。

「若君は何を待っておられるのじゃ」

さらに、比企尼は続けて尋ねた。

頼朝は何も聞かなかったふうに、自分の思いの中に沈み込んでいる。

その眼差しの先では、辛夷の白い花がかすかに揺れていた。

二

頼朝の待っているもの、いや、待ち侘びているものが、比企尼にはおぼろげに分かっていた。それは、頼朝がこの二十年、待ち望んでいたもののはずだ。

頼朝自身にもその実態が明確でなかったかもしれない。ただ単に、朝廷からの赦免を求めていたのか、父義朝および河内源氏の名誉回復を求めていたのか。あるいは、再び京へ帰れる日を求めていたのか、人並みに官位官職を得て、思うさまに生きてみたいと思っていたのか。それとも、亡き父義朝がそうであったように、大いなる野心、野望を抱いて、世の高みを目指す生き方を望んでいたのか。

この二十年の間に、それらはさまざまに形を変えたことであろう。

とはいえ、この比企尼の推測は、頼朝の内心とそう大きくは外れていまい。

ただ一つ、頼朝が平氏政権を打倒したいと思っていたかどうか、それだけは比企尼にも確信をもって答えることができなかった。

（おそらく、平家ご一門にはこれといった含みをお持ちではあるまい）

と、比企尼は思っている。

平治の乱に参加した頼朝が、死罪に処されずに済んだのは、清盛の継母池禅尼（いけのぜんに）の助命嘆願があったからだ。

だから、頼朝はこれまで積極的に、平家一門を敵に回そうとは思っていなかったろう。

平氏政権が善政をしいているならば、それもよい。

だが、権力は腐ることがある。そして、勝者は驕る。

京に暮らしていた頃、比企尼が知る限りにおいて、平清盛はそういう人物ではなかった。少なくとも、軍事政変を起こして、後白河院を幽閉するような人物では――。

しかし、清盛自身が変わったのか。あるいは、清盛がそうせざるを得ないほどに、後白河院を中心とする反平家勢力が力を強めていたのか。

いずれにしても、まともな武力を持たない後白河院側は、平家に対抗し得る武門を味方につけたいと願うはずであった。

(その時こそ、若君が――)

比企尼は我知らず、胸が高揚してくるのを覚えた。

昂奮を静めるために、そっと瞼を伏せる。

夫にも先立たれ、齢も五十を越え、このような高揚を覚える日が来ようとは思っていなかった。

頼朝がこの二十年、待ち侘びていたに違いないものは、比企尼自身が待ち侘びていたものでもあった。

だが、赦免の使いが訪れることもなく、平家一門の栄華ばかりが聞こえてくる世にあって、比企尼の心から、希望はしだいに磨り減っていった。頼朝がとにかく無事に生き続けられればよい、平穏な毎日を送り続けてくれればよい――ともすれば、そうした小さな望みにすがりつきたくなった。

（まこと、女子の浅はかな心根であったことよ）

今、比企尼はそうした己の卑小さを嘲笑いたい気持ちであった。

頼朝はそのようにつまらぬ人生を送ってよい人間ではない。その器の大きさは父義朝以上であると、頼朝の幼い頃から、比企尼は気付いていたのである。

（今こそ、若君の立身の時――）

比企尼はそう思い立った時から、亡き夫遠宗の位牌に、ただひたすら手を合わせ続けた。

比企尼の待ち望んでいたものは、それから間もなくやって来た。

夏も盛りの五月下旬のことである。

世に悪僧と名高い文覚（もんがく）法師と、頼朝の叔父に当たる源行家（ゆきいえ）の二人連れが伊豆へやって来た。

彼らが頼朝との対面を求めていると耳にした比企尼は、その前にこの二人が宿とする長久寺をひそかに訪ねた。

「さっそくでございますが、頼朝さまに何を吹き込みに参られたのか、お聞かせいただきとう存じます」

挨拶もそこそこに、比企尼は文覚法師に目を当てて言った。

源行家に面識はなかったが、文覚法師とは顔見知りである。文覚は以前、流刑に処せられて、この近くに住んでいたことがあり、その際によく頼朝を訪ねて来た。

「吹き込むとは、これまた、ずいぶんなお言葉ですな、乳母殿」

文覚はさして不快な様子を見せるわけでもなく、むしろ、口許のあたりに不敵な笑みさえ湛えながら言葉を返した。

「勧進をなさるため、法皇さまの御所にまで無断で押し入ったという御坊さまのことでございますゆえ」

比企尼は堂々と応じた。

文覚はこの無法な振舞いにより、かつて伊豆へ流されたのである。自分の信念のためならば、世の権力者に対しても一片の遠慮も見せないというのが、この法師のやり方であった。

だが、その信念がいかに正しくとも、頼朝を巻き込んでもらっては困る。それゆえ、比企尼はこれまで、この法師が頼朝に近付くのをあまり快く思っていなかった。それは、頼朝にしても同様で、文覚の訪問を迷惑がっている節もあったのだが、今はこれまでとは事情が異なる。

「まあよい」

文覚は比企尼の言葉には取り合わず、

「それよりも聞いて驚かれるな。我らは佐殿（すけどの）（頼朝）に、またとない贈り物を持って参ったのじゃ」

と、たいそう自慢げな口ぶりで言った。

「まさか、法皇さまの院宣でも持参されたのですか。御坊さまのお顔がいかに広いとはいえ、さすがにそれは叶うまいと存じますが……」

比企尼が言うと、文覚はほうと感心した様子で、大きな目を見開き、比企尼をじろりと見据えた。

「さすがは佐殿の乳母殿じゃ。まあ、当たらずとも遠からずといったところかの」

「では、朝廷のどなたかの――？」

比企尼がさらに問うと、文覚は不意に居住まいを正した。それから、

「高倉宮（たかくらのみや）さまの令旨（りょうじ）である」

と、背筋をぴんと伸ばし、もったいぶった口ぶりで言い放った。

「高倉宮さまの……」

比企尼は言いさして口をつぐんだ。

高倉宮とは、後白河院の第二皇子で以仁王（もちひとおう）という。

現在、院政を行う高倉院の異母兄に当たるが、これまで親王宣下を受けることもなかった皇子であり、後白河院からほとんど無視に近い扱いを受けてきた。

それというのも、もともとは出家することが決まっていたものを、そうした父院の意向に逆らい、元服を執り行ったからであると聞く。

その以仁王が治承三年の政変に憤り、源三位頼政（よりまさ）と共に挙兵したという報は、すでに頼朝の許に届いていた。

五月半ばのことであるらしい。

無論、挙兵は計画されたものであったのだが、どうやらそれが事前に平家側へ漏れ、もはや退くに退けず挙兵に踏み切ったというお粗末なものであったともいう。

以仁王と頼政側は三井寺（園城寺）の僧兵たちを味方につけたものの、苦しい戦いを強いられているということであった。

戦いの結末がどうついたのかまでは、比企尼も知らない。

以仁王の令旨の内容がいかなるものであるかは、見ないでも想像がつく。平家一門を討って後白河院を助けよというものであろうが、以仁王の生死さえ危うい今――いや、遠い都ではもうすでに死んでいるかもしれない今、その令旨がどれほどの力を持つものだろうか。

比企尼がそうしたことを思いめぐらしていると、

「乳母殿、高倉宮さまには八条の女院さまがついておられますぞ」

と、文覚が突然言い出した。

「何と、八条院さまが――」

比企尼の表情が変わった。

都に暮らしていたため、比企尼は京の皇室や朝廷の事情もある程度は分かる。

八条院とは、鳥羽院と美福門院の娘で、その政治力と財産の大半を受け継いだと言われる皇女であった。

その気になれば、女ながらその財力でもって、朝廷を動かすことも可能であろう。

平家全盛時代、八条院がその政治力を表立って発揮することはなかったが、その見識や能力の高さは、保元の乱を裏で操った母美福門院譲りであるらしい。

「ご存知やもしれぬが、八条院さまは高倉宮さまの皇子を、ご自身の猶子となさっておられるのじゃ。また、女院さまには、法皇さまや入道相国（清盛）さえ一目置いておられる」

文覚の言葉に、比企尼は黙ってうなずいた。

もしも以仁王がすでに世の人でなかったとしても、八条院の許にその王子が託されているのであれば、また話は変わってくる。

以仁王の令旨には八条院の後ろ盾があると思ってよい。

（それならば――）

比企尼がそう思った時であった。

「そこでじゃ、乳母殿よ」

文覚が大きな目をぎょろりと見開いて、比企尼に鋭い眼差しを当てた。

「こたびは何としても、佐殿を説得して、高倉宮さまの令旨に従わせねばならん。これは佐殿の将来のためにもなることじゃ。して――」

「この老いた乳母に、力を貸せとでも――？」

文覚に皆まで言わせず、比企尼は尋ねた。

文覚の口許にゆるゆると笑いがにじむ。

「さすがは乳母殿。佐殿が一目置くほどのお方よ」

文覚はそう言い放つや、大口を開けて笑い始めた。その濁声に押し被せるように、

「頼朝さまはまず承知なさいますまい」

ぴしりと、比企尼は言った。

「それでは、困る」

その時初めて、頼朝の叔父行家が口を開いた。

行家は源為義の十男で、熊野で育ち、新宮十郎と称していた。平治の乱の折、異母兄義朝の許へ駆けつけたが、その後は熊野へ逃れ、二十年近く隠れ暮らしていたという。

「何とかして、佐殿を説得してくだされ。乳母殿のお力をもってすれば何とでもなろう」

行家は、比企尼に取りすがるような眼差しを向けて言った。

仮にも、比企尼からすれば、主筋に当たる源氏の人間である。それにしては、いささか軽々しいという印象を受けずにはいられなかった。

「頼朝さまはこの乳母ごときの意見を、素直に聞き入れるようなお方ではございませぬ」

「ならば、いかがすればよい」

たちまち癇癪を起こしたような甲高い声になって、行家が喚いた。

比企尼は取り合わず、

「頼朝さまが欲しておられるのは、坂東武士を味方につけられるだけの大義名分と勝利の見込み」

と、文覚に目を向けて言った。

「大義名分ならば、以仁王の令旨で十分じゃろう」

文覚の言葉に、比企尼は小さく首を横に振った。

八条院の後ろ盾があるといっても、それだけでは不十分である。

「ならば、これがある」

と、思い出した様子で、文覚が懐から何やら取り出して、床の上にごとりと音を立てて置いた。

見れば、それは髑髏であった。

比企尼は顔色一つ変えない。

「それは……」

「佐殿の父君、左馬頭殿（義朝）の髑髏じゃ」

文覚は得々とした顔つきで言う。

「むごたらしく殺された父君の髑髏を見れば、いかに佐殿とて発奮いたそう」

「頼朝さまに、父君の仇を討てとでも——？」

比企尼はやはり浮かぬ顔つきのまま、首を横に振る。

頼朝に孝心がないわけではないが、頼朝は復讐ゆえに挙兵するような器の小さな男ではない。

頼朝をそのように見られたというだけで、比企尼は心外であった。

「よいか、御坊さま。口では何とおっしゃろうとも、頼朝さまは天下に打って出たいと思っておいでじゃ。ただ、それには頼朝さまが必ず勝つと、世間に信じさせるための何かが要る。でなければ、坂東の豪族たちは誰も頼朝さまに味方せぬ」

「ふうむ」

比企尼の言葉に、文覚は低く唸った。尼はさらに続けた。

「蜀の軍師諸葛孔明は、赤壁の戦いで東南の風を吹かせると言って天に祈り、まことにそれを実現させた。そのような何かが必要なのじゃ」

「そうかといって、さような神のごとき力を佐殿が使えるわけもなかろう。ましてや、奇跡が起きるのを待っているわけにもいくまい」

再び行家が口を挟み、せかせかとした口調で言った。

比企尼が行家を悲しげな目で見つめた。

この男は本当に愚かなのかというような眼差しであったが、比企尼がすぐに目を伏せてしまったので、行家は気付かなかった。

「諸葛孔明はまことに奇跡を起こしたのではありますまい。東南の風が吹く時期を知っていただけでございましょう」

比企尼が静かな声で言った。すかさず、

「されば、乳母殿は佐殿にも諸葛孔明のごとく、奇跡を演じさせたいというわけじゃな」

文覚が言う。

こちらの方が断然物分かりがよい。比企尼は黙ってうなずいた。

「ふむ、諸葛孔明のごときなあ。坂東武士どもを納得させるだけの……」

文覚が髭のない顎をしきりに手でこすりながら、思案している。

「熊野では、闘鶏で物事を判じるゆえ、闘鶏をさせるのはいかがでござろう」

行家がふと思いついたといったふうに、顔を紅潮させて言い出した。

比企尼がおやという目で、行家を見直した。愚か者かと思っていたが、冴えた思いつきをすることもあるようだ。

確かに悪くない考えだが、北条館に闘鶏用の鶏などいなかったし、鶏に細工するのも難儀である。

「闘鶏がいないならば、双六がよい」

さらに、行家が言った。

「双六――？」

比企尼が怪訝な眼差しで、行家を見つめた。この男はいかさまをやるのと同じ方法で、頼朝の運命を左右しようというのだろうか。

「さよう。私にはそれだけの技量はないが、私が連れて来た従者の中に、壺振りをやっていた男がいる。その者であれば、思うような目を出すことができるはずだ」

なあに、一回でもゾロ目を出してくれれば、それが頼朝の勝利を現すものだと、自分が大袈裟に世間に吹聴してみせよう。さすれば、坂東の豪族たちはこぞって頼朝に味方するに違いない。

行家はそう安請け合いをした。

それほど単純なものでもないと思うが、まあ、急場のこしらえとしては悪くない方法のように思われた。

「よし。それで攻めることといたそう」

文覚がまるで合戦にでも赴くような重々しさで言った。

「では、よろしゅう頼みまするぞ」

比企尼はそう頼み置いて、文覚と行家の前からひそかに立ち去った。

頼朝と文覚、行家らが対面する席に、比企尼もまた、初対面のような面持ちで顔を見せなければならない。

頼朝の意志はすでに決まっている。

文覚と行家の説得、そして、天意を問う双六などは単なる儀式でしかない。

（いよいよ、若君がご器量に見合った人生に踏み出される——）

この時、比企尼の心は若者のように昂（たか）ぶっていた。

三

ちょうど、時を同じくして——。

比企尼の故郷である武蔵国では、不穏な都の事情とは関わりなく、穏やかな日々が流れていた。

都幾川（ときがわ）と槻川（つきがわ）の合流地点の台地に、菅谷館（すがややかた）と呼ばれる広大な居館がある。その菅谷館から、馬に乗って飛び出してきた屈強の若者がいた。

畠山庄司重能（はたけやましょうじしげよし）の嫡男で、重忠（しげただ）という。この時、十七歳。

昔、同じ都幾川沿いに在った大蔵（おおくら）館を中心に展開された「大蔵合戦」は、重忠が生まれるより前の出来事である。

だが、父も関わったこの合戦のことを、重忠も耳にしていた。

二十五年前の久寿（きゅうじゅ）二（一一五五）年八月十六日夜半に起きた大蔵合戦は、その一年後、都で起こった「保元の乱」の前哨戦と言えなくもない。

当時、大蔵館に暮らしていたのは、頼朝の叔父に当たる源義賢（よしかた）と、その義父である秩父重隆（しげたか）である。

そして、大蔵館を襲撃して二人を討ち取ったのは、頼朝の異母兄に当たる源義平（よしひら）であった。

これは、河内源氏内部に根付く義朝・義賢兄弟の不和に、武蔵国の主導権争いが絡んだものであり、義平は父義朝の代わりに戦ったようなものであった。

義平はこの時わずか十五歳。

それを支えたのが、母方の実家である三浦氏の軍勢と、同じく三浦氏と姻戚関係にあった武蔵国の豪族畠山重能と、その友斎藤別当実盛であった。

実盛は越前国の生まれだが、今は武蔵国幡羅(はたら)郡長井庄の所領を治めている。また、その妹は頼朝の乳母比企尼であったから、義平とも無関係ではない。

一方、畠山重能が義平側に付いたのは、三浦氏との縁は無論のこと、さらに、秩父氏の当主が受け継いできた武蔵国留守所惣検校職(るすどころそうけんぎょうしょく)を欲してのことであった。

畠山氏の祖は秩父氏である。

それどころか、重能の父重弘(しげひろ)は、秩父重綱(しげつな)の長男に生まれた。にもかかわらず、秩父氏当主の座と武蔵国留守所惣検校職は、弟の重隆に奪われたのである。

(武蔵国留守所惣検校職は俺のものだ)

と思った若い重能は、秩父重隆を討ち、その座を取り戻そうとしたのであった。

秩父重隆が源義賢と組んだため、源義賢を討ったものの、義賢個人に怨みはない。

だからこそ、義賢の遺児駒王丸(こまおうまる)を、重能と斎藤実盛はひそかに助けたのである。この時、二歳の駒王丸は信濃国の豪族中原兼遠(かねとお)の許へ預けられることになった。

ところが、この大蔵合戦には勝利したものの、武蔵国留守所惣検校職は、畠山重能のものにはならなかった。

その後、都で起こった相次ぐ保元の乱、平治の乱による政局の変動によって、最終的に武蔵国の豪族たちは皆、平家一門の配下とならねば生き残れなくなったのである。

この時、大蔵合戦での畠山重能の功績は、むしろ仇（あだ）となった。大蔵合戦で勝利した源義朝は、平治の乱で平清盛に敗れたからである。

結局、武蔵国留守所惣検校職の継承者は、大蔵合戦以前の状態に戻されることとなり、秩父重隆の孫である河越重頼に引き継がれることになった。

畠山重能もこの決定に異を唱えることはなく、その後は自ら進んで平家に忠節を尽くす立場に徹した。

間もなく、重能は三浦義明（よしあき）の娘との間に、息子重忠を儲けた。

一方、河越重頼は比企尼の娘朝子を娶（めと）り、数人の子を儲けている。

そして、今、重忠はこの因縁深い河越重頼の住まいである河越館を目指していた。

河越館は入間川（いるまがわ）のほとりにある。

河越重頼は重忠には又従兄に当たるわけだが、年齢は父と子ほどに離れており、むしろ重頼の子供たちが重忠と同世代であった。

河越重頼から見れば、祖父を殺した畠山重能は憎い仇（かたき）ということになり、重忠はその仇の息子ということになる。

だが、大蔵合戦の記憶もない重忠は、そのようなことは気にしていなかった。

さすがに、父畠山重能は河越館に近付かなかったが、その重能は斎藤実盛と共に、この時、京の大番役に出かけている。

その間、菅谷館の留守を預かる重忠は、むしろ頻繁に河越館へ馬を馳せた。

「郷姫（さと）はいるか」

重忠は入間川の土手を馳せ下り、河越館へ駆け込むなり、声を上げて叫んでいた。

郷姫は河越重頼の長女である。重忠より四つ年下で、この時、十三歳。

重忠とは、共にこの武蔵野を故郷として育った幼馴染であった。

「あっ、重忠さま」

郷の弟で、河越家の嫡男である小太郎重房（しげふさ）が、重忠を見つけるなり駆け寄って来た。

「姉上は厩（うまや）にいるよ」

重房は重忠に教えた。

「三日月（みかづき）と離れ離れになるのがつらくて、付きっ切りなんだ」

三日月とは河越館で生まれた馬で、間もなく重忠に譲られることになっていた。郷はこの三日月をずっとかわいがり、世話をしてきた。

「三日月がいなくなると、郷姫は寂しがるだろうな」

重忠は郷が気の毒になった。

郷の馬のかわいがりようといったら、ふつうではない。

仮にも館の姫でありながら、馬の体を洗ったり秣(まぐさ)を与えたり、家人がするような仕事を厭わずにやる。鬣を撫ぜてやりながら、四半刻でも半刻でも優しく語りかけている。

姫は本当に心の優しい娘なのだ。そのことを、重忠は誰よりもよく分かっていた。

「三日月はずっと前から、重忠さまに差し上げることになっていたんだ。だから、あまり情をかけない方がいいって言ったのに……」

重房が大人びた口調で言った。

「では、私も三日月に会わせてもらうかな」

重忠は言い、自ら乗ってきた愛馬秩父鹿毛(ちちぶかげ)を引いて、河越館の厩の方へ向かった。

秩父鹿毛は父重能から譲られた馬であるが、もう老年の馬であった。

河越家から三日月を譲られたら、毎日のように三日月に乗って、一日でも早く乗りこなせるようになりたい。

そして、いつか三日月と共に戦場に出て、手柄を立てて武蔵国へ凱旋することが、重忠のひそかな望みであった。

重忠と秩父鹿毛が厩の近くまで行くと、足音で分かったのか、厩から郷が駆け出してきた。袖を襷がけにして、とても館の姫君には見えない。

「そんな格好をしていると、母君に叱られるぞ」

重忠はからかうように言った。

「いいの。私は母上のようにきれいではないのだもの」

郷は悲しむふうでもなく言った。

郷の母朝子は器量よしである。重忠の目から見てもそうだった。

何でも、保元の乱の折、上洛した河越重頼がまだ少女だった朝子を見初め、その後、比企尼に懇願して、妻に貰い受けたのだという。

だが、その一人娘の郷は、母の美貌は受け継がなかった。

そして、そのことを悲観するでもなく、美貌の母をうらやむでもなく、何でもないことのように口にできるのが郷という娘だった。そういう郷を、重忠は好ましいと感じていた。

顔立ちは確かにその母に比べれば凡庸だが、重忠の目には愛らしく見える。何より、いつもまっすぐに物を見つめる瞳は純粋で、時にはっとするほど、きらきらと輝いて美しかった。

「三日月と離れるのを寂しがっていると聞いたが……」

重忠が遠慮がちに言うと、郷の表情が少し曇った。

「そうなの。でも、三日月は重忠さまのものだから……」

「私の馬になったって、乗りたければいつでも三日月に乗ればいい。何なら、今から三日月に乗って野に出ないか。私は秩父鹿毛に乗るから――」

重忠は自身が牽いてきた秩父鹿毛を顧みながら、郷を誘った。

郷は、この辺りの武士の娘がそうであるように、馬をたくみに乗りこなす。

「ほんとう？」

郷が目を輝かせた。そういう時、郷は誰よりもかわいらしくまぶしい娘に変貌する。

「父上と母上にお許しをいただいてくるわ」

郷はそわそわしながら言うと、急いで館の方へ走り出して行った。

その後ろ姿を見送りながら、重忠は三日月が生まれた時のことを思い出していた。


二年前の夏、五月雨の降りそぼる晩のことであった。

申（さる）の刻（午後四時）ごろ、菅谷館に河越館から使いの者がやって来た。ちょうど、河越重頼が館を留守にしている時であったから、使者がやって来たと聞いた時には、郷の身に何かあったのではないかと、重忠は不安に駆られたものであった。

「実は……お館さまの御馬が今宵、産気づきまして……」

言いにくそうに話し始めた使者の言葉に、重忠はむしろ拍子抜けした。

「それが生憎なことに、厩舎人（うまやのとねり）が今朝、腕を怪我しまして、左手が思うように使えませぬ。そうした折に出産が重なった次第。そこで、畠山さまの舎人を今宵のみ、河越に貸していただけますまいか、と――」

易き用だと、重忠は請け合い、舎人を一人、河越館へ馬で先発させた。

それから、重忠自身も様子を見に、河越館へ行こうと言った。河越家の使いの者は、そこまでしなくても――と遠慮したが、重忠はかまわずに秩父鹿毛に乗るや、松明を掲げて河越館へ馳せた。

途中で、雨がやんだ。

夕方の空にはいつしか、三日月が浮かび上がっていた。

(今宵は、三日だったか)

一度だけ空を仰ぎ、雨のやんだことを確かめた重忠は、ふとそう思った。

美しい月に見とれかけたが、馬を走らせながらのことである。そのまま目を前へ戻し、馬を進めた。

河越館に到着した時、日は沈んでいたが、まだ月は西の空にあった。

「畠山重忠にござります。河越館よりのご使者により急を知らされ、馳せつけて参った」

重忠が門前で名乗りを上げるると、中の人々の喧騒が聞こえてきた。

「お待ち下さりませ。ただ今、門をお開けいたします」

という声と、郷を呼びに奥へ走る者の声が交錯していた。

「重忠さま!」

重忠が門内へ入るのと、郷が駆け出してくるのはほぼ同時であった。

「たった今、子馬が生まれたのよ！」

頬に涙の跡を付けていることに気付きもせずに、少女は昂奮覚めやらぬ声で叫んだ。

「そうか。遅くなって済まなかったな」

郷の役に立てなかったことを、やや残念に思いつつ、重忠が大人びた様子で言うと、郷は不意に泣き出した。

「怖かったわ」

恥も衒いもなく、十一歳の幼い少女は重忠に抱きつき、まるで馬のように鼻面をこすりつけて泣きじゃくった。

「雌の子馬なんですって。私はまだ見ていないけれど……」

周りの大人たちの目が二人に集中していた。

「姫さまは騒いだり泣いたり、それはそれは大変だったのですよ」

「我らがいるから大丈夫だと申し上げても、聞き入れなさらずに、畠山さまに来ていただくのだとおっしゃって……」

誰の顔にも疲労が浮かんでいたが、その分、昂奮の後に来る安堵感が優しくあふれ返っている。

「姫さまは畠山さまのお顔が見たかっただけじゃ」

誰かが笑いながら言った。

「姫さまもいずれ、畠山さまのお子をお生みなさるのじゃろう。その時はこの何倍も大変じゃろうな」

続く合いの手に、人々はどっと笑った。

重忠は真っ赤になった。

それまで何気なく抱き締めていた郷の体が、幼い少女のものとはいえ、急に恥ずかしさを感じさせるものとなった。とはいえ、急に離れよと言うのもおかしい。

「私は重忠さまの奥方になるのですか」

誰にともなく郷が無邪気に問うた。何も知らぬ少女の幼さが重忠の胸を熱くしていた。

「姫さまは、重忠さまの奥方さまになりとうないのですか」

逆に誰かが訊き返すと、郷はしばらく考えた後で言った。

「なってもいいわ。重忠さまはお美しいし、矢を射るのも馬に乗るのもお上手だもの」

「もうよい」

たまらなくなって、重忠は遮った。

怒っているような言い方になってしまったのをたちまち悔いたが、仕方ない。郷は何ゆえ重忠が怒っているのか分からず、困惑した顔つきをしている。

「それより子馬を見に行こう」

ごまかすように重忠は言った。少女はたちまち気をそらされた。

「ええ。早く見たかったの」

でも、重忠と一緒に見たかったのだと、少女は耳許でささやいた。

そこに、ひそやかな恋の彩りを感じたように思ったのも束の間、

「重忠さまに、名前を決めてほしかったから――」

いかにも秘密めかした声で言う少女に、重忠は笑い出した。

この娘はまだどうしようもない子供だと、十五歳の重忠は思った。

だが、妻にするならこの娘にしようと、重忠はこの瞬間心に決めた。

この無垢な娘を、他の男に汚されるなど真っ平だった。

「いいよ。だが、名前を付けさせてくれるということは、私にその馬をくれるのか」

名付けは神聖な儀式である。人間ならば名付け親になるということだ。馬の場合でも、名はたいてい所有者が付ける。

郷はそこまで深いことは考えていなかったのか、生真面目な様子でやや沈黙した。

「いいわ。重忠さまが欲しいとおっしゃるなら――」

しばらく考えた末、郷は思い切った様子で言った。

「でも、もう少し河越館にいさせてあげてね。母馬と離されるのは可哀相だもの」

「そうだな」

重忠はうなずき、それから二人は厩へ向かった。

母馬の傍らで横たわっている子馬がいる。もうすでに湯で洗い清められており、毛並みもきれ

いだった。点された松明の明かりで見ると、子馬は白月毛のようである。

ふと、河越館へ来る途中で見た三日月が、重忠の脳裡に浮かんだ。

「この子馬の名前だが、三日月というのはどうだろう」

重忠が呟くように言うと、

「三日月……」

しゃがみ込んで、子馬の顔をのぞき込んでいた郷が、そう呟いて重忠を見上げた。

「とても、きれいな名前だわ」

郷は嬉しげな笑顔で言った。

重忠は思わず、その笑顔に目を吸い寄せられていた。


ややあってから、郷は袴姿に笠を被った姿で戻ってきた。

手馴れた様子で、厩から三日月を引き出して来ると、重忠の横に並んで立った。

「よし、行こう」

重忠は秩父鹿毛の首を軽く叩きながら言った。二人して門の方へ進んで行くと、再び重房に出くわした。

「えっ、遠駆けに行くのですか」

二人の姿を見るなり、重房がうらやましげな声を発した。

「三日月に河越庄を思いきり駆けさせてあげるの」

郷が自慢するように言う。

「重房も、次は一緒に遠駆けに行こう」

一緒に付いて行きたいと、重房が言うのを先に制して、重忠は言った。

今日は郷と二人だけで、遠駆けがしたかった。

重房はあからさまに残念そうな表情を見せたが、重忠も郷もそれを無視して、河越館を出た。

二人はただちにそれぞれの馬に跨り、

「はいっ！」

と、馬腹を蹴って野へ駆け出して行く。

風が耳許をすごい勢いで吹き過ぎて行った。

必死になって手綱をつかんでいると、やがて、その音が聞こえなくなる。

馬と人と風が一つになる時だ。

その一瞬の恍惚とした感じを味わうのが、重忠は好きだった。

この日もその感触を存分に味わってから、ふと郷はどうなのだろうと思い、重忠は傍らを走る郷に目を向けた。

郷は目を細め、陶然としている。

ほのかに赤く染まった頬を美しいと、重忠は思った。

「重忠さまっ！」

その時、不意に郷が目を見開いて、重忠の方を向いたので、重忠は思わずどぎまぎしてしまった。

「な、何だ。急に大きな声など出して――」

だが、重忠の動揺に取り合う様子も見せず、

「あそこに、大きな松の木があるわ」

と、郷は指をそちらへ向けて言った。

「松の木などめずらしくもないだろうに……」

「松の木の枝を結んで祈ると、願いごとが叶うのですって」

どこで耳にしたのか、郷はそんなことを言い出した。

古い迷信の類いだろう。重忠はあまり信じていなかったが、郷がそうしたいと言うのなら、付き合ってやろうと思った。

「では、あの松の木まで競争だ」

そう言うなり、重忠は馬腹を蹴って駆け出した。

「待って、重忠さま。今のは公平ではないわ」

郷の抗議する声が聞こえてきたが、重忠は無視して馬を走らせる。郷の指差した松の木の前で馬を止めると、やや遅れて、郷の乗る三日月が追い付いて来た。

「枝を結んで祈るだけでよいのか」

重忠が尋ねると、郷は首をかしげた。

「私もよくは知らないのだけれど、昔の人は一緒に歌を詠んだのだとか」

「歌か……」

重忠も郷も武蔵野育ちで、都の公家たちのように和歌の高い素養があるわけではない。

「郷は和歌を作れるのか」

重忠が尋ねると、

「お母さまから習ってはいるけれど、まだうまくは作れなくて……」

と、郷ははにかんだふうに答えた。郷の母の朝子は都育ちだから、和歌の素養もあるのだろう。

「ならば、私が作ってやろう」

重忠は思わずそう言っていた。和歌も作れぬ無風流な男と思われたくない。

「ほんとう？」

と、目を輝かせる郷に向かって、自信ありげにうなずいた以上、それなりの歌を作らねばならなくなってしまった。

重忠が歌をひねり出している間、郷は適当な枝を探し始めた。

「これにするわ」

郷は手の届く位置で、柔らかな松の枝を見つけ出したようだ。

三日月に乗ったまま、身を乗り出すようにして、何とか松の小枝を丸く引き結ぶのを、馬から落ちやしないかと、重忠ははらはらしながら見守っていた。

「できました」

と言って、郷が笑顔を重忠に向けた。

「うむ」

重忠はうなずくと、大きく深呼吸してから口を開いた。


武蔵野に生うる松が枝引き結び　君が真幸を祈りてをらむ

重忠が自作の和歌を口ずさむのを、郷は途中から目を閉じて聞いている。

結び松を作ってあなたの幸せを祈っていようという意味の歌だ。

「よいお歌ですね」

ややあってから、郷はお世辞ではなく、心から感動したように呟いた。

「そうか」

若干のきまり悪さを覚えつつ、重忠は言った。

正直なところ、五七五七七の言葉をつなげることはできても、歌の良し悪しということになると、重忠は自分の意見を述べられるほどの自信がなかった。

「そなたの願いとやらが分からなかったので、適当に作ってしまったが……」

「私の願いとは、重忠さまと三日月がどこの戦場へ行っても、無事でいられますように――というものです」

郷は何の隠し隔てもなく言った。

「何だって――」

重忠は動揺を隠し切れずに呟いた。

「この歌の中の『君』とは、重忠さまと三日月のことになるのですね」

郷は嬉しげに言う。

「だが、代作した歌が、自分の幸せを祈るものになってしまうとは、いささかきまり悪いな」

重忠は照れ隠しにそう言ったが、郷が自分の幸いを祈ってくれるというのは、悪くない気分だった。

「私はいつでも、重忠さまと三日月の幸いを祈っております」

郷は重忠の言葉を微妙に訂正して言い直した。

「私はいつでも、馬と一緒か」

心なしか傷ついて、重忠は口の中でこっそり呟く。

「何かおっしゃいましたか」

屈託のない顔を向けて問う郷の幼さに対し、重忠は思わず声を上げて笑い出してしまった。

「いや、何でもない」

言いながら、なおも笑い続ける重忠を、郷が不思議そうな目で見つめ返していた。

二章　頼朝挙兵

一

治承四（一一八〇）年八月十七日には、伊豆国三嶋社の祭礼が行われる。

この日に挙兵することを、頼朝は決断した。

これに先立つ、八月六日のこと――。

頼朝はこれまで身近に仕えていた豪族、側近たちを一人ずつ呼び寄せた。

工藤茂光（もちみつ）、土肥実平（さねひら）、岡崎義実（よしざね）、天野遠景（とおかげ）、佐々木盛綱（もりつな）、加藤景廉（かげかど）らである。

頼朝は他の者を交えず、彼ら一人ずつと語らい、挙兵の決心を打ち明けた。

「他の者はまだ知らぬ。ひとえにそなたを信頼するゆえ、そなたにだけ打ち明けるのだ」

一人ひとりの手を取り、頼朝はそう告げた。

彼らは皆、自分が誰よりも頼朝から深く信頼されている、自分こそ頼朝を助けねばならぬと、感激することしきりであった。

頼朝がこの日、日が暮れるまでの時間を割いて、豪族たちの説得を終えた時、

「若君、よろしゅうございますか」

と、頼朝の部屋に入ってきたのは、比企尼であった。

比企尼は灯台の火を携えていた。薄暗かった室内が、ぼうっと明るくなる。

「乳母殿か――」

引き締まっていた頼朝の顔が、ゆるゆるとゆるんだ。

「さぞ難儀でござりましたろう。どなたの前でも、そなただけじゃと頼み込み、信用させるということは――」

「乳母殿にはお見通しのようでござりますな」

頼朝の口許の笑みは浮かんだままである。

どうやら説得はすべてうまくいったらしいと、比企尼は判断した。それでも、

「佐々木殿は何と――？」

その中の一人だけ、確認しないではいられなかった。

「兄弟を引き連れて味方すると約してくれました」

頼朝は速やかに答えた。

佐々木盛綱は近江国の武士佐々木秀義(ひでよし)の三男で、生母は源為義の娘――つまり、頼朝の叔母に

当たる。頼朝とは従兄弟同士という近い間柄であった。

父の佐々木秀義は保元・平治の乱において、義兄に当たる源義朝に従っている。平治の乱の義朝敗北後は、奥州平泉の藤原氏を頼るつもりで、坂東へ逃れてきた。その時、相模国で渋谷重国（しげくに）に見込まれて婿となり、この地で暮らすことになった。

この佐々木秀義には盛綱の他にも、大勢の息子たち――定綱（さだつな）、経高（つねたか）、高綱（たかつな）、義清（よしきよ）らがいる。

このうち、定綱、盛綱、高綱は生母が源為義の娘で、頼朝の従兄弟であった。次男経高の生母は宇都宮氏で、五男義清の生母は渋谷氏である。また、義清の妻は、平家方の将大庭景親（おおばかげちか）の娘であった。

いわば、強力な味方ともなり得るし、獅子身中の虫にもなりかねない存在だったのである。

比企尼が案じたのもそこであったが、頼朝がその点に思い至らぬわけもない。

おそらく、佐々木盛綱との密談においては、どの兄弟に秘密を打ち明けるか、という点についても細かに協議されたことであろう。

比企尼は頼朝の返事だけ確認すると、それ以上のくわしいことを尋ねようとはしなかった。

「ところで、若君。婿の安達盛長がお目通りを願っております」

と、比企尼は話を転じた。

「おお、ならば早く通してくだされよ」

頼朝はただちに言った。

安達盛長は、比企尼の長女遠子の二番目の夫である。

頼朝にとっては、先ほど決心を打ち明けた武将たち以上に信頼できる存在である。

安達盛長は頼朝の命を受け、相模、上総、下総の豪族たちの説得工作に当たっていた。

盛長は頼朝の前に出るなり、平伏した。

「して、首尾の方はいかがであった」

頼朝がいつになく性急な口ぶりで問う。

「はい。三浦氏一門はお味方、ほぼ確実でございます」

「それは心強い」

頼朝の緊張していた顔が晴れやかにほころんだ。

「ようございましたな、若君。三浦介殿が若君につけば、こちらへ靡く豪族どももまた増えてまいりましょう」

比企尼も頼朝を寿いだ。

三浦介とは代々、三浦氏に受け継がれてきた官職で、今の当主は三浦義明という。娘の一人は、頼朝の父義朝に嫁いで義平を産み、別の娘は畠山重能に嫁ぎ、重忠の母となった。

頼朝の異母兄に当たる義平は、平治の乱後に処刑されてしまったが、三浦義明としては頼朝をその身代わりのように思うのかもしれない。

八十九歳という高齢になる三浦義明は、涙を流して、頼朝の決意を喜び、一族を挙げて味方することを誓ったという。

その話を聞いて、

「ありがたいことだ」

と、頼朝は心から言った。

この三浦義明には、不思議な伝承がある。

鳥羽院の御世（みよ）において、玉藻前（たまものまえ）という女人が鳥羽院の寵愛を受けていた。ところが、鳥羽院はやがて病の床に臥せるようになる。原因が分からず、陰陽師の安倍泰成（やすなり）、泰親（やすちか）父子が占ってみると、玉藻前は九尾の狐が化けたものであり、鳥羽院の病もそれによるものだと判明した。

すると、九尾の狐は本性を現し、そのまま姿をくらませたという。

鳥羽院の病は治ったが、九尾の狐は下野国那須野（しもつけのくになすの）へ逃れた。そこで、女子どもをさらうなどの行為におよんでいたため、相模の三浦介義明、上総の上総介広常（ひろつね）、下総の千葉介常胤（つねたね）を将軍に、討伐軍が編成される。三将軍は陰陽師の安倍泰成を軍師に迎え、犬追物（いぬおうもの）で訓練を積み、九尾の狐の討伐にかかった。

そして、三浦介義明の二本の矢と、上総介広常の長刀が致命傷となり、九尾の狐は息絶えたという。その後、九尾の狐は巨大な毒を放つ石となり、近付く者はその命を奪われた。それゆえ、人はこの石を「殺生石」と呼ぶようになったという。

逸話自体は荒唐無稽だが、この時、三浦義明と共に名指しされた上総広常と千葉常胤は、それだけ都にも名が知れ渡っていたということである。

この上総広常と千葉常胤にも、頼朝は説得工作を行っていたが、それも安達盛長によれば、

「おおむね良好にございます」

という。

上総広常と千葉常胤は共に、桓武天皇の血を引く房総平氏の一族で、上総広常がその嫡流であった。二人は共に、保元・平治の乱を義朝の配下として戦っている。

義朝の死後は上総介、千葉介の職を奪われることもなく、房総を治めていたが、義朝との関係から見ても、頼朝に味方する可能性は高い。

「あとは、武蔵国だな」

呟くように、頼朝が言った。

上総、下総国の房総平氏に対し、武蔵国に力を持つのが秩父平氏である。その嫡流は河越重頼であり、比企尼の娘婿であった。

比企尼は頼朝の呟きを聞いても、何とも言わなかった。

安達盛長の説得工作も、武蔵国まではまだ行き届いていない。秩父平氏には、河越氏の他に、畠山氏、江戸氏などがいる。

「三浦介がお味方いたす以上、畠山氏の助力も期待できるのではないかと――」

河越氏についてはあえて触れず、安達盛長が言った。

畠山重能の妻が三浦義明の娘であるための推測である。だが、頼朝はうなずかなかった。

「さて。畠山氏の当主重能殿は、いまだ都にあると聞くが……。となれば、河越氏の意向で、秩父平氏の帰趨も決まるのではあるまいか。のう、乳母殿。そうではありませぬか」

頼朝の眼差しが射るように、比企尼の横顔に当てられている。

それは、見ようによっては、娘婿を思うように説得しきれない比企尼を責めているようにも、率先して味方しようとしない河越重頼を憎んでいるようにも、見えなくなかった。

「はて。秩父平氏は房総平氏ほど、結束が固いとも思われませぬが……。先の大蔵合戦のようなこともございますしのう」

比企尼はとぼけた様子で言うばかりであった。

おそらく、河越重頼への説得は、娘の朝子を通して行われているのだろうが、それがどの程度の功を奏しているのか、比企尼は語ろうとはしない。

無論、比企尼自身も比企一族も、頼朝と運命を共にする覚悟である。しかし、河越氏が別の道を採るのであれば、その時、娘の一家を守ろうと思うのは、比企尼としては当然であった。

頼朝もそれ以上は、何も言おうとしなかった。

少なくとも、緒戦は伊豆、相模国を中心に行われるはずであり、武蔵武士の動向が影響するのはその後のことになる。まずは、初戦で勝利を得ることであった。

「盛長殿、十七日が旗揚げじゃ。十六日にはこちらに佐々木氏の兵も駆けつける。事が外へ漏れぬよう、しかと頼みましたぞ」

頼朝は盛長に、そう告げてから、下がって休むように命じた。

比企尼もまた、盛長と共に頼朝の前を下がって行く。

二人が下がった後もなお、頼朝は身じろぎもせず、じっと考えごとにふけっていた。


それから三日後の八月十日――。

頼朝の許へ、佐々木定綱が駆けつけてきた。

「一大事にございます」

定綱は、先に頼朝がひそかに部屋へ招いて、同心を頼んだ佐々木盛綱の同母兄である。定綱自身も頼朝に同心している。

「父佐々木秀義よりの知らせにございます」

と、定綱が険しい表情で語ったことによれば――。

先の以仁王の乱の折、都にいて追討軍に加わった大庭景親が、先ごろ、坂東へ下って来た。

大庭景親は相模国の将で、保元・平治の乱の折は、この辺りの豪族と同様、源義朝の配下で戦った。

ところが、義朝が平治の乱で敗死した後は、平家の軍門に降り、忠誠を尽くしている。

この大庭景親が前日の九日、佐々木秀義を呼んで語った。

「都で聞いたところによれば、『北条四郎時政と比企掃部允が、佐殿を擁立して挙兵を企てている』

という。何でも駿河国の長田入道という者から密告があったというが、すでに比企掃部允は死去しており、齟齬があるようだ。とはいえ、謀叛の知らせを放置してもおけまい。貴殿のご子息たちは佐殿と親しいと聞くが、佐殿にお味方するおつもりではあるまいな」

このような一大事を打ち明けたのは、佐々木秀義の息子義清の妻が、大庭景親の娘だからである。

（何たることかっ！）

頼朝の決心のことなど、つゆ知らぬ秀義は驚愕した。

（このままにはしておけぬ）

と思い、頼朝に大庭景親の動きを知らせるべく、長男の定綱を遣わしたのである。

「くれぐれもご用心あれ」

というわけだ。

「挙兵のこと、父には漏らしておりませぬ」

定綱は固く誓った。

定綱自身は弟盛綱と共に、頼朝に味方するつもりである。しかし、異母弟義清から大庭景親に漏れる恐れがあり、佐々木家内部の者でも用心しなければならない。

「かたじけない」

頼朝は定綱の手を取って、感謝の意を述べた。

「貴殿のこと、そして、お父上のご厚意、この頼朝、断じて忘れるものではありませぬぞ」

頼朝は定綱の手を両手で握ったまま、目を潤ませて言った。

「佐殿――」

定綱もまた、頼朝の態度に感動を覚え、自らも大きく心を揺さぶられていた。

「挙兵のお志は動きませぬな」

「無論じゃ。こうなっては、急ぎ決行した方がよい。十七日までの動きは、先に盛綱に申しつけた通りじゃ」

「かしこまりましてござります。我らは十六日に兵を率いて、こちらへ参りますぞ」

定綱は迷いのない口ぶりで言った。

頼朝は無言でしっかりとうなずいた。

今さら、十七日の決行を早めることは難しい。それまでの間に、大庭景親が北条館に兵を向ければ、万事休すであった。

頼朝はその日から十六日までの間、毎日持仏堂にこもって、長い時間、祈り続けた。

その願いが天に通じたのか、この期間は何事もなく過ぎた。

そして、十六日――。

挙兵の前日であり、佐々木一族が兵を率いてやって来る約束の日である。

前日から降り出した雨が、この日もやまなかった。

北条館では明日の挙兵に備えて祈祷が行われている。ところが、日が暮れる頃になっても、佐々木一族はやって来なかった。

頼朝がわざわざ部屋に呼んで、同心を頼んだ盛綱さえ姿を見せない。

（よもや、裏切りおったか……）

そもそも、従兄弟同士という関係に頼りすぎたのがいけなかったのか。

佐々木家は確かに頼朝の家系と血縁関係にあるが、盛綱らの父秀義が婿入りした渋谷重国は平家寄りの立場である。何より、秀義の息子義清は大庭景親の娘を妻としているのだ。

秀義は頼朝を陥れようとは思っていないだろうが、息子たちを頼朝の下で働かせるのには反対だったかもしれない。もしかしたら、秀義が息子たちを説得し、定綱や盛綱が変心したのではないか。

（こうなるのなら、盛綱などに大事を打ち明けるのではなかった）

悔やんでも悔やみきれぬ思いが突き上げてくる。

頼朝はこの夜、持仏堂に引きこもった。灯台の火を点しに行った侍女が、困惑した顔で戻って来るのに、比企尼は出くわした。

「兵衛佐（頼朝）さまが持仏堂の戸に、つっかい棒のようなものをしておられるご様子で――。ご返事もなさらないので、どうしてよいやら――」

侍女は明日の挙兵のことを知らないはずだ。とはいえ、邸内のただならぬ雰囲気くらいは察しているのだろう。今この時、頼朝に何かあったら大変なことになると、心配しているらしい。

佐々木一族が不参だったことで、頼朝が追いつめられているのは事実だが、だからといって、頼朝は自暴自棄になるような性格ではない。それに、頼朝は一度、平治の乱後に今以上に追いつめられた経験を持っている。

あの折に比べれば、今の状況など何でもないと思えるはずだ。

「誰にも邪魔されず、お祈りなされたい時とておありじゃろう。放っておけばよい。されど、北の方にはよいように申しておきなされ。余計なご心配をおかけせぬ方がよい」

比企尼は侍女にそう勧めた。

北条政子は無論、明日の挙兵を知っている。北条一族の命運もかかっているから、気が気ではあるまい。

侍女が立ち去るのを見届けてから、比企尼は頼朝がこもる持仏堂の方へ向かった。中へ入ろうというつもりもない。頼朝と言葉を交わそうというつもりもない。

ただ、一言だけ忠告しておかねばならぬことがあった。

「若君」

比企尼は戸口から中へ声をかけた。返事はない。かまわずに、比企尼は続けた。

「たとえ何があろうとも——誰が裏切ろうと、挙兵が失敗に終わろうと、若君は人に頭を下げてはなりませぬぞ」

と、比企尼は一方的に伝えた。

「男がそれなりの信念を持って為したことならば、たやすく謝ってはなりませぬ」

頼朝が幼い頃から、比企尼が教え続けてきたことであった。頼朝がいずれは人を率いる立場になることを意識してのことである。

持仏堂の中は、しんと静まり返っていた。

比企尼はそっとその場を離れた。

頼朝は挙兵に失敗すれば、北条氏に対して負い目を負うことになる。だが、その時、頼朝が北条氏に頭を下げることがあってはならない。北条氏は頼朝の妻の実家である前に、頼朝の臣下でなければならないのだ。

（北の方も今ごろはやきもきしておられよう）

北条政子の内心を推察し、比企尼は複雑な気持ちに駆られた。

頼朝と政子が慕い合ったのは事実であり、二人の結びつきに恋の力が働いたのは、単なる偶然だったかもしれない。だが、頼朝が政子を妻にと望んだその気持ちが、完全に恋のみであったかといえば、そんなことはあり得ないのであった。

（若君は探しておられたはず。自らの後ろ盾になり得る坂東の豪族を――）

無論、比企氏も頼朝の秤にかけられていただろう。

だが、伊豆から遠い武蔵国の豪族では、いざという時に頼朝のために兵を提供できない。その上、掃部允も亡くなった後は、比企三姉妹は頼朝の秤から篩（ふる）い落とされたはずであった。

（いっそ、そうした思惑が見えなければよいものを――）

無論、見えたからといって、頼朝への忠誠心が変わるわけもないのだが、比企尼はそう思うことがあった。

乳母と養君というものは、そういう宿命なのか。血がつながっているわけでもないのに、手に取るように相手の気持ちが分かってしまうことがある。

（ならば、若君も気付いておられるじゃろう。私が娘たちを若君に差し出さなくてよかったと思っている今の気持ちを――）

比企氏の運命が頼朝と共にあることは、もはや宿命である。

だが、もし頼朝がここで敗れ去る運命ならば、せめて娘たちだけは助かってほしい。それが、追い詰められた今の本心であった。

比企尼は持仏堂に背を向けて、渡殿を歩き始めた。やがて、外の庭に面した場所に行き当たった時、さわやかな夜風に気がついて、比企尼はつと足を止めた。

いつの間にか、雨がやんでいる。

見上げれば、夜空には星が瞬いていた。

二

翌八月十七日は三嶋社の祭礼である。

この日、頼朝の奉幣使として、安達盛長が三嶋社へ赴いた。

そして、未の刻(午後二時ごろ)、佐々木定綱、経高、盛綱、高綱の四兄弟がずぶ濡れの姿でやって来た。定綱、経高は疲弊した馬に乗っていたものの、盛綱、高綱は徒歩である。

「どういうことか」

知らせを受けた頼朝は、履物も履かず、裸足のまま外へ駆け出して行った。

その頼朝の姿を見るなり、

「洪水につき、遅参つかまつりました。何とお詫びすればよいものか」

馬から降りた定綱が、その場に跪いて頭を下げた。

経高以下の弟たちも同様に跪いて平伏する。

「おお、何という姿になって――。これほどに苦労して、この頼朝のために駆けつけてくれたこと、ありがたく思うぞ」

「兵衛佐さま――」

頼朝は自らも地面に膝をつき、定綱の手を取って顔を上げさせながら、感動に震えた声で言った。

定綱の顔も鎧も泥まみれで、寝不足のためか目は血走っている。

「そなたらが来てくれて、まことに心強い。このままでは、計画も実行できぬかと思うていたのだ」

「まことに、何とお詫び申し上げればよいものか」

「いやいや、この頼朝が誰よりも頼りに思うのはそなたらじゃ。佐々木兄弟の忠節は三代後まで忘れるまいぞ」

定綱の手を握り締める頼朝の手の甲へ、涙が落ちた。定綱がはっと顔を上げれば、頼朝が滂沱の涙を流しているではないか。

武士たる者、そうたやすく人前で涙を見せるものではない。その武士が——それも、河内源氏の棟梁たるべき男が、自分たちの参着を喜び、涙をあふれさせているのだ。

定綱の顔に朱が上ってきた。

思わず、視界がぼやけてくる。それをごまかすように、視線をめぐらして、傍らの弟たちを見れば、皆、泥に汚れた手甲で、顔をこすっている。

誰もが皆、頼朝の涙に心を動かされているのだ。

——誰よりも頼りに思うのはそなたらじゃ。

その言葉が疲労の降り積もった体に、快く染みとおってゆく。

無論、その場に北条氏一門は、誰一人として顔を見せてはいなかった。

その夜、頼朝は伊豆国韮山（にらやま）にある目代（もくだい）山木兼隆（かねたか）の居館攻撃を命じた。

頼朝自身は出撃せず、北条時政と佐々木兄弟らが山木館へ向かった。

頼朝の警護のため、加藤景廉と佐々木盛綱が残ることになる。

一行は道中の肥田原で、山木側の武将堤信遠（つつみのぶとお）に襲い掛かった。佐々木兄弟の活躍で、まずは信遠を討ち取る。

一方、山木館は郎党の一部が三嶋社の参詣に出かけており、人が少なかった。しかし、頼朝軍の攻撃を受けた山木館では、残っていた郎党たちが必死に戦い、なかなか決着がつかない。

山木館に火を放つことを、奇襲成功の合図と取り決めていたが、館の方角からなかなか火の手が上がらないため、頼朝の焦りは募っていった。

「かくなる上は、そなたらも参戦せよ」

頼朝は加藤景廉と佐々木盛綱、堀親家（ちかいえ）らに、山木館へ進発することを命じた。

特に、加藤景廉には長刀を与え、

「これで、山木兼隆の首を獲（と）ってまいれ」

と、命じた。

彼らは手勢を率いて、急ぎ山木館へ赴いた。

加藤景廉と佐々木盛綱の参戦は、大いに功を奏し、頼朝の期待通り、彼らは山木兼隆の首を獲っている。

山木館には火がかけられた。

「おお、政子よ。それに、乳母殿よ。見ておるか。確かに火が上がっているぞ」

北条館で、妻の政子、比企尼と共に、山木館のある東の空を見上げていた頼朝は、夜空に上がる赤い炎を見出すなり、いつになく大きな声で叫んだ。

「まことに――。これもすべて、頼朝さまの御運の強さでございます」

政子が誇らしげに言う。それまで険しくつり上がっていた政子の眉も、ようやくいつもの形に戻っていた。

比企尼は無言で静かにうなずいている。

やがて、討伐軍は払暁になって北条館へ戻って来た。

「山木兼隆を討ち取ったり！」

「えい、えい、おう」

出迎えた頼朝を前に、武者たちは凱歌を暁の空に挙げた。

――伊豆の北条と相模の三浦が、佐殿に味方を表明。

――佐殿、謀叛。

この報は、坂東諸国に衝撃をもって伝わった。

これを受けて即座に、平家方の将、大庭景親の命令が坂東諸国に触れられた。

『佐殿討伐軍に加わるべし』

この命令は武蔵国の河越、畠山両家にも伝えられた。

坂東の豪族はこれまで都の六波羅平家に従い、逆らう素振りを見せた者などいない。

特に、坂東は八幡太郎と言われる源義家（よしいえ）以来、源氏の力が強い土地柄である。そのため、坂東武士たちは特に気を遣って六波羅平家の機嫌を取った。

畠山重能も斎藤実盛も今は都で平家に仕えているし、河越重頼は河越庄にいたが、ここで育てた河越黒という名馬を、武蔵守平知盛（とももり）に献上している。

平知盛は清盛の四男で、清盛の息子たちの中でも特に聡明だった。跡継ぎではないものの、清盛が最も期待をかける息子だと言われている。

この状況下において、武蔵国の豪族たちが大庭景親の命令に背く理由はなかった。

頼朝に従うのは北条氏と三浦氏だけで、伊豆の伊東祐清も頼朝軍には加わっていない。

伊東祐清は比企尼の三女宗子を妻としており、頼朝自身とも交流があった。しかし、父祐親（すけちか）が平家側の大庭景親に従っていたため、祐清も父に倣ったのである。

畠山重忠の立場はまさに、この伊東祐清と同じであった。

（父上は都で、平家ご一門に仕えておられる）

いわば、父重能は平家の人質のようなものだ。当然、

（私が畠山の手勢を率いて、佐殿追討のため出陣しなければならぬ）

と、重忠は考えた。

ただ、一つだけ気になることがある。

重忠の母は三浦氏の出身なのだ。

母方の祖父や伯父たちは、頼朝に従っていることになる。

だが、これもいたし方のないことだと、重忠は割り切った。血縁の者と刃を交えることは、戦乱の世では起こり得ることである。父重能もかつては叔父秩父重隆を討ったではないか。

自分も祖父や伯父を討つことに、躊躇してはなるまい。

重忠はそう、自分自身に言い聞かせた。

そして、ただちに畠山家の兵を取りまとめると、自らは愛馬秩父鹿毛を引き出し、相模へ進軍することを決めた。この時、重忠は河越庄へ立ち寄り、河越重頼を誘った。

「共に佐殿を討ち、手柄を立てましょうぞ」

河越重頼は即座にうなずくかと思いきや、

「私は、もうしばらく様子を見ようと思う」

と、色よい返事をもらうことはできなかった。

「何ゆえですか」

重忠は気色ばんだ。

「我らは共に、武蔵守に従う者でござりましょう。まして、河越殿は武蔵国留守所惣検校職でもございますのに……」

重忠は思わずそう口走っていた。

武蔵国留守所惣検校職は、武蔵守に成り代わって、租税など治世の実務に当たる重職である。この職を得ることを父重能は望み、秩父重隆を討ち果たすことまで成し遂げた。しかし、ついに重能は武蔵国留守所惣検校職を得るには至らなかった。

この父の無念を、重忠も知っている。

秩父平氏の嫡流として、武蔵国留守所惣検校職を担いながら、謀叛人の討伐軍に参加しないなど、あってよいはずがない。

重忠がそのことを口にすると、

「武蔵国留守所惣検校職にあるがゆえに、迂闊(うかつ)には動けぬのだ。そこを分かってほしい」

と、河越重頼は苦しげな口ぶりで答えた。

詭弁だと、重忠は心の中で叫んだ。

河越重頼は万一、源頼朝が勝った時のことを考えて、どちらにもつかぬよう慎重な態度を取っているだけではないのか。戦局がほぼ確実になってから、勝つ方に味方しようとしている。

重頼の内心を、重忠はそのように読み取った。

(河越殿が、これほどまでに卑怯者だとは思わなかった)

武士たる者がこれでよいのだろうか。

恩を受けた相手に対し、最後まで忠節を尽くすのが武士ではないのか。

河越氏は六波羅平家に大恩があるはずだ。

武蔵国留守所惣検校職は平家の指図によって、河越重頼に与えられたものなのだから——。父重能など、その不満を押し込めて、平家に従っているというのに……。

重忠がむっつりと押し黙っていると、

「まあ、畠山家は重能殿が京におわすゆえ、平家の命令に従わぬわけにもいくまい。思う通りに行動されればよい。ただし、私は同道せぬ」

重頼が話を打ち切るように言った。

物言いは柔らかいが、それ以上の干渉は許さぬという断固とした意志が伝わってきた。

これ以上は、どれだけ説得しても無駄だ。

重忠はあきらめ、畠山の手勢三百騎だけを連れて相模国へ進軍した。

道々、河越重頼の思惑について、あれこれ考えるのをやめられなかった。

重忠は、郷姫の父でもある河越重頼を、これまで同じ一族の年長者と見て敬ってきたが、もしかしたらあちらではそうでなかったのかもしれない。

(まさか、河越殿はいまだに畠山を敵と見ておられるのだろうか)

もしも、河越重頼が自分のことを、祖父を殺した仇の息子と、見ていたのだとしたら——。

——畠山などとどうして手を組むことができようか。

もし、河越重頼がそのように考え、重忠と袂を分かったのだとすれば——。

（もしや、河越殿は初めから、佐殿につくおつもりなのか）

その可能性はないわけではない。

なぜなら、河越重頼の妻——つまり、郷姫の母である朝子は、頼朝の乳母比企尼の娘なのだ。

当然、比企尼は自分の娘婿たちを、頼朝の側に引き入れようと工作しているだろう。伊東祐清については工作に失敗したようだが、河越重頼は違ったかもしれない。

もしも河越重頼が頼朝側についたとしたら、

（私は、郷の父君と刃を交えることになるのか）

三浦氏との対決を毅然として甘受したとはいえ、この想像は重忠の気を重くした。

敵同士となって戦うのはともかく、万一にも、自分が河越重頼を討ってしまったら、郷の気持ちはどうなるだろう。

たとえ今は自分を兄のように慕い、幼い心で重忠の妻になってもよいと言っていても、父を殺されれば——。

——父上の仇となったお方など、顔も見たくありませぬ。

泣きじゃくりながら訴える郷の顔が思い浮かび、重忠の心は乱れた。

もともと、畠山と河越の因縁は深い。重忠の父は河越重頼の祖父を殺した。その上、重忠自身が重頼を殺すことにでもなれば、もはやこの両家に和解の余地はなくなるだろう。両家の間で縁を結ぶなどということも、叶わぬ話となる。

思いがけぬ河越重頼の拒絶は、重忠を悶々と苦しめたが、それでも、進軍の速度をゆるめることはなかった。

武士たる者は己の信念に従って、確固たる行動を取らねばならぬという考えに、変わりはない。もとより、勇猛果敢な心を持っていたし、かつ十七歳の初陣ということで気負ってもいた。

特に、武蔵国を越える頃になると、伊豆国の戦況の新たな報告なども入ってきて、重忠はいっそう奮い立った。

十七日の夜、挙兵して山木兼隆を討った頼朝軍は、二十日には伊豆を進発して、相模国へ向かっている。頼朝率いる三百騎は二十三日、石橋山に陣取った。

三浦氏の軍勢はこれに合流するはずであったが、まだ追いついていない。

一方、頼朝討伐軍を率いる大庭景親の軍勢は、佐々木秀義の岳父である渋谷重国や武蔵国の熊谷直実(なおざね)の手勢などを引き連れ、総勢三千に膨らんでいる。

(何と、武蔵国の熊谷殿は、すでに討伐軍に加わっているのか)

同国の武士のすばやい動きを聞けば、自然と焦らずにはいられなかった。

河越重頼の説得などに手間取っていて、遅れを取ってしまった。相模国へ入った頃の重忠の頭の中は、もうそのことだけになっていた。

二十三日、石橋山の辺りは大雨になった。

頼朝に味方する三浦氏の五百騎は、そちらへ向かっていたが、酒匂(さかわ)川の増水により川を渡ることができない。一方、大庭景親は三浦氏の手勢が合流する前に、頼朝を襲撃することを決めた。

大雨の夜、大庭景親軍の攻撃が始まった。

また、この時、大庭景親に味方する伊東祐親の三百騎も、石橋山の後方をふさいでいる。

この「石橋山の合戦」は頼朝の惨敗であった。

頼朝はここで、北条時政やその息子たちとも分かれ、ここを領地とする土肥実平(さねひら)と共に椙(すぎ)山中に隠れ潜んだ。

大庭景親は頼朝軍の残党狩りを行った。

この時、頼朝は敵将の一人梶原景時(かげとき)に発見されそうになった。しかし、景時は頼朝を見逃し、

「椙山中には、残党はいないようだ。別の山を捜そう」

と、言ったという。

後に、梶原景時は頼朝の傘下に入り、重用されることになるが、頼朝がこの時の恩義に厚く報いたのだと言われている。

結局、三浦氏の手勢はこの石橋山の合戦に参加できず、酒匂川から引き揚げざるを得なかった。

また、畠山重忠の手勢も、この合戦に間に合わなかった。

そして、両軍は翌二十四日、相模国の鎌倉にて相見(あいまみ)えることになった。

三

畠山重忠の軍勢三百と、三浦義澄(よしずみ)、和田義盛(よしもり)の軍勢五百がぶつかったのは、鎌倉の由比ヶ浜においてである。

重忠は愛馬秩父鹿毛に騎乗し、白い砂浜を縦横無尽に駆けた。長刀を手に、群がり寄る敵兵を突きまくり、叩きまくった。

むせ返るような血のにおいも初めてであったが、合戦の最中は無我夢中で何も考えられなかった。

極度の昂奮状態にあったせいか、疲れも感じない。

「若君、若君――」

徒歩の郎党に馬の轡(くつわ)を取られるまで、重忠は戦いに酔っていた。

「いったん休戦のようでございます」

郎党に言われてみれば、確かに敵の軍勢は兵を取りまとめて退(ひ)いて行くようだ。味方の軍勢も疲れ切っており、追って行く気力はなさそうである。

その時、重忠の方へ馬を寄せて来た武将がいた。重忠の後見役としてつけられた本田親恒(ちかつね)である。

本田親恒の娘は、重忠の父重能の妻の一人であったから、一族のようなものである。

「退却の指令をお出しくださいませ」

親恒から言われ、重忠はいったん退却することにした。

畠山軍は小坪坂（こつぼさか）にて兵を取りまとめ、三浦氏との交渉に入った。

もとより、重忠は三浦氏の血を引く者であり、今や源頼朝の生死も定かでないという状況下において、三浦氏も戦う必要を感じなかったのだろう。

和議を申し出てきた。

重忠は古くからの郎党たちの意見に従い、これを受け容れることにした。

「我が軍も死傷者を出しましたが、敵勢の方が数において勝っていたことを考えれば、まずは上首尾と申せましょうぞ」

初陣を大勝利で飾るというわけにはいかなかったが、相手が母の実家である三浦氏であってみれば、それも後味の悪いものとなる。和議については、重忠にも不足はなかった。

しかし、その返事を待っている間に、どういうわけか、敵が小坪坂の畠山軍に襲い掛かってきたのである。

「奇襲かっ！」

和議を結ぶと見せかけて、こちらを油断させていたというのか。よもや、三浦氏がそれほど汚い真似をするとは――。

重忠にはそのことが大きな衝撃であった。

実際には、和議の進んでいることを知らぬ一部の軍勢が、速まった攻撃を仕掛けてきただけであったが、この時の畠山軍には事実を確認するゆとりなどない。

休んでいたところを急襲され、たちまち窮地に陥ってしまった。

「お味方の犠牲が多すぎます。和議はいったんあきらめ、ここはお退きなされませ」

郎党の助言に従うのが、誇り高い重忠にはかつて知らぬ屈辱に感じられた。

（何ということだ。私の初陣が、こうもぶざまなものになろうとは――）

だが、このまま兵士たちを全滅させるわけにはいかない。

重忠は退却を命じた。

どうにか三浦勢を振り切って、兵を取りまとめてみれば、五十余りの死者を出している。生き残った者の中にも深手を負った者もおり、今の状態で進軍を続けるのは無理であった。

（ひとかどの武士とも言えぬ三浦氏のやり方は、許せぬ――）

このまま武蔵国へ逃げ帰ることだけは、重忠には我慢ならぬことのように思われた。

大庭景親の軍勢に合流するべく、あえて進軍するか。あるいは、いったん武蔵国へ引き揚げるか。

重忠は決めかねていた。

その時、

「若君、軍勢がこちらへ向かっております る」

郎党の一人が武蔵方面の街道を指差して叫んだ。

「何者かっ！」

武蔵国からやって来るのなら、三浦氏の軍勢ということはあるまいが、場合によっては頼朝に味方することを決めた河越重頼の軍勢ということもあり得る。

「偵察兵を送れ」

重忠はただちに命じた。

ここで戦うことはできない。相手が誰であれ、敵であれば投降するより他に道がないのか。

やがて、偵察に出した騎兵が、軍勢よりも一足先に、重忠の許に戻って来た。

「河越重頼殿の軍勢にございます」

偵察兵は声を弾ませて答えた。

「我が軍のお味方をせんがため、こちらに向かっておられるとのこと」

「何と、河越殿が我らに味方してくださるのか」

重忠は驚きの声を発した。

それからはじっとしていられず、ほとんど怪我もなかった重忠は、秩父鹿毛に騎乗して、自ら河越軍に向かって馬を走らせた。

「若君、お待ちくだされ」

本田親恒をはじめ、慌てて追いかけてくる郎党たちを待とうともせず、重忠は河越軍に向かって駆けて行く。

ややあって、先頭に立つ河越重頼の顔が目に入った時、重忠の胸には熱くこみ上げてくるものがあった。

「河越殿――」

呼びかけるなり、声をつまらせた重忠を、河越重頼は包み込むような目で見つめた。

「そなたを助けに来たぞ」

重頼は開口いちばんそう言った。

その時の重忠の心持ちは、どう言い表せばよいだろうか。あえて言うなら、今いちばんかけてもらいたい言葉を、かけてもらったような安らぎと喜びであった。

もし父重能が遠い都ではなく、この坂東にいたならば、こうして重忠の危機に駆けつけ、このような言葉をかけてくれたのではなかったろうか。

重忠はなぜかこの時、父を恋しく思った。

「河越殿は私を助けるために……」

「さよう。親族の江戸重長（しげなが）も連れてきたぞ」

この時、重忠は初めて、河越重頼と馬を並べている武将に気付いた。河越庄ほど距離が近くないので、頻繁というわけではないが、江戸重長とは顔を合わせたこともある。

年齢は河越重頼と同じくらいの四十前後で、体つきはがっしりしているが小柄である。

江戸氏も秩父平氏の一族で、畠山や河越とは血のつながりがあった。武蔵国江戸郷を領地として治め、桜田に居館を構えている。河越重頼は秩父氏嫡流として、江戸氏にも声をかけてくれたのだろう。

「私は……あらぬ誤解をしておりました」

重忠はつい、そう口走ってしまった。

「誤解――？」

「私は、河越殿が我々畠山を怨んでおられ、それで私に味方してくださらないのかと――」

重忠がそう言うと、河越重頼の表情に靄がかかった。

重頼のあいまいな表情を見た瞬間、重忠は不安になった。もしかして、自分は突ついてはならぬ藪を突ついてしまったのではないか。

だが、一瞬後、重頼はあいまいな表情を吹き消して、明るく笑い出した。

「さようなことを気にしておったのか」

重頼は目を細めて、重忠を見つめた。

「確かに、私もそなたくらいの齢の頃は、源義平、畠山憎しと思うていた。されど、妻を得て、娘が生まれた。その娘が憎い畠山重能の息子を慕っておる。それゆえ、私は先の大蔵合戦を忘れることにした。それがもう十年以上も前のことだ。大蔵合戦からはすでに二十五年にもなる。どうして忘れられぬことがあろう」

重頼の眼差しの温かさに、偽りはない。

この時ようやく、重忠は河越重頼の本心を知った。

「私と共に、三浦を討ってくださるのですか」

「おお、無論じゃ。そもそも佐殿は石橋山で大敗を喫したそうではないか」

河越重頼は言い、そこからは重忠と轡を並べて、畠山軍の待つ所まで馬を進めた。

そこで、河越、江戸、畠山全軍は千を越える大軍勢となった。

「三浦氏の衣笠城へ進撃する」

重忠敗戦の雪辱のため、武蔵武士の一党は相模国三浦半島へ進撃することを決めた。


河越、江戸、畠山の連合軍が、三浦氏と衝突したのはその二日後の二十六日である。

もとより畠山軍は雪辱に燃えており、河越、江戸両氏の軍勢は最初の戦いで勢いに乗っている。

武蔵武士たちは凄まじい戦いぶりを見せた。

三浦軍はあっさり敗走し、衣笠城へ立てこもって防戦する。

三浦氏は半刻ほど戦った後、城を持ちこたえられなくなり、船で海上へ逃れ出て行った。

ただ、八十九歳の三浦義明だけが逃亡を拒み、城に残った。

「源氏累代の家人として、源氏再興の時にめぐり合わせたのは喜ばしいことだ。この老いた命を佐殿に差し上げ、子孫の勲功を募ることにしよう。そなたらは生き延び、佐殿の生死を確かめよ。私は一人城に留まり、多勢のごとく見せかけて敵勢に見えることとする」

八十九歳の老父の言葉に、息子の義澄は泣く泣く従った。

そして、義澄らが海上に逃れた後、衣笠城は落ちた。

この時、重忠の祖父である三浦義明は、自害を遂げた。

こうして、勝利を挙げた武蔵武士の連合軍の許へ、行方をくらましていた頼朝が海路、安房国へ逃げ延びたという報が入った。

「このまま、兵を安房へ向けましょうぞ」

重忠の意気の高さは変わらなかった。いや、祖父を死に追いやって、ただならぬ昂奮に冒されてもいた。

だが、河越重頼は首を横に振った。

「いや、佐殿が安房において無事であるということは、あの地の豪族たちが佐殿についたということだろう。上総介や千葉介が佐殿についたということも考えられる。もしも、その軍勢を率いて、武蔵国へ入って来られては、かえって領国が危うくなる。ここはひとまず、武蔵国へ戻ろう」

その重頼の言葉に、江戸重長も賛同したので、重忠は渋々ながら武蔵国への帰路に就いた。

そして、重忠らは頼朝の情勢に注意を払いながら、武蔵国へ戻った。武蔵国内に入ってからもそれぞれの領地へ戻るのではなく、軍備を解かずに、今後のことを協議し続けた。

九月に入って、安房から上総、下総をめぐる頼朝の威勢は強まっていった。房総平氏一門は頼朝に従い、その勢いを駆って、十月二日、頼朝軍は大井川（後の江戸川）、隅田川を越え、武蔵国へ入る。

この時には、頼朝の軍勢はすでに三万余騎となっていた。

「三万ですと！」

偵察に出向いた兵がもたらした報告に、重忠は唖然とした。

上総、下総、安房の三国は、完全に頼朝の傘下となってしまった。

「もはや考える余地はない」

河越重頼は断じるように言った。

「我らも、佐殿の許へ馳せ参じるしかあるまい」

江戸重長は腕組みをしたまま黙っており、反論する気配はない。

「しかし、我らは三浦氏を討ちました。佐殿の許には三浦氏がおり、我らを処刑せよと言い出すやもしれませぬぞ」

重忠は反論した。

今ここで頼朝の配下となるのであれば、自分は一体、何のために祖父三浦義明を討ち滅ぼしたのか。いや、ここで頼朝に従ってしまえば、都で平家の人質になっている父重能は、そのまま殺されてしまうのではないか。

「そなたの懸念は分かる」

重忠の心を読み取ったかのように、河越重頼は穏やかな声で言った。

「されど、このままでは我らの故郷へ佐殿の軍勢がなだれ込む。そなたは故郷が蹂躙されてもよいというのか」

「黙ってやられるわけではありませぬ。我らが一丸となって戦えば、佐殿の軍勢を隅田川の向こうへ押しやることもできましょうぞ」

重忠は懸命に言ったが、河越重頼は首を横に振った。

「それは、無謀な抵抗というものだ」

穏やかな口ぶりではあったが、河越重頼は断固として言った。

「武蔵国には我らの家族もいる。女子どもの身を危険にさらすわけにはいくまい」

そう言われると、重忠には逆らいようもなかった。

（父上……）

付き合いのなかった祖父三浦義明を討った時とは違う。

自分を育ててくれた父が都に囚われているというのに、敵に帰順しなければならぬ己の不甲斐なさが、重忠は口惜しくてならなかった。

父はどうなってしまうのだろうか。

仮に、平家が父を助けてくれたとしても、父は武蔵国へ戻って来るだろうか。これまでの平家から受けた大恩を踏みにじり、主君を替えることを潔しとするだろうか。

（もしかしたら、父上は平家への義を貫かれるかもしれない）

となれば、重忠は父重能を敵に回すことになる。

「畠山殿よ」

その時、それまで黙っていた江戸重長が、おもむろに口を開いた。

「これは、河越殿にはすでに告げたことだが、さる二十八日、私の許へひそかに佐殿からの使いが参ったのだ」

「佐殿から――」

「帰順を促してきたわけだが、その使者がこう申すのだ。畠山重能殿と小山田有重（ありしげ）殿が都にいる今、武蔵国の棟梁はこの江戸重長だと――」

「えっ……」

「さらに、佐殿はこの江戸重長を誰よりも頼みに思っているのだという。これが、どういう意味か、お分かりになるか」

重忠は答えることができなかった。

秩父平氏の嫡流が河越重頼であることは、誰もが知ることである。正式に武蔵国留守所惣検校職の地位にもあるのだ。

しかし、頼朝はそれをあえて無視し、重長を棟梁と呼び、最も頼りにしていると言う。

「我ら秩父平氏の切り崩しを狙っておられるのだ」

重忠が答える前に、江戸重長は自分で答えた。

重忠は思わず、河越重頼の顔を見つめた。重頼は何も言わない。

河越重頼の妻は、比企尼の娘であり、頼朝の乳母子である。これを知らない者もいない。

その重頼を無視して、頼朝は江戸重長に接触を求めてきたのである。

(分かるか。佐殿とはそういうお方なのだ)

河越重頼の目がそう訴えていた。

分からないわけではない。頼朝の意図は頭では分かる。

そして、それが非常に巧妙な方法であるということも——。

だが、重忠のまっすぐな心は、それを受け容れがたく思った。

これは、まっとうな武士のするべきことではない。このような策謀をめぐらし、血と信頼で結ばれた武士の絆を断ち切ろうとするなど、断じて男のすることではない、と——。

「私はこのことを、包み隠さず、河越殿に打ち明けたが、佐殿の切り崩しはこれからも行われるかもしれぬ。その時、畠山殿がその対象となることも十分にあり得る」

江戸重長は淡々とした口ぶりで言った。

これからは用心しろということらしい。

重忠はいつになくたじろいだ気持ちを抱いた。このように捻じ曲がった策謀を行う相手に対し、まともに渡り合うことなどができるのだろうか。

その時、河越重頼の右手が、重忠の肩に置かれた。

「河越館から、我らが祖平武綱公が、八幡太郎義家公より賜った白旗を、持って来させてある。そなたがこれを持って、佐殿の許へ挨拶に行け」

と、重頼が告げた。

重忠は驚いた。

「されど、それは秩父平氏嫡流の河越殿がなさるべきでは――」

「よいのだ」

重頼は言った。

江戸重長はすでに重頼から聞いていたらしく、納得ずくのようである。

三人の中で最も若い重忠に譲ることで、秩父平氏の絆は固いことを示すつもりなのだろうか。

重忠は重頼の厚意をありがたく受けることにした。

そして、十月四日――。

河越重頼、畠山重忠、江戸重長の三将は兵を率い、長井の渡しで頼朝の軍勢を迎えた。

頼朝はこのことを非常に喜んだ。

「これから相模国へ進軍するが、そなたに先陣を任せよう」

重忠は頼朝からそう命じられた。手柄を立てる好機である。

また、翌五日、江戸重長は武蔵国の諸雑事を在庁官人や郡司に沙汰するよう命じられた。それは、武蔵国留守所惣検校職の事実上の職務である。

（佐殿はあえて河越殿を無視なされた）

これが何を意味するものなのか。重忠には分からない。

比企尼の娘婿だから、あえて機嫌を取る必要はないと、身内意識ゆえの為せることか。それとも、河越氏の力を殺いでおこうというのか。

（郷はどうしているか）

同じ武蔵国にいる幼馴染の少女のことを、懐かしく重忠は思い出した。

武蔵国に入ってからも領地へは帰っていなかったから、もうひと月以上も顔を見ていない。このまま相模国へ進軍してしまえば、武蔵国へ戻るのはいつになることか。

一日でも早く、その顔を見たいと、重忠は思った。

頼朝に従ったことで、何かが大きく変わってゆくような予感がある。

畠山氏や自分はもちろんだが、河越氏や郷の身の上にまで、何かが降りかかってくるような――。

（いや、郷だけは変わるものか。あの私の幼馴染だけは――）

ふっと胸に湧いた嫌な予感を、重忠は強いて振り払った。

三章　実盛の首

一

頼朝は配下に参じた数万の兵を率い、畠山重忠を先陣に、治承四（一一八〇）年十月六日、相模国鎌倉に入った。

鎌倉は、父義朝や異母兄義平とも縁の深い源氏ゆかりの地である。

七日、頼朝は鶴岡八幡宮に参詣した。

頼朝の館はその東側の「大蔵」に決定した。東西三町弱、南北二町ほどの敷地である。奉行の役人が任命され、さっそく造作に取りかかった。

頼朝の妻政子は十一日の朝、鎌倉入りを果たし、石橋山への出陣以来の再会を果たしている。比企尼や丹後局遠子もまた、政子に従って鎌倉入りした。

ちょうど時を同じくして、信濃国でも平家討伐の動きが見られた。

以仁王の令旨は頼朝の他にも、文覚と源行家らの手で、各地の源氏へ届けられていた。その中には、信濃の木曾谷で成長した源義賢の遺児義仲もいる。

義仲は大蔵合戦の折、畠山重能と斎藤実盛によって救われた駒王丸である。

この時、すでに二十三歳。

義仲もまた、以仁王の令旨に従い、平家追討の兵を挙げたのであった。

こうした各地の源氏の動きは、都にも届いている。

この時の都は平安京ではない。

この年の五月、挙兵した以仁王と源頼政が鎮圧されると、急遽福原へ遷都が行われたのである。福原は出家後の清盛が別業を営んでいた地であった。

頼朝の謀叛を耳にするなり、

「おのれ、頼朝め。命を助けてやった恩を仇で返そうというつもりか」

清盛は激怒した。

ただちに、頼朝追討の軍勢派遣が取り決められた。

官軍の総大将は、平清盛の嫡孫維盛である。

副将に清盛の弟である薩摩守忠度、侍大将に藤原忠清が任じられた。

この時、坂東武士の中で、大番役などにより都に滞在していた者がいる。畠山重忠の父重能と、その弟の小山田有重、それに斎藤別当実盛であった。

畠山重忠が頼朝に従ったことが発覚し、重能と小山田有重は囚われの身となっている。

しかし、清盛の三男で、この時、一門の棟梁となっていた平宗盛(むねもり)は、

「坂東に帰るがよい」

と、二人に申し渡した。

もともと、重能は源義朝の配下であり、平治の乱後、平家に属している。それから二十年が経っていたが、他の坂東武者たちと同様、心情的には頼朝に近いはずである。

宗盛はそれを承知の上で、あえて引き止めず釈放したのであった。

苛烈な清盛と違い、宗盛は心優しく、また甘いところがある。

この時、重能は宗盛に申し述べた。

「たとえ武蔵国にいる我が子が、ご当家に背いたとしても、それがしと弟有重はどこまでも平家ご一門に従ってまいります」

重能ももはや大蔵館に攻め込んだ時とは違う。

当時は若く、自ら坂東に覇を唱えんとする心意気もあった。

今は息子の重忠に、昔の自分を見ることこそあれ、重能自身にその覇気はない。あるのは、この二十年、敵であった畠山氏を受け容れ、一度たりと圧迫しなかった平家一門への恩義ばかりであった。

（もはや、私が畠山氏の一族を率いていく時代は終わった。思えば、かような日が来ることを、

心のどこかでは分かっていて、私は都へ出てきたような気もする。畠山家のことは息子に任せ、私は己の思う道を行きたい）

重能はそう考えていた。

そして、宗盛の勧めにも従わず、そのまま平家一門の傘下に留まった。

とはいえ、重能と有重は平維盛の遠征軍には加えられなかった。敵方に畠山重忠がいることを考慮されたのである。

一方、斎藤別当実盛は違った。

「坂東武士に相対するには、坂東武士をよく知る者が必要だ」

ということで、総大将維盛の後見人のような形で、清盛からじきじきに招かれた。

斎藤実盛はこの時、七十歳。

七つ年下の清盛は六十三歳である。

清盛は出家もし、表向きは隠居していたが、実盛はまだ現役の武将である。この年長の坂東武士を手厚く招いた清盛は、

「我が孫の少将（維盛）をよろしく頼む」

と、礼を尽くして丁重に頼み込んだ。

「貴殿を我が項伯（こうはく）と思っている」

項伯とは、中原の覇を競って劉邦（りゅうほう）と戦った項羽（こうう）の伯父である。

項伯はもともと項羽の配下にあったが、その当時から劉邦の器量の大きさに気付き、何かと力になっていた。項羽が劉邦に敗れ去った後は、劉邦に乞われて、その傘下に入っている。

清盛は、かつての好敵手源義朝の配下であり、その後、自分に仕えてくれた斎藤実盛の経歴を、項伯と同じだと言ったのである。

「私は、入道殿（清盛）の項伯となりましょう」

実盛はいささかの迷いもなく言った。

実盛がそう言った以上、万が一にも平家を裏切って、頼朝側に靡くことなどあるはずもない。たとえ、頼朝が実盛の旧主の息子であり、妹比企尼が頼朝の乳母であってもである。

そして、実盛は頼朝追討軍の総大将、平維盛に従い、坂東へ向けて出立した。

九月末のことである。

平家の出立が遅れている間に、頼朝は坂東諸豪族を支配下に収めることに成功していた。

十月には鎌倉に入り、追討軍に対する仕度を十分に整えることもできた。

そして、十月十六日、頼朝は二万余騎の軍勢を引き連れて、追討軍を迎え撃つべく鎌倉を進発した。

この時、頼朝の許には数人の異母弟たちが駆けつけていた。

義朝の六男範頼（のりより）と、七男全成（ぜんじょう）、八男義円（ぎえん）である。

範頼は遠江国蒲御厨で生まれ、後白河院の近臣で、東国の受領を歴任した藤原範季を養父として育ったという。範頼の「範」の字は、この養父から譲り受けたものであろう。

全成と義円の母は、美貌で名高い常盤御前である。すでに京で出家して僧侶の身となっていた兄弟は、ひそかに寺を抜け出してきたらしい。

頼朝はどの弟とも面識がなかったが、快く傘下に迎え入れた。

同じ父を持つとはいえ、範頼の生母は遊女で、全成らの生母は九条院の雑仕女（下働きの女）である。

義朝の正妻由良御前を母とし、義朝生前から嫡男の扱いを受けていた頼朝とは、初めから立場が異なっていた。

また、現在の頼朝はただの流人ではない。

坂東武士たちから、その主君として仰がれる立場にある。

言わずとも知れるそのことを、彼らはよくわきまえているように見えた。

頼朝の軍勢は順調に東海道を進み、十九日、富士川に達した。

平家の追討軍は、富士川を挟んだ対岸に陣を敷いている。

両軍が互いを察知した時には、はや夜になろうとしていた。東国での夜襲はめずらしいことではないが、この時は川を挟んでいるため、慎重にならざるを得ない。

頼朝は夜間の無謀な攻撃を避け、夜の間も防備を厚くするように命じた。

その頃、平家側の陣営では――。

平維盛の後見役である斎藤実盛が、軍を退くことを主張していた。

「ここへ至るまでに思わぬ脱落者が出ました。また、兵糧が足りませぬ。対岸の様子を探ったところ、敵軍は士気も高く、兵糧も十分な様子。その上、ただでさえ勇猛な坂東武士たちが、この度は己の領地を守らんがため、死に物狂いになるでしょう。引き換え、我が軍の兵士たちは守るべきものが何もない。とうてい勝ち目はござりませぬぞ」

平家側の武将たちの中には、徹底抗戦を主張する者もおり、特に総大将の維盛がなかなか折れなかった。

しかし、この夜の間にも、平家側の陣営には敵軍の様子に怖気づいて、離脱する者が続出した。斎藤実盛は粘り強く説得を続け、副将の藤原忠清もその意に賛成すると、もはや維盛も己が意を押し通すことはできなかった。

「全軍、ひそかに退却せよ。決して、敵に気取られるな」

ついに、維盛は命令を下した。

そして、夜陰にまぎれ、敵に気付かれることなく、富士川から離れることに成功した。

とはいえ、その後の軍紀はもはや正すことができなかった。

平家重代の家臣は別としても、追討のために畿内で集められた兵士たちはばらばらに東海道を逃げ帰って行き、その姿は東海道の宿場の人々の失笑を買ったのである。

さて、富士川の頼朝側の陣営では――。

二十日の朝、対岸を仰ぎ見、誰もが息を呑んだ。

昨日まで陣を敷いていた平家軍が一兵残らず消えている。

「何があった。ただちに様子を探らせよ」

頼朝が険しい表情で鋭く命じた。

「はっ――」

偵察兵たちが急ぎ川を渡って、向こう岸の様子を探りに行った。

やや時あって戻って来た彼らは、平家軍は昨夜のうちに陣を引き払い、すでに東海道を散り散りになりながら馳せ上っていると告げた。

「何と、敵は決戦を避けたということか」

頼朝は考え込むように唸った。

兵の損傷を避けたのだろう。それはただちに分かったが、とすれば、平家側の兵力の層は薄い。

このまま都へ攻め上って行くこともできぬことではない。

だが、この時、配下の上総介広常らが、上洛に反対した。

「今は、坂東の地盤をいっそう固めるべきでございます」

頼朝も同じ考えだったので、この時、頼朝は兵を取りまとめて戻ることにした。

敵方が逃亡したとはいえ、頼朝軍の勝利である。

「勝鬨（かちどき）を上げさせよ」

夜明け方の空に、頼朝軍の勝鬨の声がとどろき渡った。

二

その翌日、黄瀬川（きせがわ）の宿で、奥州から馳せ参じた弟九郎義経（よしつね）を迎えた頼朝は、鎌倉へ凱旋した。

そして、その後は鎌倉を本拠として、坂東の地盤を固めることに力を注いだ。

この頃、頼朝の許には、範頼や義経をはじめとする弟たち、また、頼朝に以仁王の令旨をもたらした叔父の新宮十郎行家などがいた。が、もともと野心が大きく、軽々しいところのある行家は、やがて頼朝と不和になって、鎌倉を飛び出して行った。

行家が身を寄せたのは、甥に当たる木曾義仲の許である。

義仲も以仁王の令旨に従い、挙兵したのだが、頼朝と義仲双方の勢力が拡大していけば、いずれ平家一門より先に衝突する恐れがあった。

そもそも、河内源氏一門だからといって、一枚岩というわけではない。

義仲の父義賢と、頼朝の父義朝はもともと、坂東の覇権をめぐって争った過去を持つ。義仲にとっては、平家一門よりも、父義賢を討った義平（頼朝異母兄）こそが憎い仇であろう。

この義仲と頼朝の対立は、二人の叔父行家が加わったことで、いっそう深刻なものとなっていた。頼朝の挙兵から二年半後の寿永二（一一八三）年三月、両者は軍勢を進め、義仲は信濃と越後の国境熊坂山に、頼朝は信濃の善光寺に陣を張った。

だが、義仲は北陸道において、平家から後方を衝かれる恐れがある。できれば、平家討伐を前に、頼朝との衝突は避けたい。

そこで、義仲は養父中原兼遠の四男、今井四郎兼平を使者に立てて、頼朝に講和を申し入れた。

「嫡男の義高を、鎌倉へお送りいたそう」

というのである。

頼朝はこの願いを容れ、義高をただの人質ではなく、長女大姫の婿として迎えることにした。

こうして、両者の間に同盟が結ばれると、頼朝は軍勢を引き揚げていった。

この動きは早々に都へも伝えられている。

これより二年前、すでに清盛は亡くなっており、平家一門の権勢は急速に西へ傾く夕日のごとき有様であった。

四月に入って間もないある日、平家の将である斎藤別当実盛の館では——。

「木曾勢は、いよいよ都へ進軍してまいりましょう」

客人の畠山重能が、実盛を相手にそう語っていた。

斎藤実盛と畠山重能は、大蔵合戦を共に戦った盟友である。

当時、源義平の配下として戦った二人は、今や、その弟である頼朝にはつかず、かつての敵である平家一門の配下であった。

領地と家を守るため、仕える主人を替えねばならぬことはある。二人ともかつてはそうやって生き延びてきた。

だが、すでに七十歳を越えた実盛と、畠山家の家督を息子に譲った重能は、今さら節操を枉げようとは思っていない。あとは、ただ自分の心の赴くままに戦い、武士の名誉を守るだけであった。

「実盛殿のお心は、とうに決まっているのでしょうな」

重能は尋ねた。

実盛は何とも答えず、ただ穏やかな表情を向けるのみであった。

「平家ご一門は勝利できるとお思いですか」

再び重能が口を開く。

「まず、おおかた難しかろう」

ようやく実盛が答えた。

「では、どのようにすればよいと、実盛殿はお考えですか」

「富士川の合戦の時も、そう進言したが、勝てぬ戦はせぬ方がよい」

実盛は静かな口ぶりで答える。

「なるほど、確かにそうですな」

重能が白いものの混じってきた髭をいじりながらうなずいた。

「されば、いちばんよい方法は、帝を奉じて都を逃れることであろうが……」

言いさした実盛の言葉を受けて、

「平家ご一門は承知なさいますまい」

と、重能が続けた。

「うむ。さすがにな」

実盛はそう呟いて、目を閉じた。

富士川の合戦での対決を避けたのは、決して間違いではなかった。あのまま坂東勢と戦っていれば、平家側は大敗を喫し、多くの兵を失う羽目になっていただろう。

だが、戦わずして逃亡したことも、負けたのと同じ結果をもたらした。

その後、平家側の兵士たちは多くが逃亡し、平家の威信は大きく損なわれたのである。むしろ、まともに戦って敗れるより、それは著しかったかもしれない。

(もしも、木曾勢と戦わずに都を離れれば、平家はいよいよ信望を失う)

平家の総帥である平宗盛は、木曾義仲との徹底抗戦を選ぶだろう。

そして、今度は実盛もそれに反対するつもりはなかった。反対しないのであれば、実盛の採るべき道は一つである。

「間もなく、北陸へ向けて大軍が派遣されることになりましょうが……」

重能の言葉に、実盛はゆっくりと目を開けた。

「実盛殿も参戦なさるおつもりでしょうな」

重能の問いかけに、実盛は否定しなかった。

「敵軍の将、木曾義仲はあの時の駒王丸ですぞ」

「うむ。いずれ再び会うことになろうと、わしはあの当時から思っていた」

実盛は遠く思いを馳せるような表情で呟くように言った。

「さようでしたな。あの赤子とはいずれ再び相会う気がすると、確かに実盛殿はおっしゃっていた」

重能もまた、呟くように言う。それから、思い直したように居住まいを正すと、

「されば、実盛殿。今日は願いがあって、まかり越した。貴殿の北陸遠征軍の一兵卒に、私も加えていただきたいのです」

と、重能は迷いのない口ぶりで一気に言った。

「何と――。畠山殿が参戦なさると――」

実盛は虚を衝かれた様子で、まじまじと重能を見つめた。

「貴殿のご子息は、鎌倉の頼朝殿の配下となられた。木曾殿はその頼朝殿と同盟を結んでおられるのですぞ」

翻意を促すような口ぶりで、実盛が言う。

「いかに私とて、頼朝殿や我が子と刃を交えるのは心苦しい。平家ご一門とて、そのような戦い

に私を加えることは許されぬでしょう。されど、木曾殿の軍勢であれば、我が子はおりませぬ。また、木曾殿とは浅からぬ因縁がある。かつては、物心つかぬ赤子であったため、刃を突きつけることを躊躇えども、今は何の躊躇もござらぬ。いや、むしろ木曾殿に父上の仇を討つ機会を与えて差し上げるべきではないか。木曾殿にとって、我らはよき敵でござろう」

重能の一本気な物言いはどこまでも変わらなかった。

「貴殿はまことにそれでよいのか。もし武蔵国へ帰りたいと申し出れば、決して前内府（平宗盛）は反対なさらぬと思うが……」

「我が子重忠が頼朝殿の配下となった時、故郷に帰ってもよいとおっしゃるのを、強いて留まったのです。故郷に戻る気持ちがあるなら、あの時に帰っておりました。今の私は、畠山家や息子のためではなく、ただ私一人の名のために戦いたいのでござる」

「さようか」

実盛が目の前の重能をじっと見つめた。やがて、皺深いその顔に、ゆるゆると笑みが浮かび上がった。

「畠山殿の意気込みは、大蔵合戦の頃と少しも変わらぬようじゃ」

実盛は楽しげに笑いながら言った。続けて、

「だが、こうして見ると、貴殿も年を取ったのう」

しみじみとした声で言う。

「それは、お互いさまでござろう」

重能が言い返した。

大蔵合戦の当時、二十代の盛りであった重能も今や五十を越えた。実盛に比べれば二十も若いが、これ以上長く生きようという未練はない。

「お気持ちはよう分かった。前内府に我が意をお伝えする折、貴殿の意志もしかとお伝えしておこう」

実盛は表情を引き締めると、しっかりとした口ぶりで、そう約束した。

それから間もない四月十七日、木曾義仲追討の軍が北陸に派遣された。

大将軍に小松三位中将維盛、越前三位通盛（みちもり）（清盛甥）、但馬守経正（つねまさ）（清盛甥）、薩摩守忠度（清盛弟）、三河守知度（とものり）（清盛六男）淡路守清房（きよふさ）（清盛七男）の六名、都合一万余の大軍勢であった。

維盛に直属する軍の中に、斎藤別当実盛はいる。そして、その客将という形で、畠山重能とその弟小山田有重も参戦していた。

まず、平家側が目指したのは、越前の火打が城である。

これは、義仲が最近になって建てさせた砦で、四方に連なる峰々の中にある。

堅固な城郭を、天然の大岩石がぐるりと取り囲み、能美川（のうみがわ）、新道川（しんどうがわ）をせき止めて作った人工の湖によって、敵の進軍を阻んでいた。

「これでは攻められぬ」

平家方は天然の要害に頭を悩ませた。

平維盛は斎藤実盛を呼んだ。

「どういたせばよろしいでしょう」

亡き清盛が後見人にせよと命じた実盛を、今も維盛は師として丁重に扱っている。

「されば、申し上げましょう」

実盛はおもむろに切り出した。

「実盛めは長年、武蔵国に居を構えてまいりましたが、もともとは北陸の出身にござる。思うところ、かの湖は天然のものではありますまい。とすれば、近くに川を堰き止めている柵があるはず。その柵を切り落とし、水の流れを本来のものに戻してやれば、湖を越えて攻め立てることができますぞ」

この実盛の進言に従って、近くの能美川、新道川を調べさせたところ、確かに柵が見つかった。

「ただちに柵を切り落とせ！」

命令が下り、柵が切り落とされると、湖の水はただちに元の川の流れに乗って、下流へ下って行った。そして、湖が干上がったのを見澄まし、

「砦を攻めよ！」

ただちに命令が下された。

平家軍は勇躍、火打が城を攻撃した。

天然の要害と湖に守られた城であるため、もともと兵士は多くない。平家軍が城内に踏み込んで来ると、たちまち混乱に陥って、将兵たちは先を争うように逃げ出した。

「火打が城を攻め落としたぞ！」

平家軍は初戦に大勝利を挙げた。

この勢いを駆って、平家軍は加賀国へ攻め入った。そして、林、富樫の城郭二つを焼き払い、またもや見事な勝利を収めた。

五月八日、平家軍は加賀国篠原（しのはら）に集結し、一万の兵力を二手に分けた。

大手の大将軍に平維盛、通盛を配し、その数七千余騎——。

加賀と越中の境にある砺波山（となみ）へと向かう。

搦手（からめて）は平忠度、知度の三千余騎で、能登と越中の境にある志保山（しほ）へと向かった。

対する木曾義仲はこれを迎え撃つため、五千余騎で駆けつけた。途中で兵を分け、頼朝との不和の原因ともなった叔父の源行家を、志保方面へ向かわせた。

義仲自らは羽丹生（はにふ）に陣を構える。

五月十一日夜半、義仲は中原兼遠の次男樋口兼光（かねみつ）を、前もって平家軍の背後に回り込ませた上で、攻撃を仕掛けた。

「奇襲だー」

「敵の夜襲だ。急ぎ応戦せよ」

真夜中、平家の陣営は混乱に陥った。

斎藤実盛と畠山重能も、ただちに跳ね起きると、維盛の陣へ駆けつけた。

「夜襲ですか」

夜襲自体は想定していなかったわけではない。だが、維盛や通盛の表情は強張っていた。

「牛が攻めて来たとのことです」

維盛が震える声で実盛に答えた。

「牛、ですと――」

維盛が蒼い顔でうなずく。

「角に松明をくくりつけられた牛どもが、手のつけようもないほど昂奮した状態で、我が軍に突っ込んで来たそうです」

聞いたこともない戦法に、実盛も一瞬当惑を覚えた。

だが、牛で七千もの軍勢を蹴散らせるはずがない。そう思った時、山を揺るがせるような軍馬の蹄（ひづめ）の音が聴こえてきた。

「この混乱に乗じて、敵軍が攻め寄せて来たようですな」

実盛は落ち着きを取り戻して言った。

牛はただの目くらましなのだろう。それにしても、度肝を抜く戦法であるのは確かだった。

「我が軍はとうていまともに戦えますまい。兵をまとめて、ただちに撤退させましょう」

維盛が言った。

「されど、敵はおそらく少数です。落ち着いて迎撃すれば、敵を蹴散らすこともできましょう」

夜襲を仕掛けるのは、少数の敵が大軍に立ち向かう時の戦法だ。そのことを実盛は指摘したが、

「いえ、敵は地の利がありますが、我が軍はこの地に不慣れです。夜の戦を避け、明日、雪辱を晴らしましょう」

維盛は反論した。その言葉にも一理ある。

「さあ、斎藤別当殿も急ぎ退却にかかってください」

維盛に急かされ、実盛ももうそれ以上は何も言わず、維盛の言葉に従った。

ところが、退却を開始した平家軍は、間もなく背後から思わぬ攻撃を受けることになった。すでに、樋口兼光によって退路は絶たれていたのである。

前方から義仲軍に、後方から樋口兼光軍に挟み撃ちにされた平家軍は、崖の切り立つ砺波山において、倶利伽羅（くりから）谷方面へと追いやられた。

激しい攻撃にさらされた兵士たちは、我先にと敵軍の攻撃から逃げようとし、倶利伽羅峠の谷底へ転落することになった。

「うわあっ！」

「押すな、こっちは谷底だ」

「返せ、押し返すんだー」

木曾勢の思惑に気付いた時には、もうすでに遅く、追い詰められた兵士たちの多くが谷底へと転落していった。

「何と、真の狙いはこれだったか」

さすがの実盛も茫然として立ち尽くした。

「斎藤殿――」

傍らに立つ畠山重能もまた、目の前の惨劇に信じがたいといった表情を浮かべている。

「我々があの時、助けた赤子は……」

重能が実盛に言うでもなく、呟くように言った。

「とんでもない奇才の将だったのやもしれませぬな」

実盛の返事はなかった。

重能がふと横に目を向けると、松明の火に照らされた実盛の感情を抑えた貌が、何やら容易ならざる決意を秘めているように見えた。

三

倶利伽羅谷の夜襲に成功した義仲は、ただちに兵を取りまとめて、叔父行家の志保方面へ駆けつけ、その援護に回った。

こうして、平家の搦手をも追い散らした木曾軍は、勢いに乗っている。

両軍はそれぞれの兵を取りまとめ、篠原にて最後の決戦に挑むことになった。

「平家側の陣営に、斎藤別当殿がおられると聞いたが……」

義仲は養父中原兼遠の息子である樋口兼光、今井兼平を呼んで尋ねた。

二人とも、義仲には兄弟も同然の乳母子であり、また、息子義高の伯父でもあった。

「探らせたところ、どうも確かなことらしいですな」

樋口兼光が義仲に答えた。

「義父上（ちちうえ）からお聞きしたところでは――」

義仲は中原兼遠を義父と呼んで、先を続けた。

「斎藤別当実盛殿は、俺の命の恩人だという」

「我らも父からそう聞いております」

「されば、俺とても命の恩人を殺したくはない。万一にも、あの方と思われる武将がおれば、討ち取ってはならぬ。生け捕りにできなければ、逃がしてやれ」

義仲は全軍にそう伝えるよう、二人に頼んだ。

「まあ、名乗ってくだされば、そうと知れますが、混戦ともなれば素性を確認するのは難儀です。何を目印にすればよいでしょうか」

樋口兼光の問いかけに、義仲は少し考え込んでから、

「あの方はもはや七十歳を越えた老人のはず。腰の弱そうな者や、白髪の者に注意すればよいだろう」

と、答えた。

「髪は冑（かぶと）で隠せても、髭までは隠せまいからな」

今井兼平が心得た様子で、しかとうなずいた。


ちょうど同じ頃、平家側の陣営では、斎藤実盛をはじめとする坂東武士たちが同じ幕舎に集まり、酒を酌み交わしていた。

畠山重能とその弟小山田有重もいる。また、比企尼の三女宗子の夫で、頼朝とも親交がありながら、一貫して平家側に味方し続けた伊東祐清もいた。

「これはまた、何とも見事な直垂（ひたたれ）でございますな」

その日、実盛の身につけた直垂に目を留めて、伊東祐清が言った。

それは、日ごろ、実盛が着ている直垂とは異なり、鮮やかな赤地の豪奢な錦織であった。戦場では、大将軍の地位にある者しか着ないような逸品である。

実盛は杯を手に、あははっと豪快に笑い出した。

「この年寄りには過ぎたる品でござる。されど、もはや最期の時が近付いていると悟り、これを

着ることにした次第。これは、都を出る折、前内府（宗盛）より頂戴したお品にござる」

実盛は明るい声で語った。そこには、悲壮な響きなどない。

どこまでも明るく晴れやかに、そして、潔く、実盛は最期の時を迎えようとしていた。

畠山重能は長年の盟友の顔を、じっと見つめた。

（実盛殿は出陣して以来、あの直垂を一度もお召しになっていなかった。それは、まだ死に場所にめぐり合っていなかったからだろう。だが、いよいよここが死に場所と、思い決められたのか）

実盛がそう言う以上、万一にも生き残ることはあるまい。

「故郷に錦を飾ると申しますな」

重能は静かな声で言った。

「さよう、この越前は実盛の故郷の地でござる」

実盛の両眼は若者のごとく、きらきらと光っていた。

故郷に錦を飾るとは、古代中国の故事からきている。

朱買臣（しゅばいしん）が若い頃は貧乏暮らしで、妻にも逃げられるような有様だったが、五十歳を過ぎてから大成して出世を果たし、故郷の会稽山（かいけいざん）に錦の衣を着て帰ったという故事である。

実盛はこの故事を踏まえ、錦を着て越前に出征する許しを宗盛に願い出たのである。

宗盛はその言葉に感動し、自らの直垂を実盛に与えた。

「実盛は故郷に名を上げ、身を捨てる所存にござる」

実盛はさわやかに言い放ち、手にしていた杯の酒を一気に飲み干した。
口を利く者は誰一人としていなかった。

六月一日、平家と木曾の両軍は、加賀国篠原に集結した。辰一つ刻（午前七時頃）に、鬨の声が両軍から上がった。

平家軍の先陣は、畠山重能と小山田有重兄弟の三百余騎である。

木曾軍からは、今井兼平が三百余騎で進軍。

夏の暑い盛りで、風はない。

午の刻（正午頃）には、照りつける太陽と、むんむんする草いきれに、兵士たちの全身からは滝のように汗が流れ出していた。

その頃になると、平家軍に負けが見え始めていた。

そこで、平家側ではさらに五百余騎を投入、斎藤実盛はこの中に加わっていた。

実盛は例の赤地の錦の直垂に、萌黄縅（もえぎおどし）の鎧を着けている。

鍬形（くわがた）を打った冑の緒を締め、黄金（こがね）作りの太刀（たち）を佩（は）き、連銭葦毛の馬に黄覆輪（きぶくりん）の鞍を置いて乗っている。

照りつける夏の陽光に、錦の直垂がひときわまぶしく輝いていた。

その美々しい装いは、明らかに大将軍のものである。それは敵の目を引きつけるのに十分な姿であった。

その頃、平家側の新たな兵力投入に対し、木曾勢からも樋口兼光ら三百余騎が駆けつけていた。この中に、手塚太郎光盛（みつもり）という武者がいた。

樋口兼光の兵が投入されてから、平家軍は早くも浮き足立っていた。兵士たちは我先に逃走を始めている。

手塚光盛はそうした敵勢の中にあって、大将軍と思（おぼ）しき錦の直垂を着た武者に目をつけた。

「戦場を捨てず、ただ一人残っておられるのは天晴（あっぱれ）なお覚悟。名を名乗りたまえ」

駆けつけて大声を張り上げた。

「そう言うそちらは、何者か」

錦の直垂武者は、先に名乗ろうとせず逆に尋ねてきた。

「信濃国の住人、手塚太郎光盛と申す」

光盛が名乗ると、錦の武者は満足そうにうなずいた。

「我らは互いによい敵同士と思われるが、私には思うところがあるので名乗ることができぬ」

手塚光盛は顔に朱を上らせた。

「私を見下しておられるのか。そちらは大将軍であろう」

「いや、貴殿を見下してのことではない。だが、私を討てば、貴殿は手柄を立てられよう。さあ、いざ組み合おうではないか」

そこへ、手塚の郎党が徒歩で追いついて来た。郎党は手塚が危機に陥っていると思ったらしい。

「我が主を討たせはいたしませぬぞ」

郎党は二人の間に割って入り、錦の武者に槍を突きつけようとした。

「おのれ、日の本一の剛の者と組もうとするか。小癪な奴め！」

錦の武者は大音声で怒鳴りつけた。それから、たくみに槍を避けて馬を近づけると、郎党の腕をぐいと引き寄せた。

「な、何をするかっ！」

体勢を崩した郎党は、武者の鞍の前輪（まえわ）に頭を押さえつけられた。武者はその郎党の首に、刀をさっと一閃させた。

郎党の首からおびただしい血が噴き出した。鮮血が武者の萌黄縅の鎧にかかる。

武者は目を閉じもしなかった。

武者が手を離すと、郎党の体がどっと地に倒れ臥した。それを見て、手塚光盛の頭に血が上った。

「おのれ！　よくも――」

相手を誰とも知らぬまま、手塚光盛は敵の左手に回って、馬上から組み付いた。

腰から下を覆っている鎧の草摺を引き上げ、そこへ刀を突き立てる。そうはさせまいとする敵と組み合う形となり、二人はその格好のまま地面へ転がり落ちた。

（おや――）

手塚光盛の頭に違和感がよぎったのは、この時である。

相手は堂々として大した意気込みであったが、組み合った時の力はそれほどでもなく、手塚光盛が組み伏せるのに苦労はなかった。

「やあっ！」

討ち取られた郎党の仇とばかり、手塚光盛は武者の首筋に刃を突き立てた。

錦の武者は声も上げずに息を引き取った。

（最期まで名乗らなかったな）

討ち取ってから、冑を取って顔を見ると、艶のよい真っ黒な髪と髭に、薄く化粧を施した安らかな死に顔である。

（大将軍のごとき顔立ちだが……）

手塚光盛は首を掻き切ると、義仲の陣までそれを持って行った。

「味方もなく、たった一騎で残っておりました。錦の直垂を着ておりましたが、名乗りを拒否いたしました。大将軍のようでしたが、今にして思い返せば、言葉には訛（なまり）があったように思われます」

義仲は興味を惹かれて、その首を見たが、顔に見覚えがあるわけではない。

「名乗りをしなかったのは、我が軍にこの男の顔を知る者がいるからではありますまいか」

手塚光盛がそう言った時、義仲の顔色は不意に変わった。

「訛と申したな」

そう叫ぶなり、手塚光盛の返事も待たず、

「樋口兼光を呼べ！」

と、義仲は続けて声を上げた。

兼光は義仲よりも年齢が上である。兼光ならば、義仲が中原家へ連れて来られた時の事情を知っており、その時の記憶もあるかもしれない。

兼光はやって来るなり、首だけとなった武者の無残な姿を見て絶句した。

「知っているのだな。この男を――」

義仲が性急に問いかけると、兼光はまだ茫然としたままの眼差しを義仲に向けた。

「遠い日の記憶ゆえしかとは申せませぬが、義仲さまが気にしておられた武者ではないかと思われます」

「では、斎藤別当実盛か」

「はい、おそらくは――」

「やはり、そうか」

義仲はがっくりと肩を落とした。

命の恩人を死なせてしまったとは――。苦い悔いが込み上げてくる。

だが、ふと何かに気付いたように、義仲は顔を上げた。

「俺は、白髪白髭の男は討つなと命じた。そなたも配下の者に伝えていよう」

「はい。しかと伝えましたが……」

「だが、この男の髪も髭も黒い。どう見ても齢七十には見えぬぞ」

「そういえば、確かに……」

兼光は首をひねった。

「私がこの首を見て斎藤別当殿と思ったのも、二十年余り前のお姿とあまり変わっていなかったからにございます」

「しかし、これはせいぜい五十程度の武者であろう。ならば、斎藤別当殿とは別人ではないのか」

義仲の言葉にうなずきかけた兼光は、その時、はっと思い出した様子で顔を強張らせた。

「そういえば、昔、斎藤別当殿はこう申していたとか。『六十を過ぎて戦陣へ赴く時は、鬢や髭を黒く染め、若々しく見せるつもりだ。若武者と先陣を競うも大人気なく、といって、老武者と侮られるも口惜しいからな』と――。父より聞いていたのですが、ついうっかり失念しておりました。これは、私の失態にございます」

「いや、仮にそう聞いていたとしても、髪と髭を黒く染められてはこちらも見極めようがなかった」

義仲は兼光を咎めず、その後、急ぎ男の首を洗うよう命じた。

首を床机の上に置き、その上から桶に汲んだ水を流しかける。床机の下へ流れ落ちる水は黒く濁っていた。見る見るうちに、髪と髭についていた黒い染料が流れ落ち、その下からは白髪が現れ出る。

「やはり、斎藤別当殿であったか」

義仲の口から、落胆した声が漏れる。

だが、一方で義仲は深い感動に包まれていた。

「これこそ、まさにまことの武士の死に様だ」

義仲は呟くように言い、立ち上がった。それから、実盛の首に向かってゆっくりと、深々と頭を垂れた。その後ろでは、樋口兼光もそれに倣っている。

見事な戦死を遂げた老武将への、そして、命の恩人への心からの供養であった。

四

首を取られ、胴体だけとなった遺体に、あの赤地の錦の直垂を見出した時、畠山重能の両目からは涙がどっとあふれ出て止まらなくなった。

最後に泣いたのは、一体いつのことであったか、覚えていないほど昔である。

もう老境に差し掛かった今になって、こうも涙に暮れる日が来ようとは、重能自身、思ってもみないことであった。

篠原の合戦は平家側の惨敗に終わった。

この合戦で斎藤別当実盛は戦死し、比企尼の三女宗子の夫である伊東祐清も死んだ。

だが、畠山重能は生き残った。弟の小山田有重も生き延びている。

重能は斎藤実盛の赤地の錦の直垂を、その形見にと持ち帰った。首は敵に取られてしまったが、実盛だと分かれば、木曾義仲もおそらく手厚く弔ってくれるだろうと、今は願うしかない。

敗れた軍勢は都へ引き返した。

これにより、いよいよ木曾義仲軍が都へ攻め入って来るに違いないと、都は上へ下への大騒ぎである。平家一門はいよいよ安徳帝と後白河院を奉じて、都を捨て、西国へ落ちることを決定した。

この時、畠山重能と小山田有重、さらに、宇都宮朝綱（ともつな）の坂東武士三名は、再び囚われの身となった。逃亡を恐れてのことではなく、この混乱に乗じ、関東方と通じてよからぬことを企みはしないかと、危ぶまれたようである。

だが、これは総帥である平宗盛の命令ではなく、その下の者たちの勝手な判断であったらしい。

重能らは縄をかけられ、宗盛の前に連れて行かれたが、それを見るなり、宗盛はすぐに縄目を解くよう、いつになく厳しい声で命じた。

「この者たちを、いかがいたしましょうか」

重能らを引っ立ててきた侍が、縄はほどいたものの、重能らに疑わしげな目を向けながら宗盛に問うた。

この時、宗盛の傍らには、同母弟の知盛、重衡（しげひら）の二人がそろっていた。

清盛亡き後、平家を率いているのはこの三兄弟である。宗盛の器量を疑う声は早くからあったのだが、それを支える知盛、重衡二人の器量の大きさは世間の認めるところであった。

畠山重能は、武蔵守でもあった知盛と面識がある。

知盛は聡明な上に、冷静で穏やかな人柄であり、亡き清盛が最も期待をかけたと言われる息子であった。重能などは知盛が平家の総帥になればよいものを——と思っていたが、どういうわけか、清盛は宗盛を跡継ぎにするという方針を最後まで変えなかった。

兄弟間で家督争いが起きるのを避けるためでもあり、知盛、重衡に宗盛を支えさせることで、一門がうまくまとまると信じていたのかもしれない。

重衡も器量の大きさでは、知盛に劣らないが、人格の面ではこの兄に及ばないようだ。

特に、治承四年の末に南都征伐の総大将になった際、東大寺・興福寺を焼き払ったため、重衡に対する仏教界の憎しみは深い。また、興福寺を氏寺とする藤原氏一門も、この件を機に、平家に背を向け始めた。

重衡がこの遠征から帰って来た時、宗盛はこの弟に、

「この度の焼き討ちはすべて、私の指図によるものだから、そなたに罪はない」

と言って慰めたという。

だが、実際は宗盛からそのような指図は出ておらず、東大寺近くの民家に放った火が折からの風に煽られて広がり、寺の伽藍まで焼き払ってしまった事故であった。

当然、総大将であった重衡の失策によるものである。

この話を耳にした時、

（宗盛卿らしい）

と、重能は思った。

宗盛にはこういう人のよさがある。一方で、それは人に付け込まれる甘さともなる。

畠山重忠が源頼朝についた時、重能と有重を殺しもせず、追放もしなかったから、今になって裏切りや内通を疑わねばならない。重能にそのつもりはないが、頼朝がそういう宗盛の隙に乗じようと考えれば、平家一門の未来は暗いと、重能は思った。

この度も、宗盛は決して自分たちを殺せとは言うまい。

むしろ、宗盛の傍らにいる重衡などが、殺せと言い出しはすまいか、重能はそちらを案じていた。

だが、この時、宗盛は何とも返事をしなかった。

あまりに沈黙が長いので、ふと重能は不安になった。

（まさか、お人よしの宗盛卿も追いつめられて、いよいよ我々を殺せと言い出すのか）

だが、それならばそれでよい。

長年の盟友斎藤実盛が死んで以来、重能にはこの世に未練や執着がなくなってしまった。畠山家や息子の将来は大切だが、今はもう重忠も一人で立派にやっていけるだろう。

（ただ唯一の心残りは、実盛殿の菩提を弔えなかったことだが……）

あの錦の直垂を託して頼めば、実盛の菩提は宗盛が弔ってくれるだろう。

そうなればもう、心残りもないと、重能は思った。

「新中納言（知盛）、そなたはどう考える」

ややあってから、宗盛は傍らの弟知盛に尋ねた。

「この者たちを斬ったところで、我らの運が変わることはありますまい」

知盛は淡々とした物言いで答えた。

端整なその顔には、特に重能らへの同情が宿っているわけでもなく、冷静に下した判断であるようだ。宗盛は弟の言葉に大きくうなずいた。

「新中納言の申す通りだな。天運尽きれば我らは滅び、運開ければ今の恩もまた生きる。そなたらは新中納言殿に感謝なされよ」

宗盛はそう言って、重能らに心のこもった眼差しを向けた。

（宗盛卿は、新中納言さまに名誉をお譲りになったのだ）

この時になって、重能は宗盛の意図に気付いた。

南都焼き討ちの罪業は引き受け、手柄や名誉は人に譲る。

それもまた、棟梁の器と言えるはずだと、重能は心に強く思った。

こういう宗盛だからこそ、斎藤実盛は最期まで従うことに決めたのだ。たとえ亡き清盛からの切なる願いがあろうとも、宗盛にそれだけの値打ちがなければ、実盛とて平家を離れていただろう。

「この上は、どこまでもお供させてくださいませっ！」

気付いた時には、重能は宗盛の前に跪いて、そう叫んでいた。

先ほど、この世に執着はないと思ったばかりだというのに、胸は熱く高鳴っている。もしもまだ、自分に残された人生があるのなら、己が決めた武士の道にすべてを捧げてみたいと、重能は思った。

「我らもお供させていただきたい」

重能の傍らでは、弟の有重も、宇都宮朝綱も、跪いて宗盛にそう頼み込んでいる。

だが、以前、重能たちの請いを入れた宗盛は、今度はうなずかなかった。

「いや、我らは西国へ行く身。されど、そなたらの魂は東国にあろう。抜け殻だけを西国に連れて行っても何になろうか。そなたらは故郷へ帰るがよい」

宗盛の目は潤んでいた。重能は実盛の死に遭って以来、涙腺が緩んでしまったせいか、目頭が熱くなるのを覚えた。

(宗盛卿とはこういうお方なのだ)

だが、思い返せば、この宗盛の性格も、亡き清盛の一部を受け継いだものなのかもしれない。

清盛は幼い頼朝やその弟たちを助けた。それが、今日の平家の危機となっている。

(頼朝殿とはどういう男なのか)

頼朝は義仲と和議を結んだ際、義仲の息子を人質に取ったというが、もし両者の仲が破綻した時、頼朝はその息子をどうするのか。

宗盛ならば、きっと助ける。清盛でも助けるだろう。

そして、自分や斎藤実盛でも――。

(必ず助ける)

重能はそう思った。

だからこそ、大蔵合戦の折、駒王丸を助けたのだ。その駒王丸に殺される羽目になったとしても、斎藤実盛は駒王丸を助けたことを決して悔いてはいなかったろう。

そんな実盛だからこそ、宗盛に従ってきた。重能もまた同じである。

(私は武蔵国へ戻って、頼朝殿に従えるか)

重能は自問した。頼朝に、自分や実盛と同じ魂があるならば、従えないこともない。だが、重能にとって頼朝は未知の存在だった。

「さあ、もう行きなされ。我らよりも先に、都を離れた方がよい」

宗盛は重能らを急かした。

重能は宗盛の顔をじっと見上げた。宗盛が大きくうなずいてみせる。

「皆さま、どうぞご無事で――」

重能がそう言って頭を下げた時、不覚にも涙がこぼれ落ちた。

平家一門が安徳帝を奉じて都落ちをし、木曾義仲が都入りを果たした頃、畠山重能は武蔵野にいた。

遠い都では、後白河院がまんまと平家一門の目を欺き、姿をくらませたという。後白河院は木曾義仲に身を守られ、再び都に戻った。

後白河院を奉じることのできなかった平家一門の立場は、ますます苦しくなったようだ。これからは、木曾義仲が都で威勢を振るうのかもしれない。

だが、そのようなこともう、重能には関心がなかった。

数年ぶりに踏んだ武蔵野の大地が、足に心地よく感じられる。

すでに秋を迎えており、さわやかな風が吹いていていた。

故郷の畠山庄へ着けば、西手に秩父山地が見える。

秩父平氏の出自を象徴するような秩父山地を目にした時、重能にその実感が込み上げてきた。

（帰って来たのだ——）

いったん馬から降りて、武蔵野の大地を踏みしめていた重能は、再び馬に飛び乗ると、一気に菅谷館まで駆けた。

懐かしい館に戻ると、出迎えてくれたのは、家臣の本田親恒であった。畠山家と同じ桓武平氏の血を引く家臣で、重能が大番役で京へ出向く際、若い息子重忠の後見を任せた者である。

「ようご無事でお戻りに——」

本多親恒は突然の重能の帰還に驚きながらも、喜びを抑え切れぬという表情で重能を迎えた。

「重忠さまはただ今、鎌倉に行っておられまして、お留守にございます」

親恒はそう報告した。

頼朝が鎌倉に居を定めて以来、臣従した坂東武士たちは鎌倉に館を持ち、鎌倉御所への奉公を義務づけられているのだという。といっても、領地へ戻れないわけでもないから、ただちに鎌倉の重忠に使者を送ろうと、親恒は言った。

重能が返事をしないでいると、

「それとも、重能さまが鎌倉へ参られますか」

と、親恒がやや遠慮がちな物言いで尋ねる。

重能が鎌倉へ赴くのは、重能自身が頼朝に臣従するということであった。しかし、これまで平家一門に従ってきたことを、頼朝がどう思うかは分からない。

やむを得ぬ事態であったと黙認すればよいが、重能が倶利伽羅谷や篠原で戦場に出ていたことはすでに知られていようし、責任を取れと言われる可能性もないわけではない。

「いや、まずは菅谷館にて重忠の帰りを待ち、鎌倉の様子を聞いてからということにしよう」

と、重能は答えた。

そこで、鎌倉へ使者が遣わされ、その二日後、重忠は馬を走らせて菅谷館へ帰って来た。

「父上っ！」

重忠は館内に入って来るなり、叫びながら廊下を大股で走ってきた。

「重能さまはこちらに――」

菅谷館を預かっていた本田親恒の案内も待たずに、重忠は親恒を追い越して、重能の居間へ駆け込んできた。

「父上、ようもご無事で――」

重忠は父の姿を見るなり、その前へ走り寄って跪いた。瞬きもせずに見つめ続けるその黒い目はやがて潤み始めた。

「少し、おやつれになられましたな」

「そうか。そなたは健勝そうで何より――」

「ご苦労をなされたのでしょう」

「いや、それほどでもなかった」

重能は別れた時より、ずっと体格も立派になり、顔つきも大人びた息子の姿をじっと見つめた。

「私より、そなたの方が苦労をしたであろう。この危うき世によくぞ無事に身を保ち、畠山家を守ってくれた」

「いいえ、家臣らや河越殿のご助力のお陰です」

「そうか。河越殿の……な」

重能は何事かを考えるふうに、いったん目を閉じた。

「父上、これから私と一緒に鎌倉へ参ってください。御所さまにはすでに父上のことを申し上げ、お咎めなしとのご沙汰をいただいております」

重忠は言った。抜かりなく、頼朝から父の安泰を取りつけてきたものらしい。息子は確かに成長したと、重能は心の底からそう思った。

「いや――」

ゆっくりと目を開けて、重能は言った。

「私は鎌倉へは行くまい」

重能は静かな声で言った。

「何ゆえでございますか。御所さまには従えぬということですか」

「いや、頼朝殿にはご挨拶できぬことを詫びておいてくれ。私はこれより出家するつもりだ」

重能の目に揺らぎはない。すでにもうずいぶん前から決心していたことなのだと、重忠も察した。

「さようなこと――。この畠山家の当主は父上でございますのに……」

「いいや、すでに京へ発った折、当主はそなたと言い残したはずだ」

「あれは、父上がお留守の間という意味でございました」

「当時はそうであっても、その間に世の中が大きく変わった」

きっぱりとした口ぶりで、重能は言った。

「平家方として戦った私がおれば、畠山家の行末にも、そなたの前途にも差し支えよう」

「されど……」

「私が出家するのはそれだけではないのだ」

重忠の言葉を遮って、重能はおもむろに続けた。

「先の篠原の合戦で、斎藤別当実盛殿が亡くなられた。あの方は私の掛け替えのない友である。私はどうしてもあの方の菩提を弔いたいのだ」

「父上……」

「早くに亡くなったそなたの母や、我が義父三浦義明殿の菩提も、私が懇ろに弔うつもりだ。ゆえに、衣笠城の戦いのことを、もう気に病むことはない」

父の言葉に、重忠は絶句した。

何も言わずとも、父は息子の苦悩を察してしまったようだ。祖父を討ち滅ぼしながら節義を枉げて頼朝に屈したことで、重忠が苦しんでいることを――。

「私がそなたの立場でも、同じようにしただろう」

重能は息子の肩に手を置いて、静かに告げた。

重忠はいつの間にかうつむいていた。

自分はずっと父からこうしてほしかったのだと、涙をこらえながら重忠は思っていた。

倶利伽羅谷、篠原の合戦に勝利した勢いを駆り、木曾義仲の軍勢は七月末、ついに都に達した。

平家はそれ以前に、安徳帝とその生母建礼門院（けんれいもんいん）を奉じて西国へ落ちたが、後白河院はいち早く比叡山に逃れていたという。

七月二十七日、後白河院は同心する武士に守られて、都へ戻った。義仲自身はその翌日、叔父の十郎行家と共に入京し、後白河院の御所である蓮華王院へ伺候している。

帝が不在の都では、その後、新たな皇位継承者を決めることになった。

この時、義仲は自ら推戴してきた以仁王の王子北陸宮の即位を主張。皇位継承に口出ししたことによって、後白河院とその側近たちの信用を失った。

皇位は故高倉院の皇子で、安徳帝の異母弟に当たる尊成親王――後鳥羽帝に受け継がれることになる。

また、飢饉による食糧不足のところ、義仲の軍勢が都に駐屯したため、食糧事情はさらに深刻なものとなった。木曾軍の略奪行為などが行われ、義仲は京の民たちからも忌み嫌われるようになった。

そして、義仲入京から二ヶ月余り後の十月のこと――。

頼朝がひそかに後白河院に対して送っていた書状に対する返答として、宣旨が下された。

それによれば――。

東海道、東山道の荘園および国衙領を、元の所有者に返還させること。

その任務は頼朝によって行われること。

「寿永二年十月宣旨」の主要な内容はこの二点である。

これは、東海道、東山道の行政権の執行を、頼朝が朝廷から任されたということであった。

これを受け、頼朝はいよいよ弟の範頼と義経に六万の軍勢を与えて、都へ進軍させた。

追いつめられた義仲は寿永二年の末、後白河院の御所法住寺殿を襲撃し、政変を決行する。

しかし、寿永三年が明けた頃にはもう、範頼・義経軍が都に迫っていた。

勢田と宇治川でそれぞれ行われた合戦において、範頼と義経は勝利を収める。

義仲は戦死し、範頼と義経は都に入った。

四章　治承・寿永の内乱

一

入京して間もなく、源範頼・義経軍は平家追討の院宣を受け、都を進発した。

この時、平家軍は西国で力を盛り返し、摂津国で都入りの機会をうかがっていたのである。

坂東軍は軍勢を二手に分けた。

本隊の大手軍を範頼が率い、背後を突く搦手軍を義経が率いる。

畠山重忠は義経の陣営の中にいた。

（源義経殿……）

重忠にとって、この遠征に出て以来、頭から片時も離れることのない存在である。というのも、

「御所さま（頼朝）のご舎弟と、河越重頼殿のご息女の間に縁談があるらしい」

という噂を耳にしたからである。

どうやら噂ばかりでなく、事実だったようだが、幸い世の中が静まらず、縁談は進んでいなかった。それでも、この合戦が終われば、またこの縁談が蒸し返される可能性はある。

（この方が、郷の夫になるかもしれぬ——）

そう思うと、重忠の心は乱れた。

鎌倉にいた頃は、あまり身近に接する機会もなかったが、遠征中は馬を近く並べることもあれば、軍議でその顔を見ることも多い。

（戦場では、さようなことに気を取られていてはならぬ）

重忠は己を戒めた。

それでも、義経という人間を観察する目だけは捨て切れなかった。

重忠は義経と共に、宇治川で木曾軍と戦ったが、これはほぼ勝ちが決まっていたような合戦で、義経の真価を量ることはできなかった。

将帥の器として、可もなく不可もなくといったところであろうか。

そう思っていた重忠の考えを、根底から覆すことになったのは、この摂津国における平家一門との合戦の折のことであった。

戦場となった一の谷の背後には、鵯越（ひよどりごえ）という急峻な崖が聳（そび）えていた。

搦手の義経軍はその山道を進軍し、大手の範頼軍と時を合わせて、敵を二方面から突くことになっている。

ところが、それを狂わせる出来事が崖下で起こった。

「九郎さま！」

義経の従者が崖下を指差しながら、驚きの声を上げた。

「合戦が始まっております！」

義経らの進軍に遅れは出ていない。

ということは、大手の範頼軍の方に問題が起こり、突発的に戦闘が始まってしまったのであろう。

「急ぎませんと、戦闘に間に合わなくなります」

うろたえる人々の中で、義経は落ち着いていた。

「いや、このまま進んでは意味がない」

義経は崖下をじっと見つめていた。しばらく沈黙した末、義経は案内の猟師を連れて来るように指示した。

「この坂を馬で下りることはできまいか」

義経は即座に問うた。相変わらず、その声は落ち着いている。

「まさか！」

猟師は即座に否定した。無知な相手への同情と常識破りな発想への畏怖を、同時に浮かべている。

「この坂は馬では下りられませんぜ。餓鬼でも知ってることです」

「では、この坂を下る獣はあるか」

「そりゃあ、鹿が時折、駆け下りるのを見たことはありますが……」

猟師は幾分、躊躇した口ぶりで言ったものの、すぐに付け加えた。

「ですが、馬で下りるなんざ、とんでもないことです。そのため、抜け道をそれがしがご案内申し上げてるんですぜ」

猟師は大げさな身振りを交えて、義経の意を翻そうとしたらしいが、成功しなかった。

「鹿に下れる坂を、馬が下れぬはずがない。まずは義経が自ら下ってみせよう。心ある武者、手柄を立てんと思う武者は我に続け！」

義経は叫ぶなり、いきなり馬腹を蹴って突進したのである。一度も振り返らなかった。他の武者たちの意見を求めもしなければ、反応をうかがおうとさえしなかった。

「おう！」

「殿に続け！」

まずは主人と同じように、怖いものを知らぬ義経子飼いの武者たちがそれに続いた。

重忠はそこでようやく我に返った。

この時、重忠は河越家から譲られた三日月に乗っていた。子馬の頃から、郷が大事に世話をしてきた雌馬である。

この遠征の間、ずっと共に過ごしてきたから、重忠は三日月の調子や気持ちが大体分かる。

今、三日月はひどく昂奮していた。そして、同時に脅えている。

だが、重忠は義経にひけを取りたくなかった。

義経は今、重忠の目の前で、他の者には為し得ぬ業を成し遂げてみせた。

その勇気と行動力はおそらく都中の評判となり、その噂は坂東にまで伝わって、いずれ郷の耳にも入るに違いない。

やがて、郷は聞くだろう。

その義経軍の中に、畠山重忠がいたことを――。彼女が少なくとも、兄のように慕っていた男のいたことを――。

その時、畠山重忠は鵯越を眼前にして、為す術もなく佇んでいただけだったなどという話を郷の耳に入れるわけにはいかない。

義経に匹敵する――とまではいかなくとも、それに次ぐだけの手柄を立てておきたい。そうでなくては、対等に郷を競うことさえできないだろう。

「大事無いぞ、三日月」

重忠は愛馬の鬣（たてがみ）をそっと撫ぜた。三日月が低くいなないた。

重忠は三日月のかつての持ち主を思い出していた。三日月がその人自身のように思われてくる。

「あちらへ参ろうぞ」

重忠は愛馬に優しく話しかけ、その背からそっと降りた。そして、降りるなり、三日月の腹の下に入り込み、両の肩に馬体を交差させて安定感を確かめる。

「重忠さま！」

重忠が何をしようとしているか、ようやく気付いた従者たちが恐怖の声を上げていた。が、重忠はそれらをまったく無視した。

かつてないほどの集中力が重忠の全身を満たしている。

これは郷を手に入れるための闘いなのだ。そう思えば、いかなる不可能も可能に変えることができそうな気がする。

「おおう！」

重忠は叫ぶなり、三日月を背に抱え上げた。

そして、そのまま鵯越の坂下に突き進んで行った。

目の前に見えるのは、先に駆け下って行った義経の姿だけであった。


義経の奇襲が功を奏し、平家軍はたちまち大混乱に陥った。

この時、一説には後白河院からの停戦命令が平家側に届いており、平家の方では和平交渉を進めるつもりで、敵軍の攻撃はないものと信じていたという。

一方、範頼・義経軍に停戦命令は届いていなかった。

それゆえ、一の谷の合戦における平家側の混乱は、凄まじいものであった。

まずは、安徳帝と建礼門院を海上へお連れしなければならぬと、二人を守る一団は急ぎ海辺へ撤退した。

もともと戦うつもりのなかった平家軍では、指揮も徹底していない。彼らは押し寄せる坂東軍に対し、個別に防御するだけで精一杯であった。

重忠は崖の下へ駆け下りるなり、三日月を地に下ろして、これに騎乗した。

「我こそは武蔵国の住人畠山重忠なり。これと思わん者は我と組んで勝負せよ」

重忠は三日月と一丸となり、戦場を駆けめぐった。

馬上から槍を振るい、無我夢中で戦った。

ふと気付くと、重忠は一人だった。もはや重忠に立ち向かって来ようという敵もいない。ならば、こちらから敵を探しに行こうと身構えたが、目につくのは投降した兵か怪我をして動けぬ兵ばかりである。

それでは、もはや合戦は終わったのかと、夢から覚めたように思ったその時、

「これは、畠山殿ではないか」

と、馬を近付けてきた男がいた。

齢の頃は、四十から五十といったところだろうか。大柄の重忠に比べると、一回り小さい体をしているが、冑の中から見える目はらんらんと光っていた。

「熊谷殿でしたか」

重忠は馬上で丁重に頭を下げた。

熊谷次郎直実は重忠と同じ武蔵国の豪族である。

頼朝が旗揚げした時は、平家方の将である大庭景親の呼びかけに応じて、頼朝の敵に回った。これは重忠も同じである。だが、重忠と違って、いち早く大庭景親の軍勢に加わった熊谷直実は、石橋山の合戦にも参加している。

その後、頼朝の威勢が強くなると、大庭景親の陣から離れ、頼朝に帰属した。

この合戦では、何としても手柄を立てようと、功名心に燃えていた。

「畠山殿はお若い身でありながら、この度は大手柄ですな」

熊谷直実は口惜しさを隠す素振りも見せずに言った。

四十を越えた身で、二十歳の重忠に対抗心を燃やすような純朴さを備えている。

「いや、私は大将軍の首は取っていません。ただ、鵯越を駆け下っただけで――」

「ご謙遜を――。馬を背負って鵯越を駆け下ったと聞きましたぞ。畠山殿の剛力はもはや日の本一でござる。いやはや、まことにうらやましい」

熊谷直実の口ぶりは、相手を誉めていても、悔しそうに聞こえるので、重忠は閉口した。

それで、熊谷直実から目をそらしたその時、きらりと光るものが重忠の目の中に飛び込んだ。一瞬のことだったので、光の加減であったのだろう。だが、なおもよく目を凝らすと、どうやら馬に乗る武将の姿であることが分かった。

「熊谷殿」

重忠は熊谷直実の注意を促した。

どうやら平家側の身分の高い武将のようだが、この功名心に燃える男と争う気持ちにはなれない。ここは、年長者の熊谷直実に敵を譲るべきだと、重忠は判断した。

「あちらに、身分ある武将がいるようです」

「な、なにいっ！」

熊谷直実の顔色が変わった。

重忠の指差す方に目を向け、その騎影を見出すなり、早くも手綱を握る手に力がこもっている。

「畠山殿、この熊谷はまだ手柄を立てておりません。ここは同じ武蔵武士の誼（よしみ）にて、どうかあの敵をお譲りいただけまいか」

熊谷直実の目の輝きが、先ほどよりもいっそう強くなっている。

「無論、そのつもりです。さあ、他の者に見つかる前にお急ぎください」

重忠は熊谷直実にそう勧めた。熊谷直実は深々とうなずくと、

「感謝申し上げる。しからば御免——」

と言いざま、馬首をめぐらして一気に駆け出した。

重忠の見つけた武将は、ただ一騎で沖にいる船を目指し、馬を海に乗り入れようとしていた。

練貫（ねりぬき）に鶴の縫い取りをした直垂に、萌黄匂（もえぎにおい）の鎧を着け、鍬形を打った冑の緒を締めている。そして、腰には黄金作りの太刀を佩き、それが日の光に反射して、きらびやかに輝いていた。

どう見ても、身分の高い武将である。

熊谷直実は勇躍した。逃してなるものかとばかりに、

「そこにおられるのは大将軍であろう。敵に背をお見せになるのか。戻って来て、私とお組みなされよ」

熊谷直実は馬上から大音声で叫んだ。

その声が届いたのか、敵の武者は馬の足を止めて振り返った。それから、躊躇いも見せずに、馬首をめぐらすと、浜辺へ取って返してきた。

（しめた！）

熊谷直実は馬の勢いを駆って、敵の武者に組み付いていった。両者共にもんどりうって砂浜に転がり落ちる。

熊谷直実は相手の腕を決して離さなかった。すかさず馬乗りになり、ようやく一息つく。

その時、初めて熊谷直実は相手の腕の細さに気付いた。

いや、腕ばかりではない、肩もどこかほっそりとして、ひ弱そうに見えた。

（まさか、子供――？）

熊谷直実は相手の冑を無理やり剥ぎ取った。

その中から現れたのは、齢の頃、十六か十七ばかりの若武者である。

薄化粧をし、歯を黒く染めているせいか、少女のように柔和な面差しと映った。

熊谷直実の中に躊躇が生まれた。頭の片隅には、この若武者と同じくらいの我が子小次郎直家(なおいえ)の面差しがよぎってゆく。

「名をお名乗りください」

熊谷直実が刀をかざしたまま尋ねると、少年はつむっていた目を開けた。大して脅えた様子も見せず、

「おぬしは何者か」

と、逆に訊き返してくる。

「それがしは武蔵国の住人、熊谷次郎直実と申す者——」

少年は美しい眉をかすかにひそめた。

「私はお前には名乗るまい。私を討って、その首を誰かに見せよ。見知っている者がきっといる」

少年はどこまでも誇りを失わない態度で言う。

(この若武者にも父親がいよう)

そう思うと、熊谷直実はまるで自分が息子の体を押さえつけ、その首を掻き切ろうとしているような錯覚を覚えた。

(私は、何ということをしていたのか)

そう思った時であった。

「おぬしの味方が参ったようだぞ」

少年が絶望的な声で告げた。はっと我に返って背後を見れば、味方の坂東勢が五十騎ばかりでやって来る。

「さあ、早く首を取れ」

少年は言った。

「できぬ！　私には……できませぬ」

熊谷直実は手を振り下ろし、がっくりと肩を落として首を横に振った。

それを目にした途端、少年の表情が不意に変わった。

誇り高く傲慢そうな様子が消え、相手を気遣う優しさに包まれている。

「坂東者は情けを知らぬと聞いていたが、おぬしは心優しいのだな。私はもはや助かるまいが、同じ討たれるのなら、おぬしに討たれたい。こう思うのも前世からの因縁であろう」

少年は穏やかな声で言う。その物悲しく美しい顔を、熊谷直実はもう見ることができなかった。

「さあ、首を取ってくれ」

静かな声と、近付いて来る軍馬の蹄――。

この時ほど、馬蹄の音を呪わしく思ったことはない。

「そこにおられるは熊谷殿」

伊豆出身の土肥実平（さねひら）の声であった。

この若武者を他の者の手にはかけさせたくない。その瞬間、熊谷直実の体内を激しいものが突き上げてきた。

「御免っ！」

熊谷直実は目を閉じたまま、少年の首に刃を突き立てた。

少年の息の根が止まり、体から力の抜けるのが分かった。刀をつかんだままの右腕がぶるぶる震えている。このようなことは、幾たびもの戦場に出てきた熊谷直実にとって、初めての経験であった。

「おお、お見事！　よき敵将を討ち取られたようだな」

土肥実平が近付いて来て、熊谷直実にうらやましそうな口ぶりを向けた。熊谷直実は左の手で、震える右腕をがしりとつかんだ。

「おや、この人は――」

土肥実平は討ち取られた若武者の腰に、錦の袋に入った笛を見つけて声を上げた。

「御覧になられよ、熊谷殿。身分の高い人は優雅なものだ。坂東軍の中に、戦場へ笛を持って行く者など、一人もあるまいに……」

土肥実平は感心した様子で呟いた。

熊谷直実は浜辺に座り込み、放心したような眼差しを若武者の笛にじっと当てていた。

少年の名は無官大夫（むかんのたいふ）敦盛（あつもり）――修理大夫（しゅりたいふ）経盛（つねもり）（清盛弟）の子息で、生年十七歳であった。

笛の名手として知られていた。合戦にまで手放さなかった笛の名は小枝（さえだ）という。

（わしには、笛の心得もなければ、聞いたところでその善し悪しも分かりはせぬ。だが、一度！

せめて一度でよいから、あの公達のお笛の音色を聴きたかった……）

あの少年ならば、どんなに美しい、優しい音を響かせたであろうか。

――同じ討たれるのなら、おぬしに討たれたい。こう思うのも前世からの因縁であろう。

それは、熊谷直実にとって、あまりにもつらい因縁となってしまった。

二

一の谷の合戦が終わってから、範頼・義経軍は帰京した。義経は都に留まったものの、範頼は鎌倉へ帰ることになり、河越重頼もまた、武蔵国へ帰った。

この年の六月、頼朝の要請を受け、朝廷から一の谷の合戦の功労者たちに官職が授与された。

この時、範頼は三河守に任官したが、義経への恩賞はなかった。

その後、七月から八月にかけて、伊勢・伊賀において平氏の残党による乱が勃発し、義経はその鎮圧に取り掛かっている。この頃、義経は後白河院より、左衛門少尉（さえもんのしょうじょう）、検非違使（けびいし）に任命された。

左衛門少尉とは、左衛門府の判官（ほうがん）（四等官の第三位）である。

これより後、義経は九郎判官と呼ばれるようになる。

だが、これは頼朝の許可を得た上での任官ではなく、義経に対する頼朝の不信を招くこととなった。

そして、同じ頃、武蔵国河越庄では——。

重頼の娘の郷と、義経の縁談が進められていた。

この話は前にも持ち上がっていたのだが、いつ合戦が起こるか分からない状態が続いていた上、義経の参戦が重なったため、本格的には進んでいなかった。

それが、ここへ来て急に本決まりになった縁談に、河越重頼も郷も困惑していた。

頼朝からの申し出は、すでに河越家の意向を問うというようなものではなく、半ば命令のようなものだったのである。無論、鎌倉では、比企尼や、頼朝の嫡男万寿丸（まんじゅまる）の乳母となっている朝子がすでに承諾しているのかもしれないが……。

一の谷の合戦から戻って以来、河越館と鎌倉を行き来している河越重頼は、このことを聞き、すぐに鎌倉へ足を運んだ。

そして、河越館で待つ郷の許へ戻って来た時には、ひどく憔悴していた。

「父上……」

出迎えた郷の目には、気がかりそうな色が浮かんでいる。すぐにも結果を聞きたそうな娘に向かって、

「まずは母屋へ落ち着いてから、ゆっくり話そう」

と、重頼は言った。

頼朝の嫡子万寿丸の乳母である朝子は、鎌倉を離れられない。もちろん、重頼は鎌倉で、朝子ととことん話し合ってきた。

「そなたの母の言葉から伝えよう」

母屋で向かい合って座った後、重頼はまずそう切り出した。

「この度の縁談は、御所さまと御台(みだい)さま（北条政子）のお骨折りによってまとまったもの。これをお断りすることは、河越家のためを思えば、あってはならぬこと。弟の重房の将来のことも考えてやってほしい、ということであった」

重頼は包み隠さず、朝子の言葉をそのまま伝えた。

郷はその言葉をうつむいて聞いていたが、やがて、思い切った様子で顔を上げると、

「父上、でも、私は……」

と、切り出した。

重頼は片手を上げて、郷の言葉を封じると、

「そなたの気持ちは分かっているつもりだ」

と、おもむろに告げた。

「そなたの母とて、おそらく気付いているだろう。そして、重忠殿も――」

想い人の名を口にされて、郷は再びうつむいた。その顔がすっかり蒼ざめている。

「私とて、そなたが重忠殿と結婚してくれれば、秩父平氏の悪縁をここで断ち切れるのではないかと、期待せぬこともなかった」

重頼は淡々と告げた。

若い頃、突然、祖父秩父重隆を討たれ、父能隆（よしたか）と共に葛貫（つづらぬき）の領地へ追いやられた時の屈辱は、今もなお忘れてはいない。それからしばらく、畠山家の監視を受けながら暮らしていた頃、重頼はいつか必ず畠山重能を殺してやるのだと思わぬわけでもなかった。

だが、保元・平治の乱を経て、世の中が無事に収まってしまうと、その機会も失われた。

そして、間もなく生まれた娘は、重能の息子を愛するようになっていた。

「若い重忠殿に対して、私は何の含みもない。その父親の重能にはまだわだかまりが残っているが、万一にもそなたらが夫婦となれば、重能のことも許せるような気がした。だがな、それは私一人の考えだ。そなたの母にはまた別の思惑もある」

「お母さまはただ、貴いお血筋が好きなだけではありませんか」

日ごろ、父母に反抗したことのない郷が、この時だけは母への反撥をこめて言った。

「母上をさように申してはならぬ。そなたの母は都で育ち、その上、今の御所さまとも姉弟のように暮らしたと聞く。そのような暮らしをしておれば、自らを源家一門のように錯覚することもあるだろう」

「でも、秩父平氏とて貴い血筋です。どうして、お母さまは源家とだけ……」

郷が言う秩父平氏とは、河越家のことではない。重忠の畠山家を指しているのだ。

郷の必死の表情に、重頼は痛ましげな眼差しを向けた。

「そなたが断固として嫌だというのであれば、無論、断り切れぬものでもない。その時は父も力になろう。だが、それには我が命と河越家の行末、すべてを賭けることになる。もちろん、そなたの弟重房の将来や母の実家比企氏の立場も関わってこよう」

「そんな……。たかが私ごときの縁談ではありませんか」

郷は震える声で言い返した。

「そなたとて、まことは分かっているはずだ。御所さまは河越家を快く思っておられぬ。武蔵国留守所総検校職の座こそ奪われなかったが、その実権は御所さまの命令により江戸重長殿に譲られた。我が先祖が木曾殿（義仲）の父上に味方したことも、関わっているのやもしれぬ」

それは遠い昔のことではないか――その言葉はもう、郷の口からは漏れなかった。

「無論、断ったからといって、何も起こらぬやもしれぬ。だが、河越家は謀叛を企んでいるからこそ、御所さまのお血筋との縁談を断ったのだ――そう難癖をつけられることとてないとも限らぬ。それゆえ、我が命と河越家を賭けると申したのだ。分かって……くれるか」

重頼はそれだけ言って、口を閉ざした。

郷はうつむき、じっと膝の上に視線を落としたまま、微動だにしない。そのまま郷はしばらくの間、沈黙していた。

重頼もあえて返事を急かすことはなかった。

物音一つしない静かな時間が流れた。

ややあってから、風が出てきたのか、外の戸ががたがたと鳴った。

郷は顔を上げた。顔色は蒼ざめていたが、その表情に迷いはなかった。

「郷は……判官さまの御許へ参ります」

しっかりとした口ぶりであった。

「さようか。聞き分けてくれるのだな」

郷は黙ってうなずいた。

「最後にもう一度だけ訊く。まことによいのだな」

「はい」

郷は即座に答えた。

「ならば、よい。武蔵野でのことはすべて忘れよ。そなたは判官さまを心から尊敬し、お仕えするのだ。よいな」

「かしこまりました」

郷は言い、重頼の前に両手をついて頭を下げた。

おとなしいように見えて、肝が据わり、芯はしっかりした娘である。この娘がこうと決めた以上、もはや揺らぐことはあるまいし、義経さえ誠実に迎え入れてくれれば、よい夫婦となるだろう。この縁談がまとまれば、勝手な任官を果たした義経に対する頼朝の勘気も解けるはずだ。そうなってくれれば、義経のためにも河越家のためにもよい。

重頼は心の底からそう信じた。そうなってくれなければ、郷が何のために犠牲になってくれるのか分からない。

（どうかこらえてくれ。重忠殿も、不甲斐ないこの私を許してくれ）

今もなお、京にいる畠山重忠に対し、心の中で重頼は詫びた。

郷が京へ嫁ぐため、河越館を出立したのはその年の九月十四日のことである。

河越家から三十人ほどの従者が付き、行列はいったん鎌倉へ向かって、頼朝夫妻との対面を果たし、それから京へ上ることになっている。

「姉上はどうかしている」

郷と同様、幼い頃から重忠を兄のように慕ってきた小太郎重房は、郷の真意も知らぬまま、姉を責めた。

「重忠さまを裏切って、ようも平然と嫁いでゆけるな」

だが、郷は言い訳はいっさいしなかった。

この時、出立する郷を見送るため、小さな客人が河越館を訪れている。

郷には従妹に当たる比企家の姫である。

現在の当主能員の娘で、この時、齢六つ。名を早苗（さなえ）という。

母の凪子（なぎこ）は、郷の母朝子と共に万寿丸の乳母として鎌倉にいたから、寂しいのだろう。時折、河越館へ遊びに来ることもあり、郷自身も頼まれて比企家の館を訪ねることがあった。

「郷姉さま、きれい！」

郷が見たこともない華やかな袿（うちぎ）を着ているのを見て、早苗は明るい声を上げた。

「郷姉さま、行っておしまいになるの。また、ここへ帰って来る？」

母に続けて、郷までも武蔵国からいなくなると聞かされ、早苗の瞳は寂しげに曇っている。

郷は早苗の目をのぞき込み、首をゆっくりと横に振った。

帰って来ると言ってやりたいが、郷自身が武蔵国へ帰ることは二度とないだろう。

「でも、きっとまた会えるわ」

郷は早苗を慰めるように言った。

早苗は年ごろになれば、鎌倉へ出向くことになるのではないか。たいそう愛らしい容貌をしていたから、御所の女房（にょうぼう）（侍女）として迎えられることもあろう。

郷もまた、いつまでも京にいることはあるまい。義経と共に鎌倉へ戻る日もきっとある。

その時ならば、きっと早苗に会えるはずだと、郷は思った。

「郷姉さま、お嫁に行っても、早苗のこと、忘れないでね」

郷は早苗の小さな手を握り締め、しっかりとうなずいた。

「決して忘れないわ。早苗のことも、この武蔵野のことも、決して忘れない」

初めは明るく笑っていた早苗は、いよいよ郷が市女笠（いちめがさ）を被り、垂れ衣で顔を隠した壺装束姿で馬上の人となった時、

「郷姉さまあ……」

わあっと泣き出してしまった。

「いやあ、行かないで。郷姉さまー」

乳母に抱きかかえられながら泣きじゃくる早苗の声を聞いているうちに、郷の目にも涙が浮かんできた。

「早苗殿、達者でね」

潤んだ声で、早苗に言った後、郷は最後に重頼と弟重房に目を向けた。

「父上、重房殿、行ってまいります」

「うむ。そなたも達者でな」

重頼が感情を抑えた口ぶりで言った。

「姉上……」

何だかんだと姉を責めていた重房も、いよいよ郷が行ってしまうとなると、寂しげな顔をしている。

「父上も重房殿も、どうかお達者で――」

郷を乗せた馬が進み始めた。

郷はなおも馬上で、垂れ衣を手で掲げながら、見送りに出た人々に目を向けている。やがて、その眼差しが見霽(みはる)かす武蔵野の大地に注がれた。

(父上は武蔵野のことを忘れよとおっしゃったけれど……)

忘れることなんて決してできない――郷は胸の中にそう呟いていた。

三

この頃、畠山重忠は義経に従って、まだ京にいた。

一の谷以来、重忠はずっと義経の配下である。そして、その在京の間に、重忠の耳にもさまざまな噂が飛び込んできた。

義経は頼朝の許しを得ずに任官したため、頼朝の怒りを買ったという。ところが、それに対して頼朝は処分を行うことなく、それどころか、河越重頼の娘を妻に世話したというのだ。

情勢の不穏な京の警固に当たっている義経は、京を離れることができない。そのため、重頼の娘は武蔵国から都へ嫁いでくるという。

「どうやら、判官殿(義経)を見張る役割らしい」

「御所さまの意を受けてということか」

「いや、花嫁が間者というわけじゃあるまい。花嫁に付いて来る侍女か従者あたりが怪しいな」

重忠の周辺には無責任な噂話が飛び交っていたが、そんなことは重忠にはどうでもよかった。

郷が別の男の妻になる――そのことだけが重忠の問題であった。

今から武蔵国へ帰って、花嫁を奪うことはできなかった。郷が嫁ぐという話はどうやら急速に進められたものらしく、年内には花嫁が上洛するという。

（都に到着したところを狙うしかあるまい）

重忠の念頭にはその考えしか浮かばなくなった。

だが、おそらく今や都中の英雄となった義経に嫁ぐのだから、郷の身辺は多くの郎党によって守られているに違いない。そこへ乗り込んで行って、郷を奪い去るなど、いかに重忠が人並み外れた剛の者とはいえ、不可能なことであった。

だが、自分が誘いかければ、郷は必ず自分の許へ来てくれるだろうと思うだけの自信はあった。

「双ケ岡（ならびがおか）にて待つ」

重忠は郷に宛てて文をしたためた。名は書かない。万一のことを考え、郷に迷惑がかかること、人に悟られて郷の自由が奪われることを恐れたためであった。

だが、この文が重忠からのものだと分かるような仕掛けをしなければならない。といって、重忠にはせいぜい和歌を詠むくらいしか思いつかなかった。その和歌さえ、坂東の田舎ではよくたしなんだとは言えない。それでも、重忠はどうにか一首の歌をひねり上げた。

三日月の変わらぬ影をよし知らば　君が駒にて天を駆けなむ

三日月の変わらぬ光を知っているなら、あなたの馬で天を駆けていきたい——と、自分の変わらぬ恋を三日月の光に託して詠んだ。三日月という言葉に、郷は気付くだろう。「君が駒」に乗って天を駆けたいという男が誰であるかにも気付かないはずがない。

あとはこれを、郷に付いて来た従者か侍女に渡せばよいだけだった。すべてはうまくいく。河越家の者たちは皆、自分に好意的なはずだ。

だが、義経との縁談がまとまった今、郷に文を取り次いでくれるだろうか。あるいは、そういう類いはいっさい取り次がぬようにと、鎌倉もしくは重頼から厳命されているかもしれない。

いや、余計なことをくどくどと考えるべきではないと、重忠は思い直した。ややこしい策を練るのは重忠の本分ではなかった。仮に文を取り次いでくれる者がいなければ、強引に奪い去るまでだ。

郷は決して嫌がるまい。義経に会う前ならば——。

一瞬だけ、自分には義経とまともに対峙するだけの自信がないのかと、重忠は自問した。だが、郷と義経を引き合わせ、どちらの男を選ぶかと郷に問うだけの時間はない。また、郷にそのような自由は与えられていない。このまま座して義経の妻となるか、わずかでも心を動かしたことのある重忠に奪われるか。

重忠は郷が必ず後者を選ぶものと信じていた。いや、疑ってみる怖さから逃げ続けていた。

奇しくも、その夜が三日月の晩であったのは、ただの偶然だったのか。

郷が都に入ったのは、元暦元（一一八四）年師走の暦を迎えた三日目のことであった。

その夜は幸いなことに、郷の一行は河越家の邸に入った。もしそのまま義経の邸に入ってしまえば、重忠には為す術もなかったわけだが、常識的に考えれば、吉日を選んで嫁入りするはずであった。そこに、重忠の付け込む隙が生まれる。

重忠はその夕方のうちに、郷の従者に文を託すことに成功した。必ず今宵のうちに渡してくれと念も押した。

その足で、重忠は三日月に乗り、双ヶ岡へ駆けた。

冬の宵は暮れるのが早いから、三日月は天頂にある頃から、くっきりと見通すことができた。

重忠は双ヶ岡の西側の頂上に上り、そこで三日月から降りた。重忠が腰を下ろすと、しばらく御用のないことを知ったのか、寂しげな声で軽くいなないた。

「まあ、もうしばらく待っていてくれ」

重忠は三日月の形のよい足を軽く撫ぜながら、愛馬に話しかけた。

「今宵は二人を乗せてもらうぞ」

三日月が重忠を見つめている。優しげな茶色の目が、主人を案じるように瞬いている。

「私は大丈夫だ。郷は必ず来てくれる。お前は私と郷を乗せ、まずは隠れ家へ駆けてもらわねばならぬのだよ」

三日月が再び軽くいないた。

「分かるのか。そうだ。三日前にお前と嵯峨野を駆けたことがあったろう。あそこに小さな庵があった。私は伝手を頼って、あの庵を借り受けたのだ。かつては平家に縁の人が住んでいたものらしい。今は借り手もなく、快く貸してくれたよ。郷には不便をさせるが、女を盗む話は昔からないわけでもない。九郎殿が郷を忘れて、別の女人を娶った頃には、誰もが皆、我らのことを許してくれるだろう。私とてこんな無法を働く以上、郷以外の女は持たぬ。郷ただ一人を妻として生涯愛し続けるつもりだ」

三日月は独り言のような主人の会話を、黙って聞き続けてくれる。まるで重忠の言葉を解するかのように、じっと主人の目を見つめている。

重忠はよい気分であった。

間もなく、ここには想いを寄せる女が来る。傍らには、美しい愛馬がいる。待つ身のつらさはあまり感じなかった。郷が来ることを疑っていなかったせいかもしれない。

重忠は酒を含んだわけでもないのに、まるで軽い酔い心地を覚えた様子で、郷との思い出を語り始めた。

馬に乗りたいという郷を、置き去りにして遠出をした時のこと、その後、郷が迷子になって河越館が大騒ぎになったこと。しばらくの間、河越館への出入りを禁じられたこと。それから、郷の願いを容れて、乗馬を教えてやったこと。女の割には筋がよく、郷は乗馬がたくみであること。時々、その当時の思いにふけるように、目を閉じて沈黙することを幾度かくり返しながら、それでも尽きることなく、重忠は語り続けた。

三日月はやがて山の端に沈んでしまった。

重忠はいつまででも待つつもりでいた。朝が来るまで、ここを立ち去ることはできないだろう。

重忠は空を見上げた。

すでに月はないものの、星が降るように浮かんでいる。

だが、美しいとは思わなかった。星を観賞するような心のゆとりは持たなかった。ただ、その星空に恐れのようなものを抱いた。その冷たさに恐怖を感じた。女の心というものは、自分が想像している以上に、はるかに冷たいものなのかもしれぬ、と――。

もし自分が出て行けぬのならば、使者をよこせばよいことであった。

重忠の知る限り、郷は相手を思いやる優しい少女であった。少なくとも、幼馴染の男をこの寒空の下、何刻も待たせ続けるような少女ではなかった。

仮に重忠を愛していないとしても、兄のように慕っていた幼馴染のため、そのくらいの心配りはしてくれてもよいはずだ。

ふと気付くと、傍らにいたはずの三日月がいなくなっていた。

いつの間にか手綱が外れていた。近くには繋ぐような木もなかったので、放っておいたのがいけなかったのだ。

だが、この場を離れている間に郷が来るかと思うと、落ち着いて三日月を捜しに行こうという気持ちにもなれない。三日月はやがて戻って来るだろう。

重忠は丘の上にごろりと寝転んだ。東の方には双ヶ岡の傍らの頂上が見える。空に目を転じれば、恐ろしいほどの星が瞬いている。

重忠は何となく疲労感を覚えて、目を閉じた。気付かぬうちに女が来ていて、目を開ければすぐ手の届く位置にいてくれたなら、どれほど幸福なことだろう。

重忠は幾度も夢想をくり返した。そうでもしなければ、この寒い夜を乗り切れそうになかった。

郷は今ではもう、自分の知らぬ女になってしまったのか。そう思うと、今ここで凍りついてもよいほどに悲しかった。

そんなことを思いながら、少しまどろんでしまったのだろうか。ふと肌寒さを覚えて、重忠は目を覚ますと、急いで身を起こした。

重忠が最初に目にしたものは双ヶ岡の向こう側の頂上であった。人影がある。

「郷か！」

重忠は叫んでいた。いや、叫んだつもりだった。寒さのため、唇が凍りついて思うように動かない。そうするうちにも、女は軽やかに東の丘を駆け下りて来る。そして、重忠のいる西側の丘をあっという間に駆け上って来た。まるで、羽が生えているかのような軽やかな姿態である。

（郷ではない――）

都の白拍子か何かなのだろう。

年齢は郷と同じくらいだが、郷よりも数段美しい。だが、重忠の心が女に惹かれることはなかった。

「何者か！」

噛みつくように重忠は問うた。

重忠の目の前で立ち止まった女は、にこやかに微笑んだ。その笑顔が星の光に弾けた。笑うと女はますます悩ましく美しくなる。

重忠は嫌な気分がした。今は誰にもかまわれたくない。特に、それが色を生業（なりわい）とする美女であるのは最悪だった。

「行け」

女が傍へ来るや、重忠は無愛想に言い放った。

「私は女を買う気はない」

だが、女はいっこうに怒る様子も悲しむ風情も見せなかった。重忠の手を取るなり、

「まあ、こんなに冷えて……」

温かみのある声で言い、重忠の目をのぞき込んだ。

女は少し薄い茶色の目をしていた。

同じようにこの寒空の下にいながら、その両手は不思議なほど温かい。

今、屋内から出てきたばかりなのだろうか。とはいえ、どんなに近い家屋からであっても、丘の下からやって来るまでの間に、体が冷えてしまうであろうに……。

その上、女は身にまとっているのも薄物だけであった。白拍子特有の水干姿ではなかったが、その類いの女であるのに間違いない。

「私のことは捨て置け。私は人を待っているのだ」

「このような時刻に人を待つとは、穏やかではありませぬな」

女は振り払われた重忠の手を、もう一度とらえて、しかと握り締めながら艶然と微笑んだ。

「ですが、相手のお方はなかなかお見えにならぬ。それゆえ、若君さまは苛立っておいでなのでございましょう」

「私にかまうなと言っている」

重忠は再び女の手を振り払い、大声で怒鳴りつけた。

だが、自分でも不思議なくらい、その声には威力がなかった。女は少しも怖がらなかった。

「もうその方はお見えにならぬのでござりましょう。若君さまはそれを知っていながら、認めたくないと思うておられる」

怒鳴り返すことも、再び握り締められた手を振り払うことも、もうできなかった。

「お認めなされませ。世の中には若君さまの手に入らぬものもござりましょう」

手に入らぬものもある――この世で最も欲しいものは自分のものにならないのか。

重忠の中に嵐が吹き荒れようとしていた。

あまりに自分が哀れに思えた。来てくれると信じて疑わず、寒空の下、身も凍る思いで待ち続けたというのに……。

他の男に嫁ぐ女は、幼馴染のことなど、もう頭の片隅にもなくなってしまうものなのか。

「お忘れなさいませ。そして、手に入るものに満足なさりませ」

女の手が重忠の手を包み込んだまま、その胸許に差し込まれた。

重忠の掌に女の胸の温かな膨らみが感じられた。あれほど凍りついていたはずの手は、不思議なことに感覚を取り戻していた。いや、かつて感じたことがないくらい敏感になっていた。

全身の血が合戦の時のように熱く滾(たぎ)っている。

三日月を担ぎ上げて、鵯越を駆け下りた時と同じような――いや、それ以上かもしれぬ轟(とどろ)きが重忠の中に湧き上がった。

もはや寒さは感じなかった。むしろ暑いくらいである。

自分でも何か分からぬ叫びを上げ、重忠は女の薄衣を剥ぎ取っていた。傷一つないような白い柔肌が草も生えていない凍てついた大地に押しつけられる。

だが、女の体を労わるようなゆとりは、重忠にはなかった。また、それほどの愛情も女に持っていなかった。ただ、今のこの熱い滾りを鎮めてくれるものを求めていた。

星の光に照らし出されたなまめかしい女体を愛でるようなゆとりもなく、重忠はただ女を貪るように抱いた。

初めは、相手が見知らぬ女なのだという意識もあったが、途中で、女の喘ぎは郷の嗚咽に変わることもあった。

「なぜだ」

女を抱きながら、重忠はくり返し問い続けた。

「なぜ心を変えた。何ゆえ、九郎殿の妻に――」

その問いに対する確かな応えは、聞くことができなかった……。

重忠が目を覚ますと、傍らに寄り添う愛馬三日月の姿があった。

三日月は重忠の顔にくり返し鼻面をこすりつけてくる。すっかり凍てついた体に、愛馬のぬくもりは何とも温かく感じられた。

一の谷の合戦後、頼朝は義経を西国へは進軍させず、範頼に平家討伐を一任した。これが、先の判官任官による憤りゆえか、あるいは新婚の義経を労わったためか、それとも別に理由があったのか、定かなことは誰にも分からなかった。

ただ、食糧不足などの理由で、範頼の平家討伐が進展しなかったため、ついに元暦（げんりゃく）（一一八四）年の暮れ、頼朝は義経に出陣を命じた。

義経の軍勢は迅速に平家の本拠屋島（やしま）を目指し、元暦二年二月、ここを攻める。平家軍は屋島を捨て、さらに西の壇ノ浦へ逃れた。

そして、三月二十四日、壇ノ浦の海戦が行われ、平家一門は滅亡する。

安徳帝は入水――。皇位の象徴である三種の神器は、草薙（くさなぎ）の剣以外が回収されて都へ戻された。

神器の剣が見つからなかったことを除けば、義経の一方的な勝利であった。

五章　河越処分

一

元暦二（一一八五）年三月二十四日、長門国（ながとのくに）壇ノ浦で行われた海戦で、源範頼・義経率いる坂東勢は、平家一門を討ち破り、約五年におよぶ治承・寿永の内乱を終結させた。

この合戦で、平家の総帥平宗盛は息子清宗（きよむね）と共に、生け捕りの身となっており、義経はその警護をして四月二十六日、京中へ入った。

それから間もない五月七日、義経は捕虜の宗盛、清宗らを護送して鎌倉へ下ることになる。

ところが、五月十五日、酒匂（さかわ）に達し、いよいよ鎌倉へ入ろうとしたところ、

「捕虜を受け取りに参りました」

と、北条時政がやって来て告げた。その上で、さらに、

「判官殿は鎌倉へ入ってはならぬと、御所さまの仰せにございます」

という。

腰越（こしごえ）にて知らせを待てというのであった。

「お待ちください。鎌倉に入ってはならぬとは、いかなることですか。兄上が私をお怒りということですか」

義経は驚愕して、時政に迫ったが、とにかく頼朝の命令だというばかりで、くわしいことは聞けなかった。それどころか、時政は軍勢を引き連れている。

義経は為す術もなく、腰越に留まり、頼朝からの次の命令を待つしかなかった。義経がここで、頼朝の右筆大江広元（ゆうひつおおえのひろもと）に宛てた弁明の書状が「腰越状」として知られている。

これは、「左衛門少尉（さえもんのしょうじょう）源義経恐（おそ）れ乍（なが）ら申上候（もうしあげそうろう）意趣（いしゅ）は……」で始まり、自分がなぜ咎めを受けなければならないのか分からないと訴えている。

また、自分は朝廷のため、亡き父祖の御霊のために、平家討滅の望みを果たしただけだ。それ以外には何も念頭になく、五位左衛門少尉の任を受けたのも、ただ源家の名誉と思えばこそである。野心や不忠の心など、まったく抱いてはいない。

その後、「たのむところ他にあらず、ひとえに貴殿広大の慈悲を仰ぐ」と綴られたあたりなどは、義経の必死さが伝わってくるようであった。

この書状は公式の席ではなかったが、頼朝を前に鎌倉御所において披露された。

席上には、北条時政、比企能員、梶原景時など、頼朝側近の豪族たちが集められている。畠山重忠もまた、若年ながらこの席に連なっていた。

ただ、河越重頼はこの時、鎌倉にいたにもかかわらず、意図的に外されていた。義経の義父であるため、警戒されたのであった。

重忠の見る限り、義経は頼朝に成り代わろうなどという野心を抱く男ではない。確かに、戦場におけるあの奇抜な発想力と統率力は脅威であろうが、根は単純な武将である。己の才を恃むところはあるが、それは才気ある者ならば当然であり、傲慢というほどでもない。

重忠は席上で、義経を弁護しようかと思ったが、他の宿老たちが何も言わぬ席で、口を開くのははばかられた。

（もし私が口を利けば、親族の河越殿を庇っていると受け取られかねぬ）

郷の叔父に当たる比企能員が押し黙っているのも、そのためだろう。

重忠はひそかに頼朝の様子を盗み見た。

鎌倉に拠点を置き、坂東武士たちの頂点に立ってから、頼朝の面差しにも体格にも貫録が増していた。顎の張った顔は公家風に下膨れており、全体は穏和な印象なのだが、細い目が時折、怖いほど鋭くなる。

今、義経の書状に向けられた頼朝の目が、その鋭さを宿しているのを発見して、重忠は思わず目を伏せた。

（迂闊なことは言えぬ）

まさか義経の謀叛などを本気で疑っているとは思えないが、頼朝の本心がどこにあるのか分からぬ以上、今は無言でいるより他に仕方がなかった。

やがて、席上の沈黙を打ち破り、

「この書状の意は分かった。ただし、九郎に返事をする必要はない」

と、頼朝は大江広元に命じた。

「九郎には、平家の虜囚を連れて、再び帰京するように伝えよ」

頼朝の結論が下された。

義経はついに、この時、鎌倉へ入ることが最後まで許されなかったのである。


義経が平宗盛、清宗父子と、それ以前に鎌倉へ連れて来られていた平重衡を連れて、帰京の途に就いた後、重忠は鎌倉にある河越重頼の館を訪ねた。

「郷をやるのではなかった……」

めずらしく憔悴した様子の河越重頼は、重忠を前に呟くように言った。

「御所さまと判官殿の御仲はもう終わりだろう。あちらでも判官殿の色好みは鳴り響いているのだとか。私は、娘を不幸にするために、嫁入りさせたわけではないぞ」

重頼の繰言は続いた。

確かに、郷を義経の許へ送り出した時、今のような事態が起きることは、誰一人想像できなかったろう。

義経の勝手な任官が、頼朝を不快にさせたということはあったかもしれないが、それでも、義経は頼朝の弟である。合戦での手柄も大きいその弟を、頼朝が排除しようと考えることになろうとは——。

だが、河越重頼の口から悔いる言葉を聞かされると、重忠の胸には悲しみよりも、怒りが込み上げてきた。義経と郷の縁談が頼朝から出たものであったにせよ、もしも重頼が断固とした態度で断っていたなら、郷は苦労することがなかったはずだ。

もしも、あの時、娘には決まった男がいるのだと、一言言ってくれさえすれば——。

「御所さまのご勘気とは、判官殿の謀叛をお疑いになってのことと聞きおよびますが、判官殿にそのような野心はありますまい。あの方は戦において天賦の才がございますが、それ以上の方ではございませぬゆえ」

「さようなことは、御所さまとて分かっておいでだろう。御所さまはもともと、判官殿が法皇さまより官位官職を賜ったことを許してはおられなかったのじゃ」

「しかし、あれは御所さまにも問題がおありでした。判官殿にだけ恩賞がなかったのですから……」

「あるいは、御所さまは判官殿を利用して、法皇さまの御企みをつぶす魂胆やもしれぬ」

「では、初めから判官殿が法皇さまの手の内に落ちると承知の上で、恩賞をお与えにならなかったということですか」

「それもあり得ぬことではない」

重頼は溜息を吐いた。

「重忠殿よ。今さらと言われようが、郷を貴殿に与えておれば――と思わずにはいられぬ。だが、人妻になろうとも、郷は妹も同然であろう。どうか、兄として、郷を救ってくれまいか」

重頼の追いつめられた眼差しを受け止めた時、重忠は体内で何かがうごめき始めたのを感じた。

「救うとは、判官殿の許から連れ出すということですか」

「うむ。さすれば、貴殿の望むものは何でも差し上げよう。名馬でも名刀でも何でもよい。武蔵国留守所惣検校職を辞し、貴殿を推挙してやってもよいと思うておる」

重忠は目を見張った。

武蔵国留守所惣検校職は、今では頼朝の命令で、その実務を江戸重長が担っていたが、いまだに河越重頼のものである。この職に就く者が秩父平氏棟梁という認識は今も変わっていない。

かつてはこの職と秩父氏棟梁の座をめぐり、重忠の父重能は、河越重頼の祖父を討ったのである。

それほどに大きく重いこの職を、河越重頼はかくもたやすく重忠に譲ろうというのか。

だが、重忠が欲しいものは、武蔵国留守所惣検校職ではない。

この世で最も欲するもの――それは、昔から変わらず、ただ一つしかなかった。

「何でも――。まことに何でもよいと仰せですか」

重忠は念を押すように訊き返した。

「おお、何でもよい。何でも与えてやる」

重頼は即座に応じた。

「それが仮に、一度嫁いだご息女でもですか」

「何だと！」

重頼は瞠目して言うなり、その後は絶句した。

重忠の目の奥には、暗い炎が燃えている。それを見出した時、河越重頼は重忠から目をそらした。

「貴殿はそこまで、我が娘を……」

なぜ気付かなかったのだろう――という呟きがそれに続いたが、重忠は重頼の嘆きにはもう同調しなかった。

「何でも下さるというお言葉は、必ず守っていただけるのですね」

「……ああ」

重頼は脱力したままうなずいた。

「されど、貴殿には北条家との縁談が進んでいるのだろう」

「まだ承諾したわけではありませぬ」

きっぱりと、冷淡に重忠は言い放った。

「北条と結ぶのは悪い話ではないぞ」

重頼はまるで息子でも諭すような口ぶりで言う。

「私もそう思います。忘れられぬ女がいなければ、私もこの縁談を受けたことでしょう」

重忠は淡々と言い返した。その顔立ちが整っているだけに、重忠の今の表情にはどこか凄みが感じられる。

「……娘を頼む」

重頼は重忠の前に頭を下げた。

「頼む！」

重頼が床に頭を擦りつけた時にはもう、重忠は立ち上がっていた。

ただちに都へ発つ算段に取りかからねばならなかった。

二

都へ行くと思い立ったからといって、すぐに出立できるわけではない。

重忠も今や、頼朝に仕える御家人の一人である。頼朝の許可なく鎌倉を出ることはできなかったし、上洛にはそれなりの理由が必要だった。

「何とか、私が上洛できるよう、名目をこしらえてください」

重忠が交渉したのは、同じ武蔵国の豪族比企能員である。

乳母である比企尼の頼朝への影響力はいまだに強く、比企能員は北条時政と並ぶ重臣である。北条時政に頼めぬこともなかったが、娘を娶ってほしいと頼まれている今、下手な勘繰りをされても困る。

「急にさようなことを申されてもなあ」

比企能員は顔をしかめた。

「判官殿の北の方をお救いするためです。郷……御前は比企家の縁者ではありませんか。確か、貴殿のご息女は郷御前になついておられたはず」

重忠は必死に言った。

娘の話をされると、比企能員の顔はますます苦々しくなった。

「確かに、郷御前は早苗の面倒をよく見てくださった。私とて娘のためにも、郷御前を連れ戻したいが……」

表だって、郷を連れ戻すために上洛したいと言うことができない。それは、義経との接触を意味し、今や猜疑心の強くなっている頼朝から、あらぬ疑いをかけられる恐れがあった。

「京でなくとも、畿内や西国の地頭職でも賜ることができればよいのだろうが……」

その領地を検分するという名目で、自然に鎌倉を離れることができよう。

比企能員のその言葉に、重忠は考え込んだ。

「間もなく、屋島・壇ノ浦の戦について恩賞が下されるのではないでしょうか」

重忠が尋ねると、比企能員はうなずいた。

「さよう。貴殿は畿内の地頭職がいただけそうなのか」

重忠は首を横に振った。

「私は海戦ではほとんど功を上げておりませぬゆえ、仮にお話があっても辞退すべきでしょう。比企殿はいかがですか」

「わしも若君の乳母夫（めのと）ゆえ、さような話は辞退するつもりだ。されど、我が家臣であればお受けできる。特に、我が軍において壇ノ浦で功を立てた武者がいるのだ。恩賞の件で御所さまにもお願いに上がろうと思っておる」

「それは、どなたですか」

「我が一族に連なる者なのだが……」

言いかけた比企能員は、ふと思い直した様子で、

「しからば、畠山殿にその者をお引き合わせしたい。ただ今、この館におるゆえ、会うてやってくださらぬか」

と、急に言い出した。

上洛の一件がどうも脇へ置かれたようで、少々焦りを覚えたが、比企能員の機嫌を損ねるわけにもいかない。重忠は承諾した。

「では、少々お待ちくだされ」

比企能員は重忠に言い置くと、自ら立って、その男を呼びに行った。ややあって戻って来た時には、後ろに重忠と同い年くらいの若い男を従えていた。

「惟宗忠久(これむねただひさ)と申します。畠山殿にはどうぞよろしくお引き回しください」

引き締まった端整な顔立ちの若者が、重忠の前に膝をついて頭を下げた。

「畠山重忠です。丁重なご挨拶痛み入る」

重忠も頭を下げた。

惟宗という苗字はどこかで聞いたようにも思うが、重忠はすぐには思い出せなかった。少なくとも、坂東の豪族ではないはずだ。

「忠久殿は京のお生まれでな。以前は近衛(このえ)家にお仕えしていたのだ」

比企能員が横から口を挟んで説明する。近衛家といえば、藤原摂関家の嫡流であった。

「京武者のお方が何ゆえ、ご当家へ――」

「忠久殿の母君は、丹後内侍殿なのじゃよ」

それで聞いたことがあったのだと、重忠は思い当たった。丹後内侍の息子ならば、郷には従兄ということになる。

丹後内侍は比企尼の長女で、かつて惟宗広言(ひろこと)の妻だったが、今は再婚して安達盛長の妻となっている。その娘は、蒲殿(かばどの)範頼の妻となっているはずだ。

それゆえ、惟宗忠久は早くに生母との縁を失い、母とは別々に暮らしていたらしい。

だが、頼朝が挙兵し、その乳母一族である比企家の威勢が強くなると、母の縁にすがり、比企家を頼ってきたのであろう。

比企能員は甥に当たるこの若者を、壇ノ浦の戦いで自らの軍勢に加えていたらしい。

「ついては、この忠久殿の恩賞を、わしは御所さまに願い出るつもりじゃ。畿内に縁があるゆえ、あちらの地頭職を願っても不自然ではあるまい」

「なるほど……」

それで、惟宗忠久に引き合わせたのかと、ようやく重忠も比企能員の思惑に合点がいった。無事に地頭職を賜れば、惟宗忠久は京へ行く名目ができる。この若者について、重忠自身も京へ行くことができれば――。

重忠は改めて、惟宗忠久の風貌を眺めた。

男らしく引き締まった顔つきをし、中背だが頑健な体格の持ち主である。細く鋭い目はどこか頼朝を思わせたが、頼朝のように何を考えているか分からない不気味さはなく、少し茶色がかった瞳は明るく聡明そうであった。

「忠久殿はもう娶っておられるのですか」

重忠は尋ねた。

「畠山殿――？」

いきなり何を言い出すのかと、比企能員が不審げな眼差しを向ける。忠久も困惑した表情を浮

かべながら、

「いいえ、私はまだ――」

と、首を横に振った。

「実は、私にはまだ嫁いでいない異母妹がいるのですが……」

重忠がそう言い始めると、

「畠山殿！」

比企能員が口を割って入った。

「貴殿は人の結婚をどうこう言う立場でもなかろう。そもそも、貴殿自身の縁談が進んでいるというのに……」

「そのことは脇へ置いてください。私は、妹を忠久殿に娶っていただければと願っているのです」

重忠は真剣に言った。

京へ行く段取りをつけるため、この惟宗忠久と異母妹を利用しているのは確かである。だが、重忠は惟宗忠久の風貌に接し、まず器の大きさを実感した。比企家の縁に連なるという血筋も、京の近衛家と主従関係にあったというのも、悪くない。

（この男は間違いなく、これから大成するだろう）

その直感があった。

無論、縁談などすぐに決めなくともよいのだが、今でなくてもいずれ、自分はこの男と縁続きになりたくなるだろうと、重忠は思った。

それなら、今縁談を進めたところで、何も問題はない。

「畠山殿は、このように性急な方だったのですか」

忠久は大して驚いた様子もなく、口許に微笑を湛えて言った。

「惟宗の家の者にも訊かねばなりませぬゆえ、すぐにはご返事ができませぬが……」

「それは無論です。異母妹の母は、我が側近本田親恒の娘です。ゆえに、貴殿が上洛なさる折、この本田にお供をさせたいのですが、よろしいでしょうか」

重忠は忠久に頼み込んだ。

「それは、かまいませぬが……」

忠久は鷹揚にうなずいた。

その時がきたら、縁談をまとめるためと称して、重忠自身も本田親恒と共に上洛を申し出ればよい。おそらく拒否はされないはずだ。

あとは、この惟宗忠久が無事に、畿内か西国の地頭職を得ることさえできれば――。重忠ははやる心を必死に抑えた。

「されば、わしも忠久殿に地頭職を賜るよう、しかと御所さまに働きかけよう」

重忠の思いを察して、比企能員が言った。

「私からも、よろしくお願いいたします」

すでに忠久の親族のような顔で頭を下げる重忠に向かって、

「ところで、貴殿のお父上はこの縁談に反対はなさらぬのであろうな」

最後に思い出したといったふうに、能員が不安そうに尋ねる。

「我が父はすでに出家の身ゆえ、家のことはすべて私に任せております。それゆえ、嫁ぐ際には妹ではなく、私の養女として嫁がせることになると思いますが……」

重忠はもう決まったことのように言い、忠久に目を向けた。

「畠山殿が私の義父になってくださるのですか。それはよい」

いくらも齢の違わぬ重忠に対し、忠久は歯を見せて笑った。


壇ノ浦の合戦から約三ヶ月後の文治(ぶんじ)元(一一八五)年六月、惟宗忠久は壇ノ浦の合戦の論功行賞により、伊勢国の波出御厨(はでのみくりや)と須可荘の地頭職に補せられた。さらにその二ヶ月後のことになるが、八月には摂関家領である日向国島津荘(ひゅうがのくにしまづ)の下司に任ぜられ、その後は島津忠久を名乗ることになる。

一方、京の義経は、これ以前に平家没官領の沙汰権を、頼朝によって奪い取られ、両者の決裂は半ば決定的なものとなっていた。

その間、義経の許にいる郷が東国へ帰って来ることはなかった。

重忠は一刻も早く、自ら京へ赴き、郷を連れ戻したかったが、京へ行く許しが下りぬまま、日は流れていった。

河越重頼も上洛こそしなかったが、文や使者などを遣わして郷に帰国を促している。だが、それに対する返事はいっこうになかった。

そして、この年の暦も十月を迎えてから、ようやく重忠に上洛の許しが出た。この時、島津忠久と共に重忠は上洛し、家臣の本田親恒も従っている。

だが、事件は重忠が京へ到着する前に起きた。

十月十七日、義経の六条堀河館が襲撃されたのである。

これは、頼朝の意を受けた土佐坊昌俊によるものであったが、重忠はこのことを知らされていない。

この時、義経はわずかな家人だけで、土佐坊の襲撃を防いだ。ここに暮らしていた郷も、事前に義経の愛妾である静（しずか）の家に移っていたので無事であった。

だが、この事件は、義経の中にわずかに消え残っていた兄への信頼を、完全に打ち砕くものとなったのである。

これまでは何をされても、ひたすら恭順の姿勢を貫いていた義経が、ついにこの事件の翌日、後白河院の御所へ出向き、

「頼朝追討の院宣を賜りたい」

と、申し出たのであった。

六条堀河館を襲った土佐坊は、いったん逃亡していたが、やがて義経の手勢に捕らえられた。

義経はもはや穏便な解決など望んでいない。

義経は土佐坊を六条河原に引き据えると、容赦なく斬り捨てた。

これが、頼朝への宣戦布告となった。


六条堀河館の襲撃と、義経の反撃の知らせは、ただちに鎌倉の河越館へも届けられた。

「郷は！　私の娘は無事なのですか」

郷の母朝子は報告を聞くなり、声を上げて叫ぶように尋ねていた。

この時、河越重頼も鎌倉にいて、妻と共に報告を受けている。

「お姿を拝見したわけではありませんが、判官殿が無事でございましたゆえ、北の方さまもご無事に違いありませぬ」

河越重頼が都に送った従者はそう報告した。

「郷は六条堀河館にいたのでしょう」

「いえ、どうやら、襲撃の際は別の場所におられたとか。事あるを察知した判官殿が、北の方さまを別の場所に隠されたようで……」

「そうか。それはよかった」

重頼は太い息を吐いた。

「あなた！」

朝子は眉を吊り上げて、夫に迫った。

「郷を連れ戻してくださいませ。あの子をこの鎌倉、いえ、武蔵の河越館へ取り返してください」

「うむ、無論そうしなければならぬ。文を送っても、無事に届くかどうか分からぬゆえ、この度は御所さまに上洛を願い出て、私が連れ戻して来よう」

こうなった以上、頼朝も重頼の上洛を許すに違いないと、重頼は考えた。

「私が……いけなかったのです」

いつにない気弱な様子で、朝子は言った。勝気な妻のそのような姿を見るのは、重頼には初めてであった。

「ご舎弟に嫁げば、つつましく暮らしてきたあの子も、恵まれた暮らしができると信じておりました。あの子が本当は、九郎殿との結婚を喜んでいないのは分かっていたのに……」

「朝子……」

「そなたは母に従っていればいい、などと言って、あの子の考えを聞こうとはしませんでした。私は愚かでした。私の愚かな思い上がりが、娘を不幸にしてしまったのです」

激情に任せて叫ぶ妻の肩を、重頼は力強く抱いた。

「そなただけが悪いのではない。私もまた、それでよいと思ったのだ。無論、判官殿が御所さまにお逆らいするなど、あの時は想像もしなかった……」

娘は必ず取り戻すと、重頼はもう一度誓った。

「我らは判官殿の謀叛とは、何の関わりもない。このことは御所さまも分かっておられるはず。郷を連れ戻す件については、ただちに御所さまのお許しをいただこう」

重頼はそれからすぐに鎌倉御所へ上がり、娘を迎えに行くための上洛を願い出た。

「無論、姫は連れ戻されるがよい。ただし、河越殿および子息重房が、上洛することはまかりならぬ」

頼朝は重々しく言った。

どうやら、重頼が申し出てくることを事前に察していたようだ。頼朝の細い目がすうっと鋭くなった時、重頼は背筋に冷たいものを感じた。

「……かしこまりました」

(まさか、我ら河越が判官殿に同心しているとでも、お疑いか)

重頼は頼朝の顔色をうかがうように見たが、ふだん以上につかみどころがない。

ひとまずそれ以上は要求せず、重頼は御所を下がった。

それから、河越館へ戻ると、郎党を五名ほど選び出し、

「急ぎ上洛し、判官殿の許から娘を連れ帰ってまいれ」

と命じて、京へ送り出した。

「はっ――」

郎党たちは全員馬を使い、急ぎ、東海道を馳せ上って行く。

重頼は、その後ろ姿を見送りながら、

（重忠殿はもう京へ着いたか）

と、一足早く上洛した畠山重忠に思いを馳せた。

京において、重忠と郷が顔を合わせることさえできれば、娘は取り戻せる。重頼はそう信じていた。

重忠は何としても郷を連れ戻そうとするだろうし、郷も重忠の言うことならば聞き入れるだろう。

（何とか間に合ってくれ）

重頼は祈るように、そう念じた。

三

東海道の途上にある尾張国で、畠山重忠は六条堀河館が襲撃されたという都の事件を耳にした。

「何だと！」

都からの旅人が教えてくれたのだが、義経は無事であったという。

しかし、その妻が無事であったかどうかまでは、旅人も教えてはくれなかった。

この知らせに肝を冷やした重忠は、その場で同行していた島津忠久といったん別れることにした。忠久は伊勢国に寄り、地頭職に任ぜられた荘園を検分してゆくという。

この時にはすでに、忠久と重忠の妹との縁談は決まっており、その妹の外祖父に当たる本田親恒も同行していた。本田親恒には忠久と共に伊勢へ行ってくれと勧めたが、

「いえ、私は殿と共に京へ参ります」

と言う。

重忠の様子に不安を感じていたのかもしれない。

そこで、重忠は本田親恒を含む数人の従者たちと共に、そこから一気に馬を駆けさせて京を目指した。

(郷よ。どうか無事でいてくれ)

重忠の頭の中は、大切な幼馴染のことでほとんど埋まっていたが、時には義経の面影も浮かんだ。

六条堀河館を攻撃したのが、頼朝の命令を受けた法師だということまでは、旅人が知らせてくれた。

(こうなってはもう、判官殿も終わりか)

同じ源氏一族でありながら、頼朝に討たれた木曾義仲と同じ運命が、義経を襲うのだろうか。

義仲を討ち果たした後、頼朝が自らの娘である大姫の婿と決まっていた義高を、容赦なく殺したことが思い起こされた。

木曾義仲の息子義高はまだ十二歳だった。

当時、七歳だった大姫は、父親のこの冷酷な仕打ちにひどく衝撃を受け、病弱になってしまっ

たという。それどころか、今も義高が生きているかのような、おかしな発言をするとのことで、心の病までも患ってしまったという噂が鎌倉では聞かれた。

（郷が……殺されることはあるまいが……）

さすがに頼朝でも女人は殺さないだろう。まして、郷は頼朝の乳母比企尼の孫娘なのだ。

だが、義経は殺されるか、討たれるだろう。

その時、郷もまた、大姫のようになってしまうのだろうか。

（いや、判官殿のことで、郷がどれほど傷ついていたとしても――）

重忠は三日月の手綱をきつく握り締めながら、心に誓う。

（この私が必ずや、立ち直らせてみせる）

重忠ははやる心に任せて、いっそう速く三日月を走らせた。三日月にはかなり無理をさせている。その息遣いが荒くなっていることも分かっていたが、それでもなお、重忠は進むのをやめなかった。

やがて、伊勢国へ入った時、重忠は再び旅人から新たな話を仕入れることができた。

それによれば、六条堀河館を襲われた後、義経はその主謀者を討ち取ったが、わずかな側近だけを連れて都を落ちて行ったという。

「木曾殿みたいに、法皇さまをお連れするんじゃないかと、仙洞御所はぴりぴりしてたみたいですが、判官さまはそういう要求もしなかったそうです。平家一門みたいに邸に火をかけることもなかったんで、都人たちはしきりに判官さまを称えていますぜ」

その旅人は都の人間なのか、義経のことを賞賛した。

だが、重忠が聞きたいのは、そのような話ではない。

「判官殿は家臣たちだけを連れて、都を離れたのだな」

重忠が確認するように問うと、三十代くらいの物売りらしい男は、

「いや、女人がいたと聞いてます」

と、答えた。

「女人だと――」

重忠は相手の男が仰天するほどの大声で叫び返していた。

まさか、義経は郷を連れて行ったのか。鎌倉に対する人質のつもりか。

「何でも、静っていう名高い白拍子との話ですが……」

そう聞いた時、重忠は脱力した。

(郷ではなかったのだ……)

よかったと思う反面、しばらくすると、義経に対する激しい怒りが湧いてくるのをどうしようもなかった。

義経は正妻の郷ではなく、白拍子を伴って逃げたのだ。義経は郷のことなど眼中になく、その白拍子だけを愛していたというのか。

ならば、もはや躊躇などする必要はない。

(判官殿がそういうおつもりなら、私とて――)

遠慮なく想う女を連れ去ることができる。

重忠は心に激しくそう誓った。

それから、再び三日月を走らせ、重忠は京を目指した。

ところが、都へ入る前、古代からある鈴鹿関（すずかのせき）を抜けようとした時、重忠は足止めをくらったのである。ここでは、都を出る人々を特に厳しく取り調べていた。

役人たちに尋ねると、義経一行の探索を命じられたのだという。

重忠は身分を明かし、くわしい事情を尋ねた。

「判官殿の一行および、それとは別行動をしていると思われる北の方を捜しております」

という。

「北の方だと――。判官殿と別行動とはどういうことか」

他ならぬ郷の話に触れて、重忠の胸は動揺した。

「はい。北の方は判官殿の一行には加わっていなかったらしいのですが、その後、行方が知れませぬ。どこかで落ち合ったのかもしれませぬが、ひとまず別々に行動していると考え、捜索しております」

郷の行方が知れない――。

その途端、重忠は激しい喪失感に襲われた。

自分がとらえようとすると、あの娘はたちまち遠のいて行ってしまう。それが郷と自分との宿命なのだろうか。

義経から強引に連れて行かれたわけでないのに、郷が行方をくらませた。その理由として考えられるのは一つ、義経を追って行ったということだけだ。

重忠は全身から一気に力が抜けたような感覚に見舞われた。

かつて双ヶ岡で怒りと悲しみに襲われた時より、激しい衝撃だった。

あの時は、喪失感より怒りの方が深かった。それほど齢を取ったわけでもないのに、なぜだかひどく自分が年老いたような気がする。心が萎えて、何かをしようという力が湧いてこない。

「殿、お顔色が優れませぬぞ」

本田親恒が重忠の様子を見て、気遣わしげに言った。

「うむ。少々疲れたようだ」

重忠ももう、このまま京へ向かうとは言わなかった。

京へ到着したところで、郷はもういない。連れ帰りたい娘もいないというのに、どうして急いで京へ向かう必要があるだろうか。

重忠の具合がよくないというので、その日、一行は鈴鹿関で宿泊することにした。

そして、その翌日から、重忠は動けなくなった。

高熱を発する原因不明の病にかかり、病牀に臥してしまったのである。

とにかく熱が下がるまで、重忠は鈴鹿関で療養することになった。

夢と現実の境のない日々が数日間、重忠の心と身体とを蝕み続けた。

時に、意識が覚めると、重忠は傍らに人の姿を見止めた。

初めはそれが男なのか女なのか、若年なのか老年なのかも分からなかった。ただ、目覚める度、そこにいるのが同じ者だということは、なぜか明確に理解できた。

やがて、その存在のあることに慣れ、重忠は目覚める度、傍らに付き添ってくれる者のいることに安心して、再び眠りに落ちるようになった。

その存在は懐かしく親密で、おそらく重忠の知っている誰かであった。

だが、肉体も精神も病み衰えていた重忠は、しばらくの間、それが何者なのかに気付かぬまま、眠りと目覚めをくり返し続けた。

ようやく相手の像が形を結んだ時、重忠のまだ癒えていない全身に衝撃が走った。それだけでもう、重忠は疲れ果てていた。

「そなたは……」

そう問う声さえ、自分のもののようには聞こえなかった。ひどく年老いて病んだ老人の声か、戦い疲れ、今にも死にそうな男の声のようであった。

「ご無理はなさいますな」

女はその手を重忠の額にのせて、優しく言った。陶器のように滑らかで、ひんやりとした心地よさが、重忠を癒してくれる。

「ですから、手に入るもので満足なさいませと申し上げましたのに……」

「そうしたつもりだ。少なくとも、そうするつもりだった……」

ひどく疲れた。重忠は再び目を閉じた。

あの時、重頼の繰言を聞かなければ、こうはならなかったかもしれない。一度失ったはずのものが再び手に入るかもしれないという、淡い期待さえ抱かなければ――。

なぜ、郷の心がすでに義経のものであることに気付かなかったのだろう。なぜ、女の心を再び取り戻せるなどという、愚かな願いを持ったのだろう。

（それほどまでに、判官殿を慕っているのか。世の人から爪弾きにされ、謀叛人の咎をきせられてもなお、そなたは判官殿に従うのか。それほどに判官殿を……）

「この世には若君さまの思い通りにならぬこともございます」

まるで重忠の心を読み取ったかのように、女の声が夢のように続いた。

「そうだな……」

目を閉じたまま、重忠は素直に肯いた。

「武蔵野へ帰りたい……。帰って思うままに野を駆けたい。三日月に乗って……」

「ならば、早うお体を治されませ」

「ああ……」

一刻も早く武蔵野の大地を三日月と一体になって駆け抜けたいという欲望が、心地よく重忠の全身を満たした。

西に聳える秩父山地、どこまでも平坦に続く武蔵野の大地は、そのすべてが優れた馬場と言ってもよい。梅の花と共に鳴き出した鶯は、春の間中は鳴き続け、それと入れ替わるかのように、夏を告げる時鳥（ほととぎす）が鳴き始める。

都幾川と槻川の合流する地点に建てられた菅谷館を出れば、ただちに川の土手に出る。川はどちらも大きなものではないが、重忠には馴染みの深い故郷の川であった。かつての愛馬秩父鹿毛とは、幾度となく河川敷を共に駆けた。だが、三日月は河越家から譲られてすぐ、戦場に連れ出してしまったので、そうしたひと時を過ごしたことがない。

武蔵野に帰りたいという思いが、痛烈に重忠の全身を貫いていった。武蔵野へ帰ってももう郷はいない。河越庄へ帰って来ることもないだろう。

だが、それでも帰りたかった。今の自分を癒してくれるのは故郷しかないと、重忠は強く思い込んだ。

かつては、郷と二人で見た景色を、郷と二人で聞いた風のそよぎを、大地を打つ力強い雨の音を、今度は一人で見聞きすることになるのか。

不意に、重忠は寂しくなった。ただ、誰かに傍にいてほしいと思った。自分だけを見つめる眼差しが今は欲しかった。

「そなたは私の傍にいるか」

大した深い考えも持たず、重忠は口走っていた。

名も身分も素性も知らぬ女——かつて一晩だけ不思議な契りを結んだ女——。

女はかつて、重忠が双ヶ岡で郷を待っていた晩、どこからともなく現れて、朝には消えたあの女であった。

都にいたはずの女がなぜ、今ここにいるのか、それさえ確かめることもせず、重忠はただこの女に傍にいてほしいと思っていた。

なぜかは自分でも分からないが、ただ一夜を共に過ごしただけの女に、不思議な懐かしさを感じていた。

「お望みでございますれば——」

女は、用意してきた答えをそのまま述べるように、即座に答えた。

「そなたはあれ以来、私の前から姿を消した」

「若君さまが私をお望みにならなかったからです。若君さまがお望みになりさえすれば、私はいつでもお傍におりまする」

「ならば、ここにいよ」

重忠は額に置かれた女の手に、自らの手を重ねた。

その上に、女のもう片方の手が重ねられたのを感じた。

重忠の意識はすっと途切れた。

四

その頃、鎌倉の河越館では――。

河越重頼が郷を連れ戻すために、京へ遣わした郎党たちは、まだ戻って来ない。

そうするうち、義経がわずかな従者と共に都を落ち延びたという知らせが、鎌倉へ伝えられた。

「郷はまさか、九郎殿に連れて行かれたわけではありますまいな」

朝子は身もだえせんばかりに気を揉んだが、郷がどうなったかは鎌倉では分からなかった。

「我が家の郎党も都に着いているだろう。間もなく確かなことが分かるゆえ、今はそれを待とう」

そうするうち、義経が吉野山へ逃れたこと、この山中で愛妾の静御前と別れたが、静御前は北条時政に捕らえられ、近々鎌倉へ送られてくることなどが、京から戻って来た郎党の話により分かった。

だが、戻って来た郎党は、郷が行方不明だと告げた。

「よもや、九郎殿は人質として郷を連れて行ったのでは――」

朝子は顔色を蒼ざめさせたが、

「いや、女人の足では難しいでしょう。現に静御前も山中で判官殿と別れていますし、静御前の話では北の方さまはご一緒ではなかった模様にございます」

と、郎党は首をひねりながら言う。

「ならば、京のどこかに隠れているのではあるまいか」

「それが分からぬのです。もしかしたら、お一人で武蔵国を目指されたのかもしれませぬ。それがしはご報告に戻りましたが、まだ他の者どもが北の方さまの探索を続けておりますれば――」

結局、郷がどこでどうしているのかは、何も分からなかった。

そうするうち、鎌倉におかしな噂が流れ始めた。

「何でも、河越殿の娘御は、謀叛人である判官殿と行を共にしているそうではないか」

「それは、御所さまにお逆らいしたも同然」

万寿丸の乳母として鎌倉御所へ出入りする朝子は、その噂を聞きつけ激怒した。

「仮にそうだとしても、私の娘は九郎殿に脅されているのじゃ!」

しかし、いつまで経っても、郷の行方はもちろん、義経の行方も知れなかった。

そして、義経が都から姿をくらませて間もない十一月十二日、鎌倉の河越館に御所の兵たちが押し寄せてきた。

「謀叛人九郎義経の姻戚たることをもって、連座に処す」

重頼の所領は没収された上、重頼と嫡男重房は館から外に出ることを禁じられた。

鎌倉御所にいた朝子は、河越館への出入りを差し止められた。

「私の夫と息子を、どうなさろうというのです」

同じ十二日、朝子は実家の比企館へ走った。

母の比企尼もここに暮らしている。

「夫と息子を、河越の家をお助けくださいませ。母上！　御所さまにどうかお口添えを――。母上のおっしゃることであれば、御所さまはお聞きになってくださるはずです！」

朝子は母の前に身を投げ出して頼んだ。

比企家にはこの時、当主の能員、その妻凪子、それに幼い早苗もいた。武蔵国の情勢が不安だというので、早苗をはじめ、子供たちも鎌倉に呼び寄せていたのである。

誰もが朝子の悲嘆を前に、慰めの言葉もかけられなかった。

「では、御所へ参ろう」

比企尼が低い声で言い、立ち上がった。

「私がお供いたしまする」

能員がただちに腰を上げる。

「そなたはここにおれ！」

比企尼が厳しい声で命じた。

「下手に関わり合えば、比企家に火の粉が降りかかりますぞ」

それは、河越家を助けられない場合、比企家は河越を見捨てるという言葉でもあった。

朝子は思わず息を呑んだ。

だが、言い返すことはできなかった。母の言葉は正しい。

朝子とて、比企家を道連れにするつもりはなかった。

「母上に従ってください、能員殿」

朝子は身を切られるような思いで言った。

先ほどとは打って変わったように弱々しい声であった。

「朝子殿がそうおっしゃるのなら……」

躊躇いがちに言いながら、能員が再び腰を下ろす。

それを見届けて、比企尼は歩き出した。

小さな歩幅ではあったが、しっかりとした足取りであった。

老いて鎌倉御所へ出仕することが少なくなったとはいえ、鎌倉御所で比企尼の顔と素性を知らぬ者はない。頼朝に会いに来たという比企尼の希望は、ただちに頼朝に伝えられ、控えの間でそれほど待たされることもなく、比企尼は頼朝の御前へ案内された。

「お人払いを願えますかな」

比企尼は言い、頼朝は何も言わず、侍や御所の女房たちに下がるよう命じた。

頼朝と比企尼は二人だけで向かい合って座った。他には誰もいないだだっ広い母屋には、冷え冷えとした空気が漂っている。

「河越の件で参られたのでございますな」

頼朝は薄笑いを浮かべながら言った。

「お分かりならば、多くの言葉は必要ありますまい。河越をどうなさるおつもりですかな」

比企尼は瞬き一つせず、頼朝を見据えて言った。

「外戚も乳母の家も両刃の剣。そのことをお教えくださったのは、乳母殿ではございませぬか」

頼朝は優しげな口調で言った。比企尼はにこりともしなかった。

「御所さま、いいえ、若君。この尼にとって、若君はいついかなる時でも、我が子以上に愛しい若君でございます。されど、これ以上は退けぬ一線というのはございます。この尼の申す意味がお分かりでございますかな」

「分かりますとも」

頼朝は相変わらず微笑を湛えて言った。

「外戚も乳母の家も、私にとっては大切な家族です。されど、比企は少々、婚姻の輪を広げすぎたのではありませぬか。安達、河越、平賀――乳母殿の三人の娘たちは有力者に嫁いだ。安達は従順であり、平賀は我が源氏の一門ゆえ、これ以上大きくならねば見逃しましょう。されど、河越は武蔵国の筆頭武士です。あの家と結びつかれたのは、乳母殿の失策でございましたな」

比企尼は一瞬押し黙った。ややあってから、再び口を開いた。

「河越をつぶそうと、早くからお考えだったのでございますか」

「早くからとは、いつの頃をおっしゃるのでございましょうや」

頼朝は謎かけをする少年のような物言いで言った。それは、頼朝が幼い頃、比企尼が聞き慣れた物言いであった。

「郷姫を九郎に嫁がせる時、いや、朝子が嫁いだ時、それとも、重頼殿が武蔵国留守所惣検校職を引き継いだ時か。私にも分からなくなってしまいましたな」

頼朝は歌うような調子で続けた。

比企尼は溜息を吐いた。それから、眼に力をこめて、

「郷を死なせることは許しませぬぞ、若君」

と、言った。

これが退けぬ一線だと言うかのようであった。頼朝も決して逆らわなかった。

「それは無論。郷姫も朝子も殺しはいたしませぬよ。次男以下の男子も助けてやりましょう。朝子が悲しむでしょうからな。これでお許しいただけますか」

比企尼は答えずに、軽く頭を振った。

これ以上、何を言っても無駄だというような諦念と疲労が、その皺深い顔にはにじみ出ていた。

そんな乳母の老いた姿を、頼朝は心から気の毒だというような眼差しで見つめた。

その日の夜のうちに、河越重頼と嫡男重房は頼朝の命により殺された。

河越家の所領は、いったん重頼の老母が預かることになる。

朝子はただちに出家を遂げた。

しばらくここで休養していくようにという能員の誘いを断り、朝子はすでに重頼と重房の遺体も片付けられた河越家の館へ戻った。

御所の兵士たちが引き揚げた館の中は閑散としていた。

朝子は冬枯れた庭に立ち尽くした。

「御所さま……」

朝子は御所のある方角に顔を向け、ぞっとするほど暗い声で呟いた。

「この怨みは、必ずやお返ししなければなりますまいなあ」

朝子は笑い出した。それは、老女のようにしわがれた声であった。

「ご幼少の砌(みぎり)よりお仕えし、弟のごとく想ってきたあなたさまを、こうまでお怨みすることになりましょうとは――。人の世とは分からぬもの。かつては、あなたさまの妻になることさえ夢見ていたこの私が……」

朝子はなおも笑い続けた。

「御所さまは私から、夫と息子をお奪いになった。だから、私も御所さまの最も大切なものをいただきまする。ええ、頂戴いたしますとも。若君万寿丸さま、あの方は、私が御所さまから奪って差し上げます」

朝子はぴたりと笑うのをやめた。

表情をなくしたその顔に、正面から冬の冷たい風が吹きつけてゆく。齢を超越し、感情を消してしまった女の顔は、ぞっとするほど美しかった。

六章　奥州征伐

一

河越重頼、重房誅殺の知らせを、畠山重忠が聞いたのは、当初の予定通り都へ入ってからのことであった。

鈴鹿関で熱病にかかり、数日の間、寝込んだものの、本田親恒らの看病を受け、病は癒えた。

それからの旅は、重忠の病後の体を気遣いながら進むことになったので、行程はずいぶんとゆっくりしたものになった。

重忠自身も、今さら急いで都へ到着したいわけではない。

重忠が都へ入った時には、すでに十一月の半ばとなっていた。

そこで、重忠は河越家を襲った運命を聞き、なおも郷の行方が分からないということを知った。

(もし郷が鎌倉へ帰っていれば、河越家はこうはならなかったのか)

それは今となっては分からない。

郷が旅先でこのことを聞けば、おそらくひどく胸を痛めるだろう。といって、今さら姿を現すこともできまい。

(こうなった上は、何とかして判官殿と無事に逃げ延びてくれることを祈るしかない)

重忠は都で他の御家人たちと一緒に、形ばかり義経の探索に携わることになった。

そうするうち、河越重頼のものであった武蔵国留守所惣検校職を、重忠に譲るという知らせが鎌倉から届いた。

(何を、今さら――)

そんなものを欲しいと、一体、いつ自分が言ったのか。

(河越殿とて、そのようなもの、いつ捨ててもよいと思っていたはずだ)

重忠は誰にぶつけることもできぬ怒りと共に、そう思った。

――郷は妹も同然であろう。どうか、兄として、郷を救ってくれまいか。

――……娘を頼む。

――頼む!

なりふりかまわず、重忠の前に頭を下げた河越重頼の姿がよみがえった。

重頼が義経と結託して、謀叛など企んでいなかったのは明らかなことだ。

それなのに、頼朝は重頼を殺した。職務と所領を没収するだけではなく、命まで奪った。

（それは、河越氏が秩父平氏の棟梁だったからか）

これは、秩父平氏一門への脅しなのだろうか。

あるいは、頼朝はもうずっと前から、河越氏を取りつぶそうと考えていたのだろうか。

初めて、河越重頼と共に帰順した時、頼朝は重頼が担うはずの職責を、江戸重長に譲り渡した。

思えば、あの時から、頼朝の企みは始まっていたのかもしれない。

重頼とて、それに気付いていないわけでもなかったものを――。

（郷を判官殿に嫁がせたのも、そうなのか）

初めから、義経もろとも河越家を葬り去るつもりで、あの二人を夫婦にしたのか。

（いや、まさか、そこまでは――）

いくら頼朝でも、そこまで冷酷な計画を立てていたわけではなかろう。

郷を嫁がせた時にはまだ、義経を弟として重んじる気持ちがあったはずだ。

だが、もしかしたら、頼朝の心の底には、いつか義経が自分に敵対するかもしれぬという予測はあったかもしれない。そして、その時、義経と共に河越家が滅びてもよいと思っていた――。

（どうして、こんなことになってしまったのか）

いついかなる時も、一族の年長者として父のごとく接してくれた河越重頼の温かさが、今さらのように胸に沁みる。

義父として仰ぐことはできなかったものの、重忠にとって、河越重頼は父も同然の存在であった。

その重頼が最後に、取りすがるようにして頼んだ郷の救出を、自分は果たすことができなかった。

そのことだけが、悔やんでも悔やみきれない。

(ああ、今すぐにでも武蔵野へ帰りたい)

痛切に重忠は思った。

どうして人は自由に生きることができないのだろうか。誰に帰順することもなく、自分の故郷の土地だけを守って暮らしていけることができたら、どんなにいいか。

もっとずっと幼い頃——自分が秩父平氏一門だとも知らず、自分の父が郷の曽祖父を殺したとも知らなかった頃、重忠はそんな暮らしができるのだろうと、漠然と信じていた。

自分と郷の暮らす武蔵野の大地で、共に育ち、共に恋し、やがて、子を生み育て、共に老いてゆくのだと——。人生とはただそれだけのものなのだと、信じていた頃——あの頃がいちばん幸せだったのかもしれない。

今の重忠は、勝手に故郷へ帰ることも許されない。

頼朝の作り上げた機構の一部となってしまったのだ。坂東武士たちは今では皆、その統制を受けねばならなかった。そういう支配力を煩わしく思うことは、きっと誰にでもあるのだろう。

義経はその統制に従わなかった一人だ。

義経の内心に、頼朝の弟であるという慢心がなかったとは言えない。

義経は、鎌倉の統制を煩わしく思ったのではないだろうか。あるいは、それに逆らうというほどの明確な意識も持たず、時代の変化に自らを合わせていけなかっただけなのか。

郷は義経を本気で愛していたのだろう。そうでなければ、他の女を伴って逃げた夫を——それも謀叛人の烙印を押された男を、どうして女が追いかけたりするだろうか。

今はただ、二人に生きていてほしい。

逃げ続け、生き延びて、どんな暮らしでもよい、ただ生き続けてくれさえすれば——。そこにも幸いはあるだろう。今となってはもう、義経を捕らえることにどんな意味もないはずだ。

重忠は体調のよくないことを理由に、義経の探索にあまり熱心ではなかったが、それにはもう一つ理由があった。

義経探索の総指揮を執っているのが北条時政だったことが、重忠の気を重くしていた。

どうやら時政が鎌倉の頼朝を動かして、重忠の京都滞在を長引かせているらしい。

この機をとらえ、何とかして重忠に婿入りを承諾させたいということなのだろう。

重忠は鎌倉を出る前、時政の娘栄子（ひでこ）と対面させられたことがある。ただ、顔を合わせただけで、まともに言葉も交わすことはなかったし、その時の重忠は郷のことで頭がいっぱいだったので、あまり印象深い思い出はない。

ただ、姉の政子に似て、いや、政子以上に美しい姫であったとは思う。

その後、重忠が鎌倉を出てしまったので、縁談は進んでいないが、思いもかけず時政と都で鉢合わせることになってしまった。

時政にとっては、重忠が義経探索に不熱心なことなどどうでもよいらしく、そのことで咎められることはまったくなかった。

それどころか、一日おきには北条家よりの使いが来て、夕食を共にと誘ってくる。

たまには断り切れずに北条家の邸へ足を向けるが、その度に、うんざりするほど栄子姫の話を聞かせられる。栄子姫がその姉妹たちに比べて、いかに美貌に恵まれ、いかに貞淑で、知性も教養も群を抜いているかということなど、重忠はほとんど暗記してしまうほど、時政の口から聞かされ続けた。

「それに何より、栄子が一目で貴殿に惚れ込んでしまったらしいのじゃ。今ではもう、畠山さまの許でなければ嫁がぬと申しておる。他の男に嫁げと言うなら、尼になると言い出す始末じゃ。どうぞ、娘の純情を哀れと思い、この時政が婿になってくださらんか」

「栄子殿はまこと、私には勿体無い姫君でございます。ただ、今はまだ世の情勢も穏やかならざる時、まして私はここ最近、体調が優れませぬ。万一のことあらば、姫を悲しませるだけのこと」

「何を申されるか。剛力で世に鳴り響いた貴殿が、ただ一度病に倒れたくらいで……。それに、拝見したところ、もうすっかり顔色もよいようだが……」

時政の鷹を思わせる、抜け目のない眼差しが疑わしそうに重忠に注がれる。その眼差しにとらわれる前に、そっと視線をそらし、重忠は咳払いをする。

「まあ、武蔵野へ帰り、少しは野駆けや流鏑馬（やぶさめ）などをして、英気を養いとうございます。このお話はその後にでも――」

「つまり、正式なお返事は、武蔵国へお帰りになってからということですな」

「はあ……。縁談のことは隠居したとはいえ、父の許しが必要ですので」

異母妹の縁談は父に相談もせず、勝手に進めようとしたくせに、重忠は勝手な言い訳をした。

「それでは、重能殿の方に話を通させていただこう。重忠殿には異存はないということでござりますからな」

時政の目に、粘り気の強い光の浮かんだ時は、もう遅かった。異存はないなどと言った覚えはないが、今さら違うと言うこともできない。

慎重に話していたつもりだったが、言質を取られてしまった。いや、老獪な時政と対峙して、若い重忠に初めから勝ち目などなかったのだ。

父重能は北条家との縁談を決して断りはしないだろう。

郷の父重頼が源家との縁談を最終的には受けたように、頼朝やその舅たる北条氏に連なる縁談は、坂東の豪族たちにとって大事な政(まつりごと)であった。

他の豪族たちに抜きん出るには、姻戚になってしまうのが最も効果的だったのである。

武蔵国へ帰れば、急速に北条家との縁談が進められることになるだろう。もう逆らうことも逃げることもできない。

「どうせ、いつかは娶らねばならぬ身だものな」

その夜、三日月をゆっくりと並足で進ませながら、重忠は低く呟いた。

「もはや想う女を妻とすることができぬならば、いつまでも未練がましく追い続けるべきではない。いや、そのことはよく分かっているのだが……」

ふと空を見上げた重忠の目は、くっきりと浮かぶ月の形をとらえた。

「おお、三日月よ。今宵は、お前が生まれた晩と同じ月が出ているぞ」

首を軽く叩かれた三日月が低くいないた。

「嬉しいか。そなたは河越館で生まれたのだ。懐かしいか」

三日月の返事はなかった。

「もうお前に乗って河越館へ行くこともあるまいな」

重忠は低く笑った。我ながら自嘲めいて聞こえた。

「何と、私は女々しい男なのか。お前も私の愚痴ばかりを聞かされて、いい加減、うんざりしているのだろうな」

何かを振り切るように空を仰ぐ。三日月は変わらぬ姿で夜空に浮かんでいた。

「東国へ帰ったら、お前には伊豆まで行ってもらわねばならぬかもしれぬ」

三日月の鬣を撫ぜながら、重忠は言った。

「栄子姫と言うのだ。人柄は知らぬが美しい姫であった。時政殿の言葉を信じるならば、人柄も優れているらしい」

三日月は返事をしなかった。変わらぬ闊歩を続けていた。

やがて、重忠も三日月に語りかけるのをやめてしまい、後にはただ土を踏む三日月の蹄の音だけが響いていた。

二

奥州の平泉で藤原秀衡（ひでひら）の庇護を受けた義経は、妻の郷と幼い娘、それに弁慶（べんけい）らの郎党たちと共に、高館（たかだち）に居をかまえて暮らしていたという。

ところが、文治四（一一八八）年、その秀衡が亡くなった。

秀衡は、頼朝がいくら義経を差し出すよう要求しても、それを突っぱねた。自らの死後も、義経を中心に一族が団結して、頼朝に対抗せよと遺言していた。

だが、秀衡が死んで、当主が泰衡（やすひら）に代わると、頼朝はそれまで以上の圧迫を加え始めた。

その結果、義経に同心する一派と、泰衡との間に対立が生じた。

そして、この年の四月三十日、泰衡は義経が妻子と暮らす高館に兵を向けたのである。

弁慶をはじめとする義経の郎党たちが、懸命に防いだものの、多勢に無勢ではとうてい逃げられない。義経は死を覚悟し、郷と幼い娘を刺し殺した後、自害して果てた。

その報が鎌倉へ届いた時、郷の母朝子は、

「おのれ、判官！　何ゆえ、私の娘を道連れに――」

と、叫ぶなり、昏倒してしまった。

そして、そのまま病牀に伏した。


義経謀叛の連座により、夫河越重頼と息子重房を殺された後、朝子はただちに出家して、その菩提を弔いながら鎌倉に暮らしていた。

それでも、朝子が頼朝の嫡男万寿丸の乳母であることに変わりはなかった。

その地位までも奪い取られたわけではない。そこで、朝子はその後もずっと、鎌倉御所へ出入りし、万寿丸に仕え続けた。

尼となった朝子が御所へ出入りするのを遠慮するべきだと陰口を叩く者もいたが、朝子は気にしなかった。万寿丸も朝子になついている。

いや、河越家の処分があった後、朝子はそれまで以上に、万寿丸に尽くすようになった。それまで家族に向けられていた愛情や関心が、すべて万寿丸に向かったのである。

そうなれば、万寿丸も無論のこと、他の乳母よりも朝子になついた。

また、他の乳母というのは、姉の遠子と妹の宗子、それに、義妹となる比企能員の妻凪子である。

彼女らは皆、朝子の味方であり、朝子に同情もしていたから、朝子がひたすら万寿丸に心を捧げることを邪魔するはずもなかった。

――御所さまは冷たいお方なのでございます。弟君を討とうとなさっただけでなく、万寿丸さまの姉上大姫さまの夫であられた木曾義高さまをも、殺してしまわれたのでございますから……。

朝子は幼い万寿丸に、根気よく吹き込み続けた。

――それゆえ、万寿丸さまの姉上は、気の病にかかってしまわれたではありませぬか。あれもすべては、御所さまのお心の冷たさが招いたことなのでございます。

――万寿丸さまは御所さまに気を許してはなりませぬ。あの方は、息子でさえ、殺しかねないお方なのでございますから……。

――お母上の御台さまもお信じになってはなりませぬぞ。御台さまは弟君の千幡（せんまん）さまをかわいがり、万寿丸さまを疎んじておられます。万寿丸さまのお味方は、我らのみ。乳母の家である比企氏のみでございますぞ。

万寿丸の周辺を取り巻いているのは、能員夫婦、朝子をはじめ、比企氏の一族ばかりである。万寿丸の心はやがて、頼朝と政子、そして、北条氏から離れてゆくだろう。

（焦らず、じっくりと――）

朝子はうわべだけは従順に、頼朝と政子に仕え続けた。

だが、生涯、頼朝を許すことはない。

一方、頼朝の方は後味が悪いと思ったのか、やがて、重頼の旧領をすべて朝子に譲ると申し出てきた。河越氏の家督も、重頼と朝子の次男の成長を待って、継がせるという。

朝子はそれにも逆らわなかった。

ただ、武蔵国留守所惣検校職は、秩父平氏の一族である畠山重忠に譲られることになった。かつて重忠の父重能がそれを奪わんとして、叔父秩父重隆を大蔵館に襲撃したのは、もう何十年も昔のことである。重能はその職をついに得ることが叶わなかったが、息子の重忠は思わぬ成り行きでそれを得た。

（畠山も憎い）

と、朝子は思った。

大蔵合戦にまつわる畠山への敵愾心もあったが、重忠が留守所惣検校職を継いだのも、北条時政の娘、つまり政子の妹を妻に迎えているのも気に入らない。

それが単なる八つ当たりであるのは、朝子も分かっていた。

重忠がよい目を見れば見るほど、幼い頃から親しくしていた我が娘郷の不幸が、際立つような気がしてならないのだ。

それでも、郷が無事に奥州へたどり着き、義経との間に娘が一人生まれたという話は、朝子の心の慰めであった。

（郷よ、そなたが少しでも幸いを感じられているといいのだけれど……）

奥州での居候暮らしは、かつて朝子が娘に望んだような贅沢で華やかな暮らしではないかもしれない。それでも、郷自身が幸せだと思えるのなら、それ以上望んではいけないと、朝子も思うようになっていた。

郷が無事に生きて奥州にいるということだけが、朝子の心に宿る唯一の光だったのである。

だが、その光も高館が攻撃され、義経一家が死んだという知らせによって、完全な闇に落ちた。


「叔母上さま」

朝子を案じて見舞いに来てくれるのは、比企能員の妻凪子とその娘早苗である。

早苗はこの年九歳で、万寿丸よりも一歳年長であった。凪子も万寿丸の乳母であるから、早苗は万寿丸の乳母子となる。

万寿丸と早苗は時折、一緒に遊んでいたが、その様子はまるで姉と弟であった。早苗がすべてを取り仕切り、万寿丸はそれに従っている。

勝気な早苗の姿は、朝子に幼い頃の自分を彷彿とさせた。

恵まれた容貌であることを自覚し、負けん気が強く、常に上を目指そうとする。この少女も自分と同じようになる、そんな予感が朝子にはしていた。

そして、似ているがゆえなのか、早苗も朝子を慕っていた。

「元気をお出しくださいませ。郷姉さまの代わりに、私が叔母さまにお仕えいたします。私を叔母さまの娘とお思いくださいませ」

母の凪子から教えられているのかもしれないが、九歳の娘らしからぬことまで言って、朝子を励まそうとするのだった。

「さようにございますとも。とにかく、一日も早く御所へ戻ってきてくださらなくては、万寿丸さまも寂しく思われます」

凪子もそう言って、朝子を励ました。

「それにしても、郷殿は判官殿に道連れにされたのでしょうか。それとも——」

自分から義経と共に死んだのでしょうか——凪子が続けなかった言葉を、朝子は分かっていた。

おそらくは、郷が自ら死を選んだことも分かっている。おとなしいが芯の強い、自分を枉げない娘であった。

そもそも、自分から義経を追いかけて行ったのだ。郷はおそらく義経を愛していたのだろう。

そして、義経にも河越重頼にも、欠片ほどの温情も与えなかった頼朝に対し、言いたいこともあったのだろう。それが、この度の郷の死の真相ではあるまいか。郷は死すことで、鎌倉に対し声にならぬ抗議をしたのだ。

それを見事だと思う気持ちも、朝子にはある。

だが、つらかった。

娘が自分より先に逝ってしまったということが——そして、娘に、そんな人生を送らせたのが自分であったということが、朝子はつらくてならなかった。

だから、せめて義経を怨んでいたい。義経が無理やり郷を道連れにしたのだと思っていれば、楽になれる。

その時、早苗が、

「悪いのは、御所さまと判官さまです」

と、急に憤慨した口ぶりで、二人の会話に割って入った。

「男の方はいつでも自分たちのことしか考えない。叔母さまや郷姉さまの悲しみを、御所さまも判官さまも分かってないのです」

早苗は大人びた口調で言った。

「仕方ない。武士の世は男のものだもの……」

不意に、朝子は呟くように言う。

「えっ……」

「昔、母上に聞いたことがある。母上の兄君で、もうずいぶん前に亡くなられた長井の斎藤別当殿がおっしゃったのだとか。母上は反撥し、武士の世で女子の花を咲かせてみせると、思ったそうじゃが……」

「尼君さまは花を咲かせたのではないでしょうか。御所さまの御乳母殿として、皆から尊敬されておられますもの」

凪子が義母に当たる尼を評して、そう言った。だが、

「そうであろうか」

朝子は凪子や早苗にというより、自分自身に問いかけるように呟く。

「私も、花を咲かせたかった……。娘の郷にも咲かせてほしかった」

朝子はかすかに微笑んで言った。

「朝子殿は、まだこれからではございませぬか」

凪子の励ましに、朝子は枕の上の頭をかすかに横に動かした。それを見るなり、早苗は激情に衝かれたように、

「叔母さまと郷姉さまの仇は、私が討ってみせます！」

と、叫ぶように言った。

「だから、叔母さま。どうか元気をお出しください」

続けて、泣き出しそうになりながら、早苗は言う。その表情は幼げだが、眼差しは真剣だった。

朝子は早苗に向かって、やせ細った手を差し出した。早苗は両手で朝子の手を包み込んだ。

「そなたは私に似ている。気をつけなさい」

朝子はいつしか厳しい眼差しになり、それを早苗から凪子に移していった。

「何ゆえ、私の夫と重房が殺されねばならなかったのか。私は寝ても覚めても、そのことばかり考え続けた。そして、分かった。御所さまは武蔵国の武士を骨抜きになさりたいのじゃ」

「武蔵を骨抜きに……」

「武蔵はいわば東国の要（かなめ）。私には御所さまの狙いが分かる。鎌倉に居を定めた御所さまにとって、

武蔵の豪族たちが叛旗を翻すことが怖いのじゃ。万一にも武蔵と奥州が手を結べば――そして、彼らと都が手を組んでしまえば、御所さまは挟み撃ちにされる」

朝子は憑かれたようにしゃべり続けた。凪子は息を呑んで、朝子の言葉に聞き入っている。

「そうならぬためにも、古くからの武蔵武士の力を殺がねばならぬ。あの方は一つずつ、武蔵の武士をつぶしていくおつもりじゃ。比企も気をつけねばならぬ。凪子殿、どうかそのことを能員殿に――」

朝子の声がか細くなってゆく。厳しかった両眼は光を失い、やがて静かに閉じられていった。

「叔母さまっ！」

早苗が叫ぶ。だが、それに答える声はもはや聞けなかった。

それから三日ばかりの間、朝子は意識が戻らぬまま、眠り続けた。そして、そのまま目覚めることなく、帰らぬ人となった。

三

藤原泰衡に征伐された義経の首は、頼朝の許に届けられた。

泰衡はそれで頼朝への恭順を示したのだが、頼朝はそれを受け容れなかった。

頼朝は後白河院に泰衡追討の院宣を下すよう強要し、それが出されるや奥州征伐が触れられた。

七月十三日、総勢二十万を超える軍勢が、鎌倉を進発する。

この時は頼朝自身が出陣した。富士川合戦以来、兵を進めたことはあったにせよ、頼朝がまともな合戦に出向いたことはなかった。

この奥州征伐は、頼朝が全国に支配権を及ぼすための最後の合戦となる。

畠山重忠は大手軍を率いる頼朝の先陣を務めた。騎乗するのは愛馬三日月である。

三日月ももう老馬の域に差し掛かっていた。それでも、郷姫が眠る土地へ行くのに、重忠はどうしても、この三日月に乗って行きたかった。

「今しばらく辛抱してくれ」

重忠は従軍の間、何度も三日月の鬣を撫ぜ、語り続けた。

奥州合戦は泰衡追討の院宣を掲げ、大軍を率いて三方面から進撃する鎌倉方が終始、優勢であった。阿津賀志山（あつかしやま）の戦いで、泰衡の兄国衡（くにひら）の率いる軍勢が敗れると、奥州軍はほぼ壊滅したも同然となった。総大将の泰衡は郎党に討たれて、その首が頼朝の許へ届けられる。

奥州への進軍を始めて二ヶ月足らずの九月六日、頼朝は奥州を制圧した。

合戦が終わると、重忠は隙を見て、平泉の高館跡を訪ねた。

平泉はこの奥州合戦で火攻めに遭った。それ以前に焼かれた高館など、もはや見る影もない。

それでも、重忠はその場所を見ないわけにはいかなかった。

高館は、衣川と北上川の合流地点からほど近い丘陵にあったという。

その地まで三日月を走らせ、そこで、重忠は三日月から降りた。

高館があったと思われる場所に立って、川の方を見霽かすと、重忠は河越館の脇を流れる入間川を思い出した。

郷と一緒に、何度となく共に歩いた入間川の川岸が懐かしい。

川の方面から吹いてくる風は、北国だからなのか、九月にもなるとかなり冷たかった。

重忠は薄ら寒い心地になって、つと袂の合わせ目をいっそう引き寄せた。

その時、重忠の傍らで、三日月が悲しげにいなないた。

お前も悲しいのか――と言おうとして、重忠が三日月を振り返ろうとすると、三日月の前脚が不意に折れた。今度は悲鳴のようないななき声を発して、三日月がその場に倒れ込む。

「どうした、三日月！」

重忠は持ち前の剛力を発揮して、三日月の体を支えた。それから、足を折らぬように注意を払って、三日月を横たわらせた。

確かに、三日月ももう若くはない。だが、鎌倉から重忠を乗せて走って来て、ここまで持ちこたえてきたのだ。合戦の時にもふだんと変わらなかった。それなのに、

「何ゆえ、急に倒れたりしたのか」

ここが、懐かしい郷の最期の土地だからか。

三日月はそれを分かっていて、ここまでは走らなければならぬと、すでに失いかけていた力を振りしぼって、ここまで走って来たというのか。

重忠は静かに三日月の鼻面を撫ぜてやった。三日月が申し訳なさそうに低くいななく。だが、立ち上がることはできなかった。

「三日月よ、立ち上がれ。共に武蔵野へ帰ろうぞ」

もしかしたら、三日月はもう走れないのかもしれないと思いつつ、重忠は優しく語りかけた。

「私がここへ来たのは、郷の所縁(ゆかり)となるものを見つけ、武蔵野へ持って帰るためなのだ。あの地で供養してやりたくてな」

悲しげな茶色の目に、重忠は語り続けた。


——三日月。ねえ、三日月。

誰かの声を、重忠は聞いた。若い娘の声であったが、重忠には聞き覚えがあった。

「これは、私とお前の約束よ。私の言うことをよく聞いて、お前はずっと重忠さまにお仕えしなければいけないのよ」

聞き覚えがあって当然だった。声は郷の——まだ少女の頃の郷のものであった。

——郷！

重忠は叫ぼうとしたが、それは言葉にはならなかった。

重忠は黙って、目に見えるものを見、耳に聞こえるものを聞き続けるしかなかった。

「私は重忠さまの許に行くことはできないわ。御所さまのご舎弟の許へ嫁ぐことになるかもしれないの。河越家にとってよい話なのはもちろんだけど、断れば河越家の立場が悪くなる。お断りすることなんて、たぶんできない……」

郷は三日月の鬣を静かにそっと撫ぜている。

これはいつのことなのだろう。

郷の結婚が持ち上がった頃、そして、三日月が重忠に譲られる前のことか。

そうだとしたら、重忠が頼朝に帰順した後で、一の谷の合戦より前のことになる。

三日月は郷に心を許しているようだった。つぶらな茶色の目を郷にじっと向け、あたかもその言葉を理解しているように見える。

「私は重忠さまが好きだけれど、お傍にい続けることはできないの。でもね、三日月、お前はずっと重忠さまのお傍にいることができる。私はお前がうらやましいわ」

郷は溜息を吐き、何を思うのか、三日月の長い首を抱き締めるように両腕をまっすぐに伸ばした。

「だから、お前にあげる。重忠さまを想う私の気持ちを、全部お前にあげるわ。その代わり、お前は重忠さまから離れてはいけないのよ。ずっと重忠さまのお傍にいて、私の代わりに重忠さまをずっとお見守りしていて――。これは、私とお前の約束よ」

「うああっ！」

重忠は叫んだ。

自分でも何と言ったのか、分からなかった。声になったのかならなかったのかも分からなかった。

目の前にいた少女と三日月はいつしか消えていた。

ややあって、再び重忠には見えぬはずのものが見えた。

今度は、若い女と、三、四歳ばかりの童女がいた。女は童女の頭を撫でながら涙ぐんでいる。

――これは、郷か。そして、この幼子は……。

重忠の知る郷よりも、少し齢を重ねた感じに見えた。郷が童女の頭を撫ぜる様子は、あたかも母親のようである。

それでは、この童女は郷が産んだという姫なのか。

重忠は、頭をがつんと殴られたような心持ちがした。

どうして、こんなものが自分に見えるのか。何一つわけが分からなかった。

「お母さま」

童女は舌足らずな調子で、郷をそう呼んだ。

「どこへもお行きにならないで」

童女が懸命な面持ちで言っている。

「どこへも行かないわ。いつも小菊(こぎく)と一緒よ」

郷は童女の頭を撫ぜ続けながら言った。

「お父さまも――」

小菊と呼ばれた童女が首をかしげている。

「そう。お父さまもご一緒です。私たちは決して離れませぬ」

「よかったあ……」

童女は顔をくしゃくしゃにして叫ぶと、郷に跳びついていった。

郷は童女をしっかりと抱き締めた。

「そなたに一度、武蔵野を見せてやりたかった」

しみじみとした口調で、郷が言う。

「むさしの……」

童女が不思議そうに問うた。

「そうよ。春になると若葉が一斉に萌え立ち、武蔵野は光り輝くのよ。その曠野を、お母さまは馬に乗って思いきり駆けたわ」

「お馬に乗って！」

童女がうらやましげな声を出した。

「そうよ、お母さまが暮らした河越庄には、きれいなお馬がいたの。三日月という名前でね。優しい茶色の瞳をしていたわ」

「三日月は今もいるの？」

「そうね。今は……河越庄にはいないけれど、三日月は大切にされているはずよ」

「みかづきーっ！」

重忠は再び、声を放って叫んでいた。

初めは自分でも何と言ったのか分からなかったが、やがて、重忠は自覚した。

「三日月！」

重忠は愛馬の名を呼んでいたのである。

常に傍らにあり、重忠を見つめていた眼差し――自分を慕い続けてくれた眼差しが、そこにはある。

重忠はその茶色の瞳をじっと見つめた。

「そなたは、まさか……」

かつて、郷と待ち合わせた夜、双ヶ岡へやって来た美しい女――。あれは、まさか！

三日月の茶色の瞳が潤んでいた。やがて、愛馬の目からは雫がこぼれ落ちた。

獣が涙することがあるのだと、重忠は初めて知った。

「そなた、私をずっと、想うていてくれたのか」

三日月が低くいないないた。これほどまでに胸に沁みるいななきを、重忠は聞いたことがなかった。

「済まぬ、三日月……」

重忠はそれ以上言葉が出てこなかった。どう言えばよいのか分からない。

三日月の目からは涙があふれ続けていた。重忠はいつしか、自分も泣き出していることに気付いた。

郷がそうしていたように、重忠は三日月の首を両側から抱き締めた。

その時、重忠の涙が三日月の目に落ち、二つの涙が珠のように連なった。


その後、三日月は二度と立ち上がれなかった。そのまま眠るように高館の跡で死んだ三日月を、重忠は丁重に葬ってやった。遺骸は郷の死んだ高館の近くに埋めた。

そこには、もともと高館の庭先にでも生えていたのか、松の木があった。松の木としては大きな部類には入らないだろうが、重忠が見上げるほどの大きさはある。

そして、その傍らには小さな松の木が生え始めていた。

「姫小松か」

針のような松の葉の具合を見て、重忠は呟いた。

松の枝を引き結ぶのは、願掛けの古い風習だった。そうすると、願いが叶い幸せになれるという。

小松の枝に手を伸ばしかけた重忠は、ふと思い直したように、その動きを止めた。

願いをこめて幸いを祈りたい人は、もうこの世にはいない。

重忠は従者たちを呼び寄せると、その小松を引き抜くように命じた。

「枯らさぬよう、菅谷館まで持ち帰るように——」

と、さらに続けて言った。

それから、頼朝が軍勢を引き揚げるのに従って、重忠も配下の兵を引き連れ武蔵国畠山庄へ帰った。

重忠は小松の木を菅谷館の中へ持ち込むと、少し考えた末、馬場の見える場所に植えた。

しばらくすると、小松の木は菅谷館の中にしっかりと根付いた。

七章　武衛死す

一

奥州征伐から四年後の建久（けんきゅう）四（一一九三）年五月、頼朝は富士の裾野において、大々的な巻狩りを行った。

頼朝の嫡子である万寿丸は、この頃すでに元服しており、名も頼家（よりいえ）と改めている。頼家は十二歳になっており、馬術や弓矢など、一通りの武芸は身につけていた。

頼家もこの富士の巻狩りに参加している。巻狩りは、狩場を四方から取り巻いて、その中に獲物を追いつめ捕らえる狩猟である。

頼家にとっては、初めての本格的な狩りであったのだが、十六日、頼家は鹿を一頭、見事に射止めた。

「その若さで、大した腕前よ」

頼朝は我が子の手柄を手放しで誉めた。

少年が初めて獲物を射止めた時、それを祝って行う「矢開き」がこの日の晩に行われた。

これは、餅を山神に手向けて、武運を願う儀式である。この餅を矢口の餅という。

餅は折敷に九つ――左に黒色の餅を三つ、中央に赤色の餅を三つ、右に白色の餅を三つ据える。

頼朝と頼家が篠の上に行縢を敷いて座り、儀式は行われた。

それが終わると、矢口の餅は、頼家が鹿を射止めた時に控えていた三人の射手――工藤景光、愛甲季隆、曾我祐信が賜ることになった。

「我が河内源氏の一族は、代々、剛勇の武者を輩出している。八幡太郎義家公は別格にしても、我が叔父の鎮西八郎為朝公、我が兄悪源太義平公など、まさに一騎当千の器。こうして見ると、頼家には我が兄義平公の面影があるようじゃ」

日ごろ、口の利き方には慎重な頼朝が、旅先であるという解放感も手伝ってのことか、いつになく多弁である。頼朝の言葉を聞けば、巻狩りに参加した御家人たちも黙っているわけにはいかない。

「さすがは若君。まさに、生まれながらにして棟梁の風格がございます」

「このご功績は、ただちに鎌倉へお知らせなさるべきかと存じます。御台所さまもさぞかしお喜びになられるでしょう」

追従も含めて、御家人たちが言うのへ、頼朝も上機嫌な顔を見せた。

「確かにその通りじゃ。さっそく鎌倉へ使者を遣わそう」

そこで、二十二日、頼朝の側近である梶原景時の次男景高が、その栄えある使者に選ばれた。

ところが、景高が御所の女房を通じて、政子にこのことを報告すると、その反応は意外なものであった。

「武将の嫡子なら、鹿を射るくらい稀有なことではありますまい。さようなことを告げ知らせに来るとは粗忽の使者よ」

と、政子は景高に言ったのである。

景高は面目を失い、すごすごと富士の裾野へ引き返してきた。

「さようか。御台はそう申したか」

頼朝はそれを聞いても、不快な様子は見せず、笑顔を見せた。

「御台は女子ゆえ、矢開きの何たるかが分かっておらぬのよ」

頼朝は憮然とした面持ちの我が子に言った。

「あるいは、あの気性ゆえ、素直に喜んでみせることができなかったのやもしれぬ。だが、内心ではそなたを誇らしく思っているはずじゃ」

しかし、頼朝からそう言われても、頼家の一度沈んだ顔に、笑みは戻らなかった。

(母上はいつもこうだ)

母親らしい優しさや温かみに欠けていると、頼家は思った。

頼家を実際に育ててくれた乳母たちならば、こんな反応は決して見せなかったことだろう。安達盛長の妻遠子、亡き河越の尼朝子、平賀義信の妻宗子、比企能員の妻凪子ならば——。頼家を育ててくれた女たちは皆、比企氏の女たちである。彼女らであれば、

「さすがは、私がお育てした若君さま。私は乳母として鼻が高うございます」

くらいの一言は言ってくれただろう。

彼女たちは本当の母ではないが、母とはこういうものだと、頼家に思わせてくれた。

（母上よりも、乳母たちの方が本当の母のように思える）

この時の一件は、幼い頼家の心に小さな傷として残ることになった。

それから五日後の二十七日、巻狩りにおいて不可解な出来事が起きる。

大鹿が現れたため、これを狙って、工藤景光が矢を放った。

工藤景光は伊豆の豪族で、十一歳の頃から狩猟を行い、弓矢の名手である。頼家が鹿を射止めた時、射手として矢口の餅を賜った一人でもある。

すでに年老いていたが、外すことはあるまいと、皆が期待して、景光を見守った。

ところが、その景光が一の矢を外したばかりでなく、二の矢、三の矢まで外した。

大鹿はそのまま山奥へと逃げ込んでしまった。その後、

「獲物を外したことのないそれがしが、あの大鹿を射ようとした時だけは、意識がぼうっとして

定かではありませんでした。あの鹿は山神の乗物に違いありません。それを射ようとしたそれがしは、きっと罰を受けるでしょう」

と、景光は言い出した。

そして、その言葉の通り、この日の晩から発病してしまった。

これを聞いた頼朝は、

「巻狩りをやめて、帰るべきだろうか」

と、宿老たちに尋ねた。

「それには、及びますまい」

宿老たちは大鹿の一件を重くは見ていなかった。そこで、彼らの言葉に従い、頼朝は予定通り巻狩りを続けることにした。

翌二十八日は朝のうちこそ小雨が降っていたが、昼から晴れたので狩りは行われた。

そして、この日の夜、子（ね）の刻頃になって、大事件が起こった。

曾我兄弟によって、御家人の一人工藤祐経（すけつね）が殺されたのである。

伊豆国の伊東荘は、代々伊東氏によって相続されてきたが、これより以前、相続をめぐる問題が起こっていた。

伊東氏の本領である伊東荘を受け継いでいたのが工藤祐経、河津荘を受け継いでいたのが伊東祐親である。

ところが、伊東祐親は自らを嫡流と思っていたため、これを不服としていた。祐親にとって、工藤祐経は甥に当たる。

そこで、工藤祐経が京へ出向いて所領を離れていた隙に、伊東荘を奪い取ってしまった。

これを怨んだ工藤祐経は、伊東祐親を殺そうと謀る。

その際、祐親は討ち漏らしたものの、その嫡子である祐泰を殺害した。この祐泰には二人の息子がおり、彼らは母の再婚相手である曾我祐信の許で成人し、曾我十郎祐成、五郎時致と名乗っていた。

曾我祐信は、頼家が鹿を射た際に、射手として餅を賜っている。

その継子である曾我兄弟は、常日頃から実父の仇とばかり、工藤祐経の命を付け狙っていた。

そして、頼朝が主催したこの富士の巻狩りの夜、ついに工藤祐経の宿舎に押し入り、その首を取って仇討ちを果たしたのであった。

「一大事にございます。曾我十郎、五郎の兄弟が、工藤祐経の首を討ち取り、次いで御所さまの宿舎へ襲いかかったとのこと」

この時、曾我兄弟の仇討ち事件と共に、頼朝が襲撃されたという知らせが、鎌倉御所へ伝えられた。

「何ですと、御所さまが――」

政子は激しく動揺し、使者に頼朝と頼家の生死を確認したが、使者も正確には知っていなかった。

ただし、聞いたところによれば、

「御所さまはお亡くなりあそばし、若君は行方知れず」

という。

鎌倉御所は大騒動に陥った。

この時、富士の巻狩りに参加せず、鎌倉を守っていたのが、頼朝の弟の範頼であった。

範頼は鎌倉御所へ馳せ参じ、政子に対面した。

「この私が控えておりますゆえ、ご安心を――」

範頼は動揺する政子を前に、そう申し述べたのである。

ところが、頼朝死すとの報は誤りで、三十日には頼朝も頼家も無事であるという確かな知らせが、鎌倉の政子の許へ伝えられたのであった。

曾我十郎祐成は仇討ちを果たした直後に殺され、五郎時致は頼朝の宿舎へ踏み込んだ際、搦め取られていた。

五郎時致は尋問を受けた後、斬首を申し渡され、二十九日のうちに斬られた。

それから数日後の六月七日、頼朝の一行は鎌倉へ帰還した。

「よくぞご無事でお帰りくださいました」

頼朝と頼家の身を案じていた政子が、心から安堵して出迎えたのは当然だが、頼家の表情は終始、硬かった。

（初めての狩りで、予想外の目に遭ったのだから仕方もない）

頼朝も政子もそう考えたようであった。

鎌倉に落ち着いてから、頼家は比企能員に伴われ、その邸へ出向いた。能員の邸は御所から南に下った谷にあり、比企ヶ谷（ひきがやつ）と呼ばれている。

頼家が生まれたのは、この邸であった。

また、能員の妻凪子が乳母の一人であるため、頼家がこの邸へ呼ばれたり、自ら赴くことも多い。

「よくぞご無事で、若君」

父と共にやって来た頼家の姿を見るなり、十三歳になっていた早苗は、人目もはばからず頼家にすがり付いた。

「う、うむ」

頼家は早苗を振り払うこともできず、といって、抱き締めることもできないでいたが、そんな二人のやり取りに、大人たちは微笑を浮かべている。

「私、若君が謀叛人どもに下手な手向かいでもして、殺されたりしたらどうしようと思って――」

早苗の言葉に、頼家は変な顔をした。

「下手な手向かいとは、どういう意味だ？」

「だって、曾我十郎、五郎兄弟は仇討ちのために剣の腕を磨いていたのでしょう。若君が手向かいなんかして、敵うわけがないじゃありませんか」

早苗はけろりとして言い放った。

さすがに、頼家は鼻白んだ表情をしてみせる。

「これ、早苗。言葉を慎まぬか」

能員が娘をたしなめるように言った。

「巻狩りには私も同行していたのだ。仮にも若君にお怪我などをさせるものか」

「だけど、父上とて、若君のお側にずっといらっしゃったわけではないのでしょう。曾我五郎が御所さまの宿舎に忍び込んだって聞いたから、私、てっきり若君がその場にいたのではないかと――」

「私は別の宿舎にいた」

憮然とした面持ちで、頼家が早苗に言った。

「そうだったんですか。とにかく、無事でようございました」

早苗はそう言ってから、ようやく頼家の袖を離すと、

「そうそう。曾我兄弟のことで、お祝いを申し上げるのが遅れてしまいましたわ。若君はこの度の巻狩りで、見事に鹿を射止められたのですよね」

と、思い出した様子で続けた。すると、頼家が返事をするより早く、

「さようじゃ。御所さまもいたくご機嫌で、しきりに若君を誉めておられた」

と、能員が横から得意げな顔つきで言葉を添えた。

「私も聞きましたわ。まことにご立派でございます。亡き朝子殿がこれをお聞きになれば、どんなに喜ばれたことか」

頼家の来訪に備えて、比企の邸に戻っていた瓜子が、少し声をつまらせて言う。

朝子の話が出ると、頼家がかすかに顔を曇らせた。

「うん……。そうだろうな」

「私も、若君をたいそう自慢に思いましたわ」

しんみりと沈みかけたその場の雰囲気とは対照的に、早苗が明るい声で言った。

まるで頼家は自分のものだとでもいうような物言いである。

「そなたが自慢に思うようなことではあるまい」

さすがに慌てた様子で、能員が早苗を叱りつけるように言った。

「あら。私は若君の乳母子ですもの。自慢に思って当然じゃありませんか。父上や母上だって、そうお思いになったくせに——」

早苗は何を言われても、意に介さぬ様子で、大人たちさえ言い負かしてしまう。これは、いつものことであった。

「若君、あちらへ行きましょうよ。巻狩りのお話をお聞かせくださいませ」

早苗が頼家を自分の局の方へ誘うと、能員も凪子ももう何も言わなかった。

頼家は早苗に引きずられるようにして、早苗の局へ連れ込まれた。

「それにしても残念だわ」

と、早苗は言う。

「何が残念なんだ」

「だって、若君が鹿を仕留められたのに、曾我兄弟の仇討ちのせいで、鎌倉中の関心がそちらにいってしまってるんですもの。本当なら、若君がもっと注目されていたはずなのに……」

早苗は心の底から口惜しいという表情を見せた。

「その話はもういい」

頼家は不機嫌そうに言った。だが、その言葉を無視して、早苗は続けた。

「私、小耳に挟んだんですけれども、御台さまは若君のご活躍を聞いて、武将の嫡子なら当然だとおっしゃったんですって——？」

「うむ……」

頼家は仕方なさそうにうなずいたが、その表情は暗かった。

「御台さまはきっと、若君のことを、我が子というより次期将軍と見ておられるのでしょうね。だから、厳しく当たられるのだわ」

「厳しい、か——」

頼家が苦笑混じりに言い捨てた。

「あれを厳しいというのだろうか。母親とも思えぬ言い草だと思わないか」

早苗の同意を求めるように、頼家が早苗を見つめた。

「そうねえ」

早苗は考え込むように首をかしげたが、

「でも、御台さまは姫君方にはお優しいし、千幡(せんまん)君のことはたいそう甘やかしておられるんですって。それはきっと、将来、将軍職を継ぐ息子とそうでない息子を区別していらっしゃるのよ」

と、続けて言った。千幡は頼朝と政子の次男で、頼家の弟である。昨年生まれたばかりで、まだ二歳だが、政子は千幡の乳母に自らの妹を指名し、いつも手許に置いてかわいがっているらしい。

頼家は大勢の乳母に取り巻かれて育ったため、政子は息子を乳母たちに奪われたように感じたのかもしれない。

憮然とした面持ちの頼家を、からかうように見つめながら、

「寂しいと思っていらっしゃるの」

と、早苗は尋ねた。

「まさか。子供じゃあるまいし……」

頼家は虚勢を張って言い返した。そんな頼家の内心を読み切ったような顔つきで、

「ま、元服したって、十二歳は子供ですわ。無理なさることもございません」

早苗はわざと大人びた口ぶりで言う。

「早苗だって十三歳だろう。私と一つしか違わないくせに――」

「あら、十二歳と十三歳は違います。御所さまだって、十三歳で平治の乱にご参戦なされたはず。だから、十三歳は大人ですわ」

「同じような言葉を、去年も一昨年も聞かされたよ」

あきれた様子で、頼家は言った。

「そうだったかしら」

とぼけて言う早苗に、頼家がさらに言い返そうとした時であった。頼家の右手は不意に早苗の両手に包み込まれていた。

「御台さまが若君に厳しく当たられても、寂しく思わないで」

不意に、早苗は優しい声になって言った。頼家を見つめる双眸が少し潤んでいるように見え、頼家は思わずどぎまぎした。

「若君には、私や、私の父上や母上がおられるじゃありませんか」

「う、うん――」

一歳年上の、姉のようなこの乳母子には、いつも頭が上がらない。

立場が上の頼家に対し、少しも遠慮することなく、いつもずけずけものを言う。だが、時折、こうして二人きりの時に見せてくれる早苗の女らしい優しさは、頼家を動揺させた。

まるで早苗が別人のような、見知らぬ女に思えてくる。

そして、そう思ってみれば、早苗は御所にいる才色兼備の女房たちの中の、誰にも引けを取らないほど美しい少女なのであった。

(早苗ももう少ししたら、他の御家人の娘たちと同じように、御所へ女房として上がるのだろうか)

それは、今以上に頻繁に、早苗に会えるということかもしれない。

だが、同時にそれは、早苗が他の男たちの目にも容易に触れるということでもあった。

頼家と同じくらいの年代の若い御家人たちが、早苗をどう見るのか。それを想像するのは、頼家にとってあまり気分のよいことではなかった。

二

富士の巻狩りから二ヶ月余りを経た八月二日、頼朝の弟である蒲殿範頼は、頼朝に起請文を差し出した。

頼朝が範頼の謀叛を疑っているという。

頼朝の疑念は、巻狩りにおいて「頼朝死す」の誤報が伝えられた際、範頼が政子の前で口にした内容によるものであった。

「自分が控えているから安心せよとは、私や頼家に何かあった時、自分が鎌倉の主にでもなるつもりか」

頼朝がそう言ったというので、範頼は慌てて起請文を書いたのである。

ところが、そこに記載されていた範頼の署名が、さらなる頼朝の怒りを買った。

範頼は「源範頼」としたためたのだが、

「自分が源氏の一族だとでも言いたいのか」

と、頼朝は激怒したのである。

源氏を名乗るのは、嫡流にだけ許されたもの。つまり、範頼は嫡流のつもりなのかと、範頼を咎めたのである。

それから数日後の八月十日夜、頼朝の寝所下から、範頼の家人である当麻太郎が発見された。当麻は様子をうかがいに来たというが、頼朝の暗殺を企てたと見られても、言い訳できない状況である。

頼朝は範頼を許さなかった。

八月十七日、範頼は伊豆へ流され、修善寺に幽閉された上、翌十八日に謀殺された。

範頼の所領は武蔵国横見郡吉見（よしみ）にある。

その邸は吉見御所とも呼ばれ、範頼の妻子はここに暮らしていた。範頼の妻は、比企尼の長女遠子が安達盛長に嫁いで産んだ娘長子（ながこ）である。

範頼との間に息子が二人いたが、彼らは囚われて鎌倉へ送られた。

謀叛人の息子は殺される運命にある。かつて義経の愛妾静が鎌倉に送られてきた時も、懐妊していた静は出産まで鎌倉に留め置かれた。やがて、生まれた子は男子であったため、ただちに殺されてしまった。

遠子はこの孫たちを助けるべく鎌倉中を奔走し、最後には母である比企尼の許へやって来た。形相はすでに引きつり、髪はそそけだっている。かつて宮中に仕え、丹後内侍と呼ばれていた雅(みやび)な面影など、今のやつれた姿のどこにも見出せなかった。

「母上からも、御所さまへお執り成しくださいませ」

遠子はかつての朝子と同じように、母の前に身を投げ出すようにして頼んだ。

「この年寄りが言うより、そなた自身が申すのが筋であろう。御所さまもそなたには数々の恩義があるはず」

「すでに御所さまにはお会いいたしました。御所さまも私の娘長子は助けると、約してくださいました。されど、息子を殺されて、どうして長子が生きていられましょう。女とはそういうものでございます」

遠子は泣き叫ぶようにして言った。その姿は、今は亡き朝子が同じ訴えをして叫んだ時の姿を、比企尼に彷彿とさせる。

「郷を亡くした後、朝子が間もなく病んで死んだこと、母上には、よもやお忘れではございますまい。あの静御前も息子を殺された後、鎌倉から釈放はされましたが、武蔵国で行き倒れ、亡くなったそうでございます。母とはそうしたもの。母上に分からぬはずがございませぬ。それが、御所さまにはお分かりにならぬのです」

比企尼は厳しい表情を浮かべたまま、押し黙っていた。

「息子が死ねば、長子は死ぬでしょう。長子が死すれば、私も死にます！」

比企尼が黙りこくっていることに耐えかねた様子で、遠子は狂乱したように叫んだ。

「落ち着かぬか。孫までいるような分別盛りで、何と見苦しい！」

比企尼が一喝した。その迫力には遠子も押し黙った。

「足腰が動かぬわけでなし、御所へ参ることは参ろう。されど、御所さまのお心を変えられるかどうか、この尼にも分からぬ」

遠子はうなずきつつも、

「御所さまは一体、私や朝子に何の怨みがあるのか」

と、口惜しげに呟いた。

「怨みなどはおありではない。御所さま自身がお悪いのでもない。そなたらの娘たちを、源家に嫁がせた私が悪かったのじゃ。源家の血が呪われていることを、知らぬわけでもなかったものを――」

「呪われている……」

「父子兄弟で殺し合い、強き者だけが生き残って家を継ぐ。それが、源氏の家の習いなのじゃ。

御所さまの父君、その父上の為義公の代からそうであった。私は源家に仕え、そのことをよう知っていたというに……。そなたらの娘らを嫁がせる時、反対しなかったのじゃ」

比企尼は初めて、肩を落として言った。それだけで、何十歳と老いてしまったように見えた。

「母上」

遠子が不安そうな眼差しを、母に向けた。

「それでは、宗子はどうなりますか。宗子は、まさにその源氏の一族に嫁いでしまったのですよ」

比企尼の三女宗子は、最初の夫伊東祐清が死んだ後、頼朝とも血のつながりのある平賀義信（よしのぶ）に嫁いでいた。二人の間には、すでに息子も生まれている。

「さあ、宗子とその息子とて、いつまで安泰でいられるものか。朝子やそなたの身に起こったことが、宗子に起こらぬとは限るまい……」

「私たちは、何のために三姉妹そろって、御所さまにお仕えしてきたのか……」

遠子は重い吐息と共に呟いた。比企尼は何も言わなかった。

「母上、能員殿の娘は我らが比企の嫡女（ちゃくじょ）にございます。早苗は決して、源家の男にだけは嫁がせますな」

遠子は言った。

亡き朝子が案じたように、遠子もまた、実家の行末を案じた。

早苗は成長するにつれ、美質が際立ってくるようだ。その恵まれた血筋と資質が、よくないことに巻き込まれる要因となるのではないかと、遠子は不安に駆られた。

だが、比企尼は遠子の言葉には答えず、立ち上がった。

朝子に頼まれた時と同様、比企尼は御所へ向かった。

御所には、先の時と違って、家人や女房の顔ぶれが少し若くなっており、比企尼の存在を知らぬ者もいた。それでも、事情を知っている者がただちに頼朝に取次ぎ、比企尼は無事に頼朝の許へ案内された。

今度は初めから、人払いがされていた。

「よもや、こうして再び、乳母殿と顔を合わせることになろうとは思ってもみませんでしたよ」

頼朝は伸びやかな口調で言う。深刻な悩みを抱える者には、いらいらさせられるような言い方だったが、比企尼の表情は少しも変わらなかった。

「先に申し上げておきますが、私は九郎の北の方を殺した覚えはありませぬぞ。北の方は自分で死んだ。もしくは九郎の道連れにされただけです」

頼朝は言い訳するように言った。

「では、九郎殿と郷の幼い娘が死んだのも、道連れにされただけだから仕方がない。御所さまはそうおっしゃるのですな」

比企尼は凄みのある声で尋ねた。

「私が申したいのは、私には女子を殺すつもりなどないということです」

「遠子は申しておりました。範頼殿の幼い息子の命を奪えば、その母も死ぬ。そして、娘が死ねば、遠子も死ぬと――。子を亡くした母は、殺されたも同然でございまする。御所さまは先に朝子の命を奪われて、今度は遠子の命を奪うおつもりか。かつて、ご自身が愛した女子を死に追いやることがおできになるのか」

頼朝の表情が一瞬強張り、それからゆるゆると緩んでいった。

「知っておられたのですか。私と丹後内侍のこと――」

比企尼は何とも答えなかった。ただ、居住まいを正して、曲がった背中をぴんと伸ばすと、

「この度はお願いに参ったのではございませぬ。取り引きをしに参ったのです」

と、敢然と言い放った。

「取り引きですと！」

頼朝の表情が変わった。

「さよう。御所さまが義経殿、範頼殿とその縁者を警戒するのは、源氏の血がいずれ頼家さまを脅かすのではないかと恐れるゆえでございましょう。されど、万一の時は、我ら比企が命に替えても頼家さまをお守りいたします。もし範頼殿の息子たちが、成人して頼家さまを脅かしたなら、その時は比企が殺して御覧に入れまする」

「ゆえに、参州（範頼）の息子を助けよ、と――」

「頼家さまを脅かすというのなら、誰よりもその恐れがあるのは、千幡さまではございませぬか」

比企尼は、光る目を頼朝に当てて言った。

「御所さまはただそれだけの理由で、千幡さまを殺せますか」

「何をおっしゃるのやら。千幡が兄に敵対する理由などありませぬ」

「千幡さまにないのなら、九郎殿や範頼殿の子らにもないでしょう」

「いや、弟の子らにはある。父を殺されたことを怨むに違いない」

「その子らの父を殺したのは、頼家さまではなく御所さまでございますぞ！」

比企尼は腹の据わった声を発した。声はぴいんと張り詰めた糸のように響き渡った。

頼朝は無表情のままであったが、何も言い返さなかった。

「ゆえに、子らが頼家さまを怨むことはない。仇討ちや謀叛とは一人で為そうとは思わぬもの。必ず周りで焚きつける者がいるのです。それは、御所さまの甥御であろうと、千幡さまであろうと、同じことじゃ」

比企尼の声は次第にふだんのように落ち着いたものとなっていった。

尼が穏やかな口調で語り終えた後も、頼朝はしばらく黙っていた。それから、ゆっくりと口を開いた。

「乳母殿にはまいりました。この度の参州の息子の助命、聞き入れましょうぞ」

「ありがたい仰せにござりまする」

比企尼は大してありがたそうな顔色も見せず、うっそりと言った。

「乳母殿との取り引きゆえ応じたのです。どうぞ、取り引きのことをお忘れなく――」

「この老婆が生きております限り、決して忘れはいたしますまい」

それでは、自分が死んだ後は知らぬということか。頼朝は一瞬浮かんだ苦々しさをもみ消して笑みを浮かべた。

食えぬ尼だと思いつつ、大した女だと素直に賞賛したい気持ちもあった。

三

それから、四年の歳月が過ぎた。

建久八（一一九七）年、頼家は十六歳になっている。これ以前に、頼家の乳母で、安達盛長の妻であった遠子は故人となっていた。

この年、頼家は朝廷から、従五位上右近衛権少将の官位官職を賜った。頼朝の後継者として、鎌倉ばかりでなく、京においても認められたのである。

頼家より一つ年上の早苗は、これ以前に若狭局（わかさのつぼね）という名で、鎌倉御所に出仕していた。

有力御家人の娘たちは多く、こうして御所へ行儀見習いに上がったが、若狭局はそうした娘たちの中でも際立って見えた。

若狭が宿下がりをする時には、比企ヶ谷の邸へ帰る。

この頃になっても、乳母の家であるこの邸へ、頼家はよく招かれて出かけていた。

ある晩、比企ヶ谷の邸に宿泊した頼家は、若狭の寝所へ赴いた。先に誘ったのは、若狭の方である。

幼い頃から共にいた二人にとって、筒井筒（つついづつ）（幼馴染）の恋を実らせるのは不自然なことではなかった。

「乳母夫（めのと）たちは了解しているのか」

几帳（きちょう）の向こうに置かれた灯台の火だけが、唯一の明かりという薄暗い局の中で、頼家は尋ねた。

「そんなこと」

若狭は弾けるように笑った。

「尋ねてみないでも、分かり切ったことでございましょう」

「そうか」

それは、能員夫婦の許可は当然取ってあるという意味なのか。それとも、能員夫婦が頼家と若狭の仲を認めるのは、当たり前だという意味なのか。

両者は微妙に違う。

前者は、今宵のことを事前に了解しているわけだが、後者は事後に了解させることになる。

そこは、はっきりさせておくべきではないかと、ふと思ったが、若狭の華やかな笑顔を前にすると、頼家はもうどちらでもよくなってしまった。

どちらにしたところで、若狭が頼家の妻となることを、能員夫婦が反対するはずもない。

「私は若君のもの。若君は私のもの。私は幼い頃から、ずっとそう思ってきましたわ」

若狭は頼家の手を取って、嫣然と微笑んだ。

「そうか」

頼家は嬉しげにうなずいた。頼家にとって、若狭は初めて知る女となる。いずれ自分が若狭以外の女を愛したら、若狭はどうするのだろうと、ふと思ったが、すぐに忘れてしまった。

若狭のような美貌で機転の利く年上の女に誘われて、嬉しくないはずがなかった。

（御所の中に、若狭以上の美女はいないものな）

頼家はそう思い、満足していた。

それは、弟が美貌の姉を自慢に思う感情に似ていたが、もちろん、若狭が他の男のものになるなど、許せることではなかった。

若狭は自分のものだ——若狭自身がそう言うように、自分も無意識のうちにそう思ってきたような気がする。

「私のすべてをお取りくださいませ。そして、私に若君のお子を抱かせてくださいませ」

若狭は頼家の耳許でささやくように言い、その手を引いて褥の上に誘い込んだ。

若狭が頼家の長男を産んだのは、建久九年のことである。

一幡と名付けられた赤子は、比企ヶ谷の邸で育てられることになった。

その頃から、この邸は小御所と呼ばれるようになる。

（叔母さま、待っていてください）

若狭は一幡を抱き上げながら、胸の中で亡き朝子に向かって呼びかける。

――叔母さまと郷姉さまの仇は、私が討ってごらんに入れます。

その思いがあったからこそ、父母にも内緒で頼家と契りを結んだのだ。

すでに事が成ってしまった以上、もはや若狭が頼家の妻となることに、反対する者は誰もいなかった。

――私は必ずや、鎌倉の御台所になってみせます。

そして、頼朝の行った河越氏への対応、義経を死に追いやり、範頼を謀殺したことが過ちであったと、史書に書かせてみせる。

それが、朝子ともう一人の叔母遠子への何よりの供養だと、若狭は思っていた。

同じ建久九年の暮れも迫った十二月二十七日、相模川の橋供養が行われ、頼朝は鎌倉殿としてそれに出かけた。

供養が終わり、いつもの通り、馬で御所への帰路につく。

申の刻を半分近く回った頃であった。

冬のことであったから、すでに辺りは薄暗くなり始めている。

頼朝はそれまで誰もいなかったはずの前方に、不意に人影が現れたことに驚き、慌てて馬の手綱を引いた。

「何者か」

頼朝は非難まじりの声を上げた。

周りの御家人たちが「鎌倉殿の御前に飛び出してくるとは無礼な奴」などと、その者たちを叱責してくれると思ったが、不思議なことに、誰の声も上がらなかった。

気が付くと、周囲には深い霧が立ち込めていた。黄昏時の暗さとあいまって、視界はいっそう悪くなっている。

（不思議なことだな。霧の出るような季節でもあるまいに……）

と思いながら、頼朝は目の前の人影に眼を凝らした。

周囲にいるはずの御家人の姿は見えないのに、不思議なことに馬前を横切った人物は次第にくっきりと見えてきた。老いた尼のようである。その尼は髪をみずらに結った童子を抱きかかえていた。

――主上（おかみ）。

尼は童子にそう呼びかけた。

――尼前（あまぜ）（尼御前）はまろをどこへ連れて行くのか。

——海の下にも都はござりますぞ。

（これは、入水なさった安徳の帝と、二位尼か）

清盛の妻であった二位尼時子が、孫の安徳帝を抱いて海へ飛び込んだという話は、頼朝も聞いている。

知らぬうちに、身に震えがきた。とてつもなく恐ろしいものを見ているのではないか。

だが、二人の姿はたちまち消え失せた。

それでも、霧は消えるどころか、ますます深くなってゆく。

頼朝がその場から動けずにいると、やがて、先ほど二位尼と安徳帝のいた場所に、一人の女が立っていた。

「誰だっ！」

頼朝は叫んだ。背を向けていた女は、その声に振り返った。

「そなたは常盤御前！」

かつて都で見たことのある義経の母常盤であった。もう死んでいるはずだが、老いてもおらず、常盤は昔の若いままの姿をしていた。

——何ゆえ、私の息子と孫娘を殺されたのですか。

常盤は怨めしげな眼差しを頼朝に向けた。

図々しい——と、頼朝は怒りに駆られた。

お前のような卑しい女が、自分に向かって、そのように挑戦的な眼を向けることなど許されぬのだ。そう言ってやろうとした。その時、

――私は、御所さま、いいえ、若君を決して許さぬ。

不意に常盤の姿は、朝子に変わった。

朝子は常盤よりもずっと激しい眼差しを、頼朝に投げつけてきた。

――私の夫と息子を殺しただけでなく、私の娘と孫娘まで……。

その時、頼朝は改めて、奥州で死んだ義経の幼い娘は、常盤にとっても朝子にとっても孫に当たるのだということに気付いた。

――返してください、一度も顔を見たことのない私の孫を。

――返せ、返さぬか。私の孫娘じゃ。

夜叉のような女の顔は、常盤になり朝子になり、交互に頼朝を責め立ててくる。

「やめろっ！」

頼朝は気も狂いそうになって叫んでいた。

不意に、女は叫ぶのをやめた。その顔をよく見ると、常盤でも朝子でもない。

「丹後内侍！」

それは、遠子であった。

――御所さま、あなたさまは女がどういうものか、分かっておられぬ。我が子を、孫を殺され

た女が、どうなるかということを。

遠子は悲しげな目をして、頼朝を見つめた。

――私はあなたさまに、女の花のかぐわしさをお教えしたつもりだったのに……。あなたさまは花を踏みにじることしか、できぬ男になってしまわれたのか。

「丹後内侍、待ってくれ！」

頼朝は叫んだ。だが、遠子は待たず、頼朝に背を向けた。

頼朝は馬を駆って追いかけようとした。

だが、おかしなことに、遠子は滑るように先へ進んで行く。頼朝は馬の速度をさらに上げたが、どこまで行っても追いつくことができない。

「ええいっ！」

苛立って、頼朝は馬腹を激しく蹴った。

その直後、馬が甲高い声でいなないたかと思うと、急に棹立ちになった。頼朝は慌てて馬の首にかじりつく。

しかし、猛り狂った馬は頼朝を振り落とそうと暴れ回り、ついに頼朝は空に放り出された。

「うわあっ……」

目の前の景色が反転する。

頼朝の意識はそこで途絶えた。

橋供養からの帰路、頼朝が落馬して怪我を負ったという知らせは、鎌倉中を揺るがせた。

無論、それは、比企ヶ谷の邸にも届けられた。

「御所さまに——若君にお会いしなければならぬ！」

比企尼が言い出したのはその時だった。

長女遠子に懇願され、範頼の遺児たちの助命を願い出た時以来、比企尼は御所へは出向いていないし、頼朝に会ってもいない。実に五年ぶりのことであった。

そして、この五年、比企尼は頼朝のことなど忘れたかのように、その動向にも活躍にもまったく無関心だったはずだ。

しかし、今、頼朝が倒れたと聞いた時、比企尼は態度を変えた。

何としても頼朝に会わなければならない。その思いは、これが最後になるかもしれないという乳母の直感からくるものだったのか。

御所へ赴いた比企尼は、すぐさま頼朝の病牀に通された。

頼朝は意識を失ったまま御所へ運び込まれ、その後、意識が戻らぬまま臥しているという。

「若君——」

比企尼は頼朝の手をそっと取った。頼朝が幼い頃、幾度となく握り締め、励まし続けた手である。

だが、頼朝の成人後は手に取ることも握ることもなくなってしまった。

そして今、この手を取り、なお生きよと励ます気持ちに、比企尼はどうしてもなれなかった。といって、頼朝が憎いというわけではない。娘たちを不幸にした張本人であるにせよ、頼朝を憎んだことは比企尼にはなかった。

今、頼朝に伝えたいことがあるとすれば、それは、ただ一つ——。

——若君。

誰かの呼ぶ声が遠くから聞こえる。それに誘われるように、頼朝は静かに目を開いた。

目の前には、懐かしい乳母の顔がある。

比企尼は何も言わず、ただじっと頼朝を見つめてくるだけであった。

「昔、言っておられましたな。武士の世に女の花を咲かせたいと——。今、私の見たものがそれなのですか。何と執念深く、何と恐ろしく、そして凄まじい……」

——若君。

比企尼は微笑んでいるように見えた。

「私は自分のしたことを、謝罪したりはいたしませぬ」

それなりの信念を持って為したことを、男がたやすく謝ってはならぬ。

遠い昔、そのことを教えてくれたのは、比企尼その人であった。

「それでも、乳母殿——」

気が付くと、頼朝の手は乳母の温かい手に包み込まれていた。

「私の味方で……いてくださいますか」

比企尼は何も言わず、頼朝の手をそっと握り返した。


頼朝が病牀に臥してから間もなく、慌ただしく年が変わった。

そして、建久十年一月十三日。

——武衛死す。享年五十三。

武衛とは、兵衛府の唐名で、頼朝がかつて兵衛佐だったことに由来する。その職を解かれた後も、頼朝は佐殿もしくは武衛と呼ばれていた。

武士の政権を樹立した頼朝の葬礼はしめやかに執り行われ、その跡は嫡男頼家が継ぐことになった。

その頃、比企尼は武蔵国比企郡に帰郷していた。

そして、その後にわたって、比企尼が鎌倉へ戻ることは二度となかった。

八章　比企ヶ谷炎上

一

建久十年一月二十日、頼朝の急死後間もなく、嫡男頼家は左近衛中将に昇進した。

その後、正式に家督を相続し、二代目鎌倉殿となる。

だが、十八歳にして政務の経験が浅い頼家を補佐するという名目で、有力御家人十三人による合議制が取られることになった。

頼家の家督相続から約三ヶ月を経た四月十二日のことである。

これには、頼家の外祖父北条時政、叔父の義時をはじめ、乳母夫である比企能員の他、頼朝に古くから仕えた安達盛長、三浦義澄、和田義盛、梶原景時らが名を連ねている。

これは、頼家の独裁を牽制するものであると同時に、御家人たちの一部に権力が集中するのを防ぐ仕組みでもあった。

頼家はこうした動きに対し、幕府宿老たちへの反撥を強めた。

そして、合議制の発表から八日後の四月二十日、五人の若い近習を指名して、彼ら以外の者の目通りを許さず、彼らの狼藉を不問にすると告知したのである。

この五人の中に、比企能員の息子である三郎宗員(むねかず)と弥四郎時員(ときかず)が加えられていた。いずれも若狭局の兄弟である。

頼家の生活は、気に入りの近習たちを招いて、蹴鞠と酒にふけることが多くなっていった。

建久十年は四月二十七日に改元が行われ、正治(しょうじ)元年となる。

そして、この年の六月三十日、頼家の妹である三幡(さんまん)姫が、父頼朝の後を追うかのように病死した。

それから間もない八月、頼家は鎌倉中をあきれさせる事件を引き起こした。

頼家の乳母の一人で、すでに故人である遠子が、安達盛長との間に儲けた嫡男景盛(かげもり)は、この頃、京の白拍子を鎌倉に愛妾として呼び寄せていた。

この女が美人だというので、鎌倉中でも評判だったが、これに頼家が懸想したのである。

七月十六日、安達景盛は使節として三河国へ赴くことになった。そして、景盛が鎌倉を留守にしている間に、頼家は景盛の妾を北向御所に呼び寄せて寵愛するようになったのである。

そして、八月十八日、安達景盛は鎌倉へ帰って来た。

十九日、景盛が妾のことで頼家を怨み、謀叛を企んでいるという報告が入る。頼家は側近たちに、甘縄にある安達盛長邸を襲撃させようとした。

このことが公になると、すでに出家して尼御台と呼ばれるようになっていた政子は、ひそかに安達盛長邸へ足を運んだ。その上で、

「景盛を討つのなら、まず、この私を射よ」

と、宣言したのである。

鎌倉の御家人たちの中に、先代頼朝の正妻である政子に、矢を射かけられる者などいるはずもない。

その結果、頼家は集めていた軍勢を、盛長邸へ向けることができなかった。

翌日になって、政子は景盛を呼び出し、

「野心がないということを起請文にしたためて、頼家に差し出しなさい」

と、言った。

景盛もまた、これを承諾し、起請文を書いて政子に託したのである。

頼家は政子に諌められて、安達景盛を討伐するという命令を取り下げ、その後、興も冷めたのか、妾も景盛の許へ送り返した。

若狭局と一幡が暮らす小御所へ、頼家が足を向けたのは九月に入ってからのことである。

七月に、景盛の妾を召し出してから、頼家は若狭と顔を合わせていなかった。若狭の兄である

比企三郎宗員と弟弥四郎時員に供をさせたが、

「若狭は怒っていような」

と、兄弟に尋ねると、

「それはもう――」

という返事である。頼家は大きな溜息を漏らした。

「ちょっとした悪戯心だったんだが……」

そんな言い訳が通じるとは思わぬ方がいいだろうと、宗員は頼家に忠告した。

「例の一件では、何ゆえ御所さまをお止めしなかったかと、我々も怒鳴りつけられまして――」

時員が首をすくめて言う。

「それ以後、我らも目通りを許されておりませぬ」

だから、若狭局が今、どういう心持ちでいるのか、自分たちも知らないのだと、兄弟は続けた。

若狭の前に顔を見せることを思うと、頼家は気が重くなる。

そのため、小御所を訪ねるのを一日延ばしにしてきたのだが、といって、ずっと放り捨てておくわけにはいかない。

若狭との間に生まれた一幡は、自らの後継者と為すつもりであったし、第一、若狭にはまだ未練がある。それればかりでなく、比企一族から見捨てられることは、頼家自身の立場を危うくすることでもあった。

それで、勇気を奮い起こして、若狭を訪ねたのである。

比企ヶ谷にある能員の邸は、今では小御所と呼ばれており、北の対はすべて若狭と一幡のために用いられている。

頼家がこの邸へ出向くと、まずは邸の中心にある母屋へ案内されるのだが、若狭はそこへ姿を見せていなかった。

若狭の母である凪子と、二歳になった一幡が乳母に抱かれて、頼家を迎えた。

「若狭局は……」

凪子に顔を向けて問うと、

「体の具合が優れぬとかで、北の対におられるようですが……」

と、凪子がきまりの悪い表情で言う。

「病にかかったのですか」

頼家が驚いて訊き返すと、

「い、いえ、重い病というわけでは……」

凪子が慌てて言い訳するように言った。

重い病にかかったのであれば、頼家の許に知らせが来るはずだ。そうでないということは、頼家の所行に怒り、ふて腐れているということだろう。

「では、とりあえず見舞いに行こう」

頼家は立ち上がり、誰も付いて来ないようにと言い置いた。三郎宗員と弥四郎時員がほっとしたような顔を浮かべている。

頼家はたった一人で、若狭がいる北の対へ出向いた。

若狭が人を遠ざけているのか、北の対には侍女たちもおらず、しんとしている。頼家は簀子から妻戸を開いて、声もかけずに中へ入った。

奥の方に、几張が立て回してあるのが、最初に目に入ってくる。

若狭はその中にいるのだろう。

「入るぞ」

今度は声をかけて、頼家は几張をどけた。

若狭は褥（しとね）を敷いて横たわっている。だが、紅葉の紋を散らした表着（うわぎ）を引きかぶっているのは、病人にしては華やかすぎた。

頼家が来たというので、慌てて取りつくろったものか。

衣を頭の上まで引き寄せているので、顔は見えなかった。表着を無理に剥ぐことはせず、

「具合が悪いと聞いたが……」

と、頼家はできるだけ優しく声をかけた。

しばらくの間、無言が続いたが、なおも頼家が辛抱強く待っていると、

「私のことなど、とうにお忘れと思いましたが、今でも案じてくださるのですか」

表着の中からくぐもった声が聞こえてきた。

「元気そうではないか」

頼家は安堵して言った。

「こんなことなら、来なければよかったとでもいうような言い草ですね」

若狭はまだ顔は見せず、怨めしげな口ぶりで言う。

「そうは言っておらぬ。具合が悪いなら見舞いに来るし、そうでなくても、そなたに逢いに来て当然だろう」

「私にはお飽きになって、新しい方をご寵愛と伺いましたが……」

「そう怒るな。他に女がどれだけいようと、そなたが特別であることは、そなた自身がいちばんよく分かっていように……」

頼家が言って、なおも若狭が引き被ったままの表着にそっと手をかけた。抵抗されるかと思いきや、そんなこともなく、表着はするりと引くことができた。

その下には、少し髪を乱し、濡れたような目を光らせて、頼家をじっと見上げてくる若狭の顔がある。眼差しはきつく怨めしげだが、頬を紅潮させて怒り顔を見せている妻を、頼家はかわいいと思った。

「怒って……いるのだろうな」

幼い頃からの癖なのか、つい腰の引けた物言いになってしまったが、寝転んだままの若狭の姿がどこか子供っぽく見えて、頼家は笑い出したくなるのを懸命にこらえた。今、笑い出せば、さらなる若狭の怒りを買うことになるのは必至である。

「私という者がありながら、人の妾などに手をお出しになるとは――。あれほどのことをしておいて、ようも平然と私の前に現れることができましたね」

「だから、悪かったと思っている」

「私はただ嫉妬しているのではありませぬ。御所さまが人の妾に懸想して笑われるのは、私なのでございます。御所さまは私に恥をかかせたのですわ」

「まあ、そう怒るな。ちょっと魔がさしただけではないか」

頼家の軽々しい物言いからは、本気で済まなかったと反省している感じは、まったくうかがえなかった。

「何とお情けない。河越の叔母さまが生きておいでであれば、どれほど嘆かれたかと思うと、私は本当に情けなくて、涙が出てまいります」

若狭は言いながら、本当に悔し涙があふれてくるのを、横を向いてそっとぬぐった。

さすがの頼家も、亡くなった乳母朝子の話題を出されれば、反省するだろう。だが、その若狭の考えはいささか当てが外れた。

「いいや、河越の尼御前はそなたのようには言わなかったさ」

頼家は神妙な顔つきにこそなったものの、その口から反省の言葉は出てこなかった。

「どういう意味でございますの」

若狭は思わず身を起こして尋ねていた。

「河越の尼御前は言っていた。この鎌倉で油断ならぬ奴だと、誰かに思われたら危険だと――。人からは愚かな奴と思われるくらいで、ちょうどよいのだと――」

「だから、他人の妻を奪って愚か者のふりをしてみせたのだと、そうおっしゃりたいのですか」

「まあ、そなたがそう信じてくれればありがたいが……」

ぬけぬけと言う頼家に、若狭はあきれ果てた。それをそのまま信じることなどできないが、愚か者と思われてもいいという自暴自棄に似た気持ちが、頼家の中にあったのは事実かもしれない。源氏の家督を相続して以来、常に頼朝と比べられてきた頼家が、苦しんでいたのは分かる。その上、鎌倉殿としての権力も制限されて、やり場のない怒りを抱えていたのだ。

愚か者になるのは、己の身を守ることだという自己弁護の気持ちもあり、あのような振舞いに及んだということか。

「でも、やりすぎではありませんか。安達景盛殿は私の従兄、将来は一幡の味方になってもらわねばならぬ人でございましたのに……」

若狭からそう指摘されると、頼家は苦い表情を浮かべた。

「だから、魔がさしたのだ。とにかく、これで母上も度肝を抜かれたろう。御所に御台所のいないことが、不都合だと察するはずだ」

頼家の言葉に、若狭は目を見張った。

「それでは——」

「父上に引き続き、三幡が亡くなり、御台所を定めぬままきてしまったが、そなたとて待ちくたびれているだろう」

頼家は若狭の顔色をうかがうように見る。

確かに、鎌倉の御台所になるのは、若狭自身の強い願いであった。自身の名誉以上に、一幡の立場を守るものでもあるからだ。

「まあ、待っているがよい。今しばらくの辛抱だ」

頼家は言い、若狭の肩を抱いた。若狭は逆らわず、頼家の胸に身をもたせかけた。


ところが、若狭が鎌倉殿の御台所として御所へ招かれることは、その後もなかった。

御台所の問題が議論される前に、鎌倉に大騒動が起こったからである。

この年の十月二十五日、御家人の一人結城朝光（ともみつ）が侍所で呟いた。

「思えば、先代の御所さまがお亡くなりになった時、出家するべきであった。忠臣二君に仕えずともいうものを——」

これは別段、頼家を誹謗したものではなかったが、翌々日、尼御台政子の妹で、千幡の乳母である阿波局（あわのつぼね）が結城朝光にささやいて告げた。

「侍所別当の梶原景時殿が、結城殿のことを御所さまに讒言し、謀叛の罪をきせようとしておられます」

もとより梶原景時が、頼朝の弟義経を讒言した話は有名で、鎌倉中に知れ渡っている。景時に対する頼朝の信任は厚く、景時は侍所別当として御家人たちの目付役のような役目を果たしていた。

頼朝の生前は、景時に対する不満も抑えられていたのだが、頼朝が死んだ今、御家人たちの景時への不満はこれを機に爆発した。

「梶原景時を罷免すべし」

御家人六十六人の連判状が、大江広元から頼家に渡された。

頼家がこれを梶原景時に見せると、景時は一言の弁明もせず、鎌倉を去って謹慎した。

その後、景時は正式に鎌倉を追放となり、播磨および美作の守護職を奪われた。

そして、翌正治二（一二〇〇）年一月、一族を引き連れて上洛の途上についたところを、駿河国狐崎にて、御家人の一人である吉川友兼に襲われ、梶原景時およびその息子たちは討たれて死んだ。

鎌倉幕府草創期からの有力御家人の一つである梶原氏は、ここに滅んだのである。

二

建仁二（一二〇二）年になって、若狭は頼家の娘を産んだ。名を鞠子という。

この頃には、頼家にも他に複数の妻がいたが、比企能員を父に持つ若狭の立場が揺らぐことはない。

ただ、ここに至ってもなお、若狭が頼家の御台所と認められることはなかった。

（尼御台さまが反対しているのだ）

若狭が御台所となれば、比企氏の権勢が増し、北条氏の力が衰える。

だが、頼家の後継者が正式に一幡に決まれば、その母である若狭を御台所に据えぬわけにはいかなくなろう。

（何としても、私の息子を三代目の鎌倉殿に――）

後継者は頼家の意志で決まるのだから、たとえ外戚であっても口を挟むことはできない。頼家が一幡を指名するのは、一幡が長男であることから考えても、比企氏とのつながりを考えても、ほぼ確実であった。

（それなのに、どうして私はこんなにも不安なのか）

若狭は落ち着かない気分になることがあった。

頼家の取り巻きの中に、北条五郎時房がまぎれ込んでいるからだろうか。

時房は北条時政の息子で、政子や義時には同母弟に当たる。だが、政子とは母子ほどに齢が離れており、むしろ年代としては頼家の方に近い。そのためか、頼家の近習である比企三郎宗員や弥四郎時員とも気が合うらしく、今ではすっかり頼家の取り巻きになりおおせていた。

洒脱な性格で、他の北条一門の人々のように、油断のならぬ隙のなさのようなものが感じられない。人から好かれやすい性質のようでもあったし、頼家や比企兄弟も五郎時房には気を許しているようだ。蹴鞠もなかなかの腕前で、それも頼家のお気に召したようであった。

「北条五郎さまにはお気をつけください。すべて時政さまや尼御台さまに筒抜けでございますよ」

若狭は頼家に忠告したし、頼家も初めの頃こそは、

「うむ。確かにな」

と、若干の警戒心を抱いていたのだが、やがては、

「何ゆえ、さようなことを申す。時房は我が叔父であるぞ。それに、時政や母上と違って、私の味方をしてくれる」

などと言い出すようになってしまった。

その頃から、若狭は頼家の前で、北条時房について語るのをやめた。

比企氏は北条氏以上の野心を抱いているのではないかと、頼家から疑われれば、一幡の家督相続すら危うくなるのである。

（一幡のためにも、慎重にならなければ――）

若狭は不安になると、いつも亡くなった叔母朝子のことを思い出した。夫と息子と娘を奪われたその無念の死を思い、朝子とその娘郷の仇討ちを誓った日の決意を胸に呼び起こす。

――武蔵はいわば東国の要。私には御所さまの狙いが分かる。あの方は一つずつ、武蔵の武士をつぶしていくおつもりじゃ。比企も気をつけねばならぬ。

朝子は最期にそう言っていた。

朝子が口にしていたのは頼朝のことだが、頼朝亡き今、頼朝に代わって武蔵国を狙っているのは、北条氏ではないのか。

平家滅亡後、武蔵守の職は源氏一門に与えられるようになった。

若狭の叔母に当たる宗子が嫁いだ平賀義信が、しばらくの間、武蔵守を務めていたが、その後は義信の息子である大内惟義（これよし）、平賀朝雅（ともまさ）へと引き継がれている。

現在の武蔵守は平賀朝雅で、これは宗子の所生であったから、若狭には従兄に当たる。

本来ならば、比企氏の味方になってくれる有力な御家人である。

だが、宗子はこの年、朝子や遠子の後を追うように、母比企尼に先立って亡くなってしまった。

（その上、朝雅殿の正室は、北条時政殿の娘――）

朝雅は比企氏の血も享けているが、北条氏とのつながりも深いのである。宗子が死んだ今、比企氏との絆は薄れてしまった。

（それに、御所さまは安達景盛殿をも敵に回してしまわれた……）

安達景盛もまた、若狭の伯母遠子の所生であるから、若狭の従兄である。

だが、景盛の妾を頼家が奪った事件により、景盛は頼家を怨んでいよう。むしろ、安達邸へ兵を向けられそうになった時、体を張って自分を守ってくれた尼御台政子の方に恩義を感じているはずだった。

それだけではない。

有力御家人の一人梶原景時を失ったのは、一幡にとって、大きな損失だったのではないか。

北条氏と特につながりを持たぬ景時は、頼朝の恩に報いようとする心が強く、源氏に対する忠誠心が厚かった。御家人連中には嫌われていたし、人望もなかったが、頼家にとって必要なのはそういう人物だったかもしれない。

当時、頼家は梶原氏を守ろうという気持ちもあったようだが、有力御家人たちの連判状を突きつけられては、為す術もなかった。

（でも、あの時――）

梶原景時が弾劾されるきっかけを作ったのは、誰だったか。

（阿波局殿だった――）

尼御台政子の妹で、千幡の乳母、そして、阿野全成の妻である。

全成は頼朝の異母弟で、義経の同母兄に当たる。頼朝の弟たちが次々に粛清される中で、全成だけは無事に生き長らえた。出家者であるという隠れ蓑が功を奏したものだろう。

だが、その血筋といい、立場といい、権勢を得るに最も近い位置にいる。

（全成殿と阿波局の夫婦は……）

権力などに興味はないというような顔つきで、千幡や政子に仕えながら、実はずっと隠した爪を研ぎ続けていたのではないだろうか。

そして、彼らが最もたやすく権勢を得る近道は、

（千幡君に家督を継がせること）

である。

彼らこそ、一幡の家督相続を願う若狭の最大の敵ではないのか。

（私は負けない）

若狭は心に固く誓った。すると、亡き叔母朝子の面影が立ち上ってくる。

（叔母さま、どうか私と一幡に力をお貸しください）

若狭は目を閉じ、眼裏の叔母に祈りを捧げた。


翌建仁三年三月、頼家は体調を崩して病牀に臥した。

鎌倉殿でありながら、御家人たちによって権力を掣肘されたことへの鬱屈が祟ったものか。それを晴らすための酒と蹴鞠三昧の生活が、若い体を損なったものか。

若狭は頼家の病牀に付ききりで、看病につとめた。

この時、傍らに人のいない時を見計らって、

「御所さま、全成殿が怪しい動きをしております」

と、若狭は頼家の耳にささやいた。

「どういうことだ」

「全成殿の北の方は阿波局殿――。あの方は、千幡君の乳母でいらっしゃいます。あのご夫婦は千幡君に家督を継がせようと企んでおられるのですわ」

「何だと！」

頼家は顔色を変えた。

「お疑いならば、尼御台さまのご身辺を探らせて御覧なさいませ。すでに、尼御台さまも北条殿（時政）も、千幡君の家督相続に同意なされた模様」

「母上と北条が……」

日ごろ、対立することがあったにせよ、自分が病牀に臥せっている間に、母と祖父が弟の家督相続を企んだというのは、頼家にとって衝撃だったようだ。

「北条殿は、御所さまがご自分の思い通りにならぬと知るや、ただちに千幡君に乗り換えたのです。北条殿も尼御台さまも信じてはなりませぬ」

頼家は押し黙った。

疲れた様子で目を閉じたその顔は、紙のように白い。

若狭もそれ以上は何も言わなかった。

頼家の病状は、命に関わるようなものではなかったが、これにより、家督相続の問題が浮かび上がったのは事実である。

北条氏が表立って千幡の擁立に動き出したわけではないが、一幡の家督相続を警戒しているのは確かだろう。一幡が次の鎌倉殿になることは、比企氏が北条氏に取って代わることを意味するからだ。

北条氏や尼御台政子が、千幡を手駒に戦おうというのなら、そうすればいい。だが、

(御所さまは決して渡さない)

若狭は掌をそっと頼家の額にのせて、胸に呟いた。

若狭の野心に気付いていないはずもなかろうが、頼家は拒まなかった。

(御所さまは私だけのもの)

若狭もそっと目を閉じると、しばらくの間、微動だにしなかった。

その後、体調を持ち直した頼家は、阿野全成と北条氏の動きに警戒をし始めた。

そして、同年五月一日深夜、頼家は阿野全成の邸へ兵を派遣して、謀叛の罪により全成を捕縛した。

さらに、全成の妻である阿波局の引き渡しを、尼御台政子に要求した。だが、政子はこれを断固拒否して、阿波局を引き渡さなかった。

「母上も、千幡擁立に関わっていたということか」

頼家は吐き捨てるように言ったという。

若狭はその現場にいたわけではないが、それを傍らで見ていたという父比企能員の口を通して聞いた。

全成は常陸国に配流され、その後、頼家の送った刺客により謀殺された。

さらに、全成と阿波局の息子も殺されている。ただ、阿波局と千幡に処罰が下されることはなかった。政子の息がかかっていたからだろうし、頼家としても実の弟や叔母を処罰することに躊躇いがあったのだろう。

「父上、ここが正念場でございますぞ」

若狭は父の能員を正面から見据えて言った。

一幡を頼家の後継者に為すというのは、今や父と娘に共通の宿願である。

「御所さまはまた、いつ病牀に就かれるか分からぬご容態。何としても、一幡が家督を相続せねばなりませぬ。千幡君なぞに家督を奪われるわけにはまいりませぬぞ」

「分かっておる」

能員もまた、厳しい顔つきでおもむろにうなずいた。

だが、父は人が好すぎる。

北条時政やその息子義時のような、蛇蝎のごとき狡猾さも執念深さもない。

もともと若狭と頼家の結婚をも、積極的に取りまとめようという動きを見せなかった父なのである。二人が勝手に契りを結んでしまったため、追認するという形で許したが、そういうところが若狭に言わせれば甘かった。

「ま、そうは言っても、阿野全成殿が殺された今、千幡君の家督相続はなくなったも同然。北条氏も手を出せまい」

能員は若狭の前で、そんな楽観的な考えを述べた。

「それに、そう北条一門を目の敵にすることもあるまい。千幡君のことは全成殿の野心によるもの。北条氏は何といっても我が姻戚ではないか」

能員の弟朝宗（ともむね）の娘は確かに、北条義時の妻である。

朝宗の娘は姫の前（ひめのまえ）と言い、若狭と同様、鎌倉御所で女房をしていた。頼朝生前のことで、頼朝からひどく気に入られていたという。

その姫の前に、前妻を亡くしていた北条義時が懸想した。文を一年ほども送り続けたのだが、姫の前はいっこうになびかない。それを見かねた頼朝が仲を取り持ち、かつ「生涯、離縁しません」という起請文を義時に書かせたのだという。

こういう経緯があったから、義時は姫の前を正室として大事にしていた。二人の間にはすでに子も生まれている。

だから、義時は姫の前を決して離縁しないし、そうである以上、北条氏が比企氏を敵とするはずもないと、能員は言う。だが、若狭はそうは思わなかった。

（そんなはずはない。頼朝公亡き今、義時殿は姫の前さまをたやすく離縁なさるはずだ。比企氏を滅ぼすことが必要だと考えたならば――）

姫の前の父である朝宗はすでに亡くなっている。そうなった以上、姫の前は比企氏との縁が薄くなっており、今やもう北条氏の人間になってしまっているかもしれない。

「まあ、そなたの申すことも一理あるが……。されど、最後には北条氏は我らと手を結ぼうと言ってくるはずだ」

能員の言い分を、若狭は黙って聞いた。

（そんなことでは、父上。北条氏にしてやられますぞ）

そう言いたくなるのを、あえてこらえた。

この上は、自分がしっかりしなければならぬと、若狭は思った。すべては我が子一幡の将軍職継承のためだ。そのためだけに生きてきたとも言える。そして、そのためならば、

（他人の子を喰らう鬼子母神にも、私はなってみせる）

と思い決めていた。

北条か比企か、雌雄を決する時は間もなく訪れるだろう。

「父上、評定衆をお味方になさいませ」

十三人の合議制は、梶原景時の討伐や安達盛長の死などにより、すでに当初の形は止めていない。だが、これに名を連ねた者たちが有力御家人であることは変わらない。

現在残る評定衆の中で、北条時政、義時の父子を除けば、武蔵国足立郡を本拠とする足立遠元(とおもと)や、京出身の実務官僚である大江広元(ひろもと)、三善康信(みよしやすのぶ)などが名を連ねていた。

「足立殿は無論、大江殿、三善殿をお説きください。一幡が将軍家となった暁には、十分な見返りがあると約し、急ぎ一族の誰かと婚姻関係を結ぶよう、取り計らうのです」

「されど、婚姻にふさわしい齢の者が、それほど多くいるわけではない」

「養女でも養子でもよいではありませぬか」

若狭は思わず苛立った声を出していた。

「何なら、私の娘鞠子を誰ぞにやってもよい。もちろん、御所さまのお許しは得なければなりませぬが……」

「何を申すか。鞠子姫は将軍家の姫。あたら疎かに縁組なぞ決められるものではないのだぞ」

先走る娘をたしなめるように、能員は言った。そんな父が若狭はもどかしくてならなかった。

「いずれにしても、評定衆への根回しはお願いいたします。そして、決して北条氏にはご油断なさいませぬよう」

「うむ、分かった」

能員は言い、しっかりとうなずいた。

それから二ヶ月ほどが過ぎた。

能員は根回しに忙しいらしく、小御所の若狭を訪ねて来ることもない。また、北条氏や千幡の側にこれという動きも見られなかった。

そして、七月四日、鶴岡八幡宮に鳥の首が落ちた。

鎌倉中を駆けめぐったこの不吉な噂を聞いた若狭は、

（北条一族が流したものではないか）

と、疑念を深めた。

これ以前の一月二日、一幡が鶴岡八幡宮へ参詣した折も、おかしな噂を流されたのだ。

「若君は将軍家にはなれない。鎌倉に騒動が起こる。崖の上の木はすでに根が枯れているのに、誰もそれに気付いていないのだ」

などと、巫女が託宣をしたという。

そんな事実はなかった。

すべては、一幡の将軍職継承を阻もうとする北条氏側の策略に違いない。

そうするうち、七月二十日、頼家が再び病に倒れた。

「御所さま、何としても持ち直してくださらなければ――」

若狭は必死になって祈ったが、この時は頼家の看病をすることが許されなかった。

「看病は御所の女房たちがいたしますゆえ」

体よく追い払われてしまったのである。

若狭は一幡と共に比企ヶ谷の小御所で暮らしているが、頼家の住まいは大蔵御所である。

両者はほんのわずかしか離れていないが、頼家の傍らへ行くことのできない不安は日々募る一方であった。

そして、ひと月ばかり寝込んでいた頼家は八月二十七日、ついに危篤となる。

「家督はどうなるのか」

御家人たちが騒ぎ出した。

そこで、評定衆は急ぎ、関東の地頭職および惣守護職を一幡に、関西の地頭職を千幡に譲ることを取り決めた。

「何と！　この国を一幡と千幡君で、二分割しようというのですか」

若狭は事を聞き、ただちに父能員に小御所へ来てくれるよう使いを送った。御所にいた能員は間もなく若狭の許へやって来た。

「どういうことですか、父上。分割相続など断じてなりませぬ。これでは、一幡の将軍職継承を否定されたも同然ではありませぬか」

若狭が昂奮ぎみに畳みかけると、能員は困惑した表情で弁明する。

「そうは言っても、わしの立場から、あまりに一幡君の単独相続を主張することもできなかったのだ」

「世間体を気にしているような時でございますか！」

「されど、一幡君を嫡子と見なすことに、誰も異論は唱えなかった。嫡子とは将軍職継承を意識したものではないのか。まあ、政は押すだけではなく引くことも肝要じゃ。御所さまのご容態もはっきりせぬことであり、今は様子を見よう」

能員は慎重な口ぶりで言った。

「何やら不安でございます。父上はしばらく、私どもの傍を離れないでいてくださいませ」

若狭が言うと、能員は了承した。

さらに、腕の立つ侍たちを、若狭たちの暮らす北の対に呼び寄せてくれた。

めったに一緒にいられない能員が、ずっと小御所の北の対にいるので、一幡や鞠子は大喜びである。

「お祖父さま！」

と言ってまつわりつくのを、目を細めて相手になっている能員は、好々爺にしか見えず、若狭の不安をさらに掻き立てる。

それから五日後の九月二日、頼家の意識が戻った。

頼家が若狭を呼んでいるというので、若狭は父の能員と共に、大蔵御所へ馳せ参じた。

「御所さま」

若狭は頼家の病牀に行き、その枕許に座した。

「よう、参った……」

頼家の意識は戻っていたが、その顔色は蒼白く、容態が好転したというようには見受けられない。頬は痩せこけ、そのためか、目ばかりが大きく見えた。鈍い光を放つ目は熱のせいか潤んでいて、すがるような眼差しで若狭を見つめてくる。

まだ二十二歳の頼家が、老人のように見えて、若狭は涙があふれそうになった。

「お目覚めになられたとのこと、ようございました」

若狭は涙をこらえ、できるだけ明るい声で必死に言った。

頼家は口を開くのもつらいのか、かすかにうなずいてみせる。

こんな有様の頼家に、家督相続の話を聞かせるのは心苦しいが、それでも一幡の将来を思えば黙っているわけにはいかない。

「御所さま」

若狭は頼家の耳許に顔を近付けてささやいた。

「家督相続のこと、お聞きおよびでございますか」

「それは、何のことか」

頼家は落ち窪んだ目を、驚愕に見開いて訊き返した。

若狭は、頼家の家督を、一幡と千幡で分割相続することが決められたのだと告げた。

「さようなこと、私は断じて許さぬ……ぞ」

頼家は苦しい息の下から、かすれた声で言う。

「されば――」

若狭はさらに口を頼家の耳に近付けた。

「お覚悟をお決めくださいませ。このことを企んだのは、北条一門。御所さまのご命令により、北条氏の討伐がなされなければ、一幡の将来もありませぬ」

若狭の言葉に、頼家の目が鈍く光った。

それから力尽きたという様子で、目を閉じてしまった。しばらくの間、頼家は目を開かなかった。

ややあってから、

「……分かった。遠州（遠江守北条時政）追討の命を下そう」

頼家は目を閉じたまま言った。

「御所さま……」

若狭は己の意が通ったというのに、どういうわけか、涙がこらえ切れなくなった。

病で苦しむ頼家に、自分はさらに心の負い目となる厳しい決断をさせてしまった。頼家のその苦痛がまるで自分の苦痛のように感じられるからだろうか。

「御所さま――」

つらいことをさせて申し訳ございませぬ――若狭は頼家の額に手を置いて、言葉にならぬ声で詫びた。

「もう、行くがよい」

頼家は静かに告げた。

若狭はうなずいた。そして、後の処置を頼家に任せ、父能員と共に小御所へ戻った。

この直後、頼家に仕える女房の一人が、尼御台政子の居所へ馳せ参じたことを、若狭は知らなかった。

三

その日、小御所へ戻った比企能員の許へ、北条時政からの使者がやって来た。

「名越（なごえ）にある我が邸まで来ていただきたい。仏事のことでご相談したいことがございますゆえ」

という。

今朝、頼家の口から北条氏討伐の約束を取りつけた直後のことである。

鎌倉御所からはまだ、北条氏討伐の命令は下されていないようだ。

「お出かけになってもよろしいのでしょうか」

若狭は眉を寄せて言ったが、

「といって、行かねば変に疑われよう」

能員は潔く立ち上がっていた。

「おそらく、御所さまのご決意が北条方へ伝わったのだろう。あるいは、御所さまの方から北条方へそれとなく伝えられたのかもしれん。遠州（時政）もついに観念したのだろう。これは仏事に事寄せた、一幡君の家督相続の話に決まっておる」

「北条がそれほどたやすく、一幡の相続を許すでしょうか」

「まあ、千幡君の西国地頭職は、今しばらくそのままにするしかあるまいがな」

能員が太刀を置いて行こうとするので、若狭は顔色を変えた。

「何ゆえ、太刀を持って行かれませぬ」

「仏事の相談と言われておるのに、太刀を持って行けば、怪しまれよう。これは、穏便に話を進めようという遠州のご意向なのじゃ」

時政の意を正しく読み取ったと信じて、能員は自信ありげに言う。

そうだろうか。本当に、北条がそんなに甘いだろうか。

さすがに、若狭の母である凪子も、

「せめて太刀だけはお持ちになるべきと存じます」

と、必死になって勧めた。

だが、痛くもない腹を探られたくないからと言い張って、能員は太刀を持たずに名越邸に出かけて行った。

昔よりも少し丸まったその背中を見送りながら、若狭は身を引きしぼられるような不安にさいなまれていた。

（どうぞ、何事も起こらず、一幡の将軍職継承の話が決まりますように——。御所さまのご容態が持ち直されますように——。叔母さま、どうか、私に力をお貸しください）

亡くなった朝子を胸に浮かべ、若狭は必死に祈り続けた。

「殿が討たれましてござりますっ！」

郎党の絶叫が小御所に響き渡ったのは、能員が出かけてから一刻も経たぬうちのことであった。

武装していなかった能員は、北条時政の名越邸の門を何の警戒もなく潜ったという。ところが、その脇では、北条時政の命を受けた天野遠景と仁田忠常(にったただつね)が武装して待ちかまえていた。

両者は共に、頼朝の代からその命を受けて、謀殺などの仕事を請け負ってきた剛の者であった。仁田忠常は曾我兄弟の兄祐成を討ち取っている。

太刀を持っていたというのならともかく、能員はそれさえ持っていなかった。

能員が邸内へ入ると、たちまち門は閉じられ、振り返る間もなく能員は天野と仁田によって、両側から腕を押さえつけられた。

そのまま竹藪に引き倒された能員は、あっという間に謀殺された。能員の供をした比企家の郎党らも、名越邸の門内で一気に片付けられた。

「御所では、謀叛により比企氏を追討せよとの命令が下されたとのことにございます」

事態を報告する郎党は、若狭の前で告げた。

「さようなこと、あるはずがない。御所さまが比企氏を追討せよなどと──」

若狭は激しく首を横に振った。

今朝、頼家は北条氏討伐を約束したばかりである。

「北条氏を討伐せよとおっしゃったのであろう。聞き間違えたのではないか」

「命令は御所さまから出たものではありませぬ。尼御台さまよりのご命令によるもの」

郎党はきっぱりと言い切った。

若狭の目の前は不意に暗転する。

(尼御台が比企氏を討てと──)

頼家は再び意識を失ってしまったのだろうか。

それとも、その病牀での命令は正しく御家人たちの耳へは伝わらず、逆に尼御台政子の命令がまるで鎌倉殿の命令のように、御家人たちを動かしている。

(尼御台には、それだけの力があったのだ……)

自分は、鎌倉殿である頼家の力を過信してしまったのか。

千幡の乳母夫全成を葬り去り、その家督相続を狙う北条氏の野心を叩いたと思っていたが……。

北条氏は決してあきらめず、機会を狙っていたのである。

「ここに、兵が向かっております。早くお逃げくださいませ」

外の事情を探ってきた郎党が、険しい声で若狭に迫った。

「こちらへ向かっているのは、北条の兵だけではありませぬ。鎌倉に駐屯する御家人たちの兵のほとんどが、尼御台さまの命令に応じてこちらへ向かっておりまする」

能員や若狭の知らぬうちに、尼御台と北条氏は御家人たちのほとんどを掌握していたのだ。そして、彼らは一幡を擁立して権勢を振るうに違いない比企氏よりも、北条氏が推す千幡を選んだ。

「とにかく、早くお逃げください」

誰もが若狭を急き立てた。

「御子を二人も連れて逃げるのは難しかろう。鞠子姫は何があっても殺されることはあるまい。鞠子姫のことは我らに任せ、そなたは一幡君だけを連れて、ひそかに落ち延びなされ」

母の凪子が若狭に勧めた。

比企能員が謀殺され、御家人たちの兵が比企ヶ谷を目指す以上、もはや為す術はない。

若狭は慌ただしくうなずいた。

娘と離れ離れになるのは不安だが、確かに北条氏も鞠子を殺しはしまい。

ただ、一幡を生かしておくとは思えなかった。

「ひたすら南へ逃げなされ。兵は大蔵御所から迫って来ようほどに――」

母凪子の言葉もろくに聞かず、若狭は一幡を抱き上げ、ただちに小御所の南門から脱け出した。

母凪子の付けてくれた侍や女房たちが何人か付いて来ているようだったが、振り返ることもできなかった。ただひたすら、前だけを見て走り続けた。

小御所の外へ出た時には、北側から進軍してくる軍勢のどよめきが聴こえてきた。剣戟の立てる金属の音や、馬蹄の音がまるで若狭と一幡を上から押しつぶすかのように迫ってくる。若狭はそのざわめきから遠ざかることだけを考え、とにかく走り続けた。

どこをどう走り、どこへ向かおうとしていたのか、若狭には分からなかった。気が付くと、侍も女房も一人もいない。若狭は竹藪の中に、腕に抱き上げている一幡と二人きりであった。

すでに日も落ち、辺りは薄暗かった。

周囲を見回しても、そこがどこなのか、鎌倉のどの辺りの位置になるのか、若狭には分からなかった。ただ、その時、東の方角から、火が上がった。

(小御所が燃えているのだ)

若狭は臓腑をわしづかみにされたような心地であった。

(母上、鞠子……)

竹林の隙間から、ちらちらと炎が見える。それは、自分の生きている世の中とは、別の世界の出来事のように、若狭には感じられた。

「母上、どこへ行くのでございますか」

若狭の足が止まったことに気付いて、一幡が尋ねた。

どこへ行くのだろう――若狭は少し考えた。小御所を攻められ、おそらく比企館にも兵が向けられているだろう。御所の頼家の許へ逃げ込んだところで、頼家の意識はない。若狭と一幡を助けてはくれまい。

――おばばさま。

若狭はふと、比企尼と呼ばれていた祖母を思い出した。頼朝の死後、鎌倉で暮らすことを嫌い、故郷の武蔵国へ帰ってしまった祖母である。

若狭も昔、武蔵で暮らしていたことがあった。母が頼家の乳母となってからは、武蔵と鎌倉の往復で、やがて、鎌倉に居つくようになってしまったが、若狭の故郷は鎌倉ではない。

あの武蔵野の比企郡であった。

若狭は目を閉じた。武蔵野の若草の香りが、匂い立つように感じられた。

「武蔵国、母の故郷じゃ」

目を開けると、若狭は一幡にそう言っていた。

「武蔵国は鎌倉なぞよりよい所じゃ。そこに、そなたの治める国がある」

一幡は武蔵国を知らない。あのどこまでも広がる武蔵野の曠野を知らない。

ああ、あの風景を息子に見せてやりたいと、若狭は思った。

「まろは、鎌倉殿になるのではなかったのですか」

一幡は無邪気に尋ねた。我が子にずっと、鎌倉の主になるのだと教え続けてきたのは、他ならぬ若狭である。

若狭ははっと我に返った。

「さよう。そなたは鎌倉殿になるお人じゃ」

若狭は一幡の目を見てうなずいた。

その時、こちらへ近付いて来る者たちの足音を、若狭の耳はとらえた。

竹藪の中である。ここから動けば、ただちに気付かれてしまうだろう。

若狭は一幡をきつく抱き締め、身を縮こまらせた。一幡も事情が何となく分かるのか、声を立てなかった。

探索の武士たちは松明を持っている。その居場所が若狭にははっきりと分かった。

彼らは松明であちこちを照らしながら、いったん若狭たちから遠のいて行ったのだが、再びこちらへ戻って来た。そして、ついにその中の一人が気付いて、

「何者かが潜んでいるぞ」

と、荒っぽい声を上げた。

若狭は観念した。

「寄るなっ！」

若狭はすくと立ち上がると、こちらへ近付いて来る武士たちを睨み据えた。

「ここにおわすは、鎌倉殿の嫡子一幡君であるぞ」

若狭は声を張った。

「一幡君だとよ。こいつは大手柄だ。ただちに北条殿の許へ連れて行かねばならん」

武士たちは狂喜の声を上げた。

「しばらく待て」

若狭は言い、一幡を地面に下ろした。すかさず武士たちが一幡に近付こうとする。

「待てと申しておるのが分からぬのか。私たちは逃げたりはせぬ」

若狭は一幡の前に立ちはだかるようにして叫んだ。

「そなたたち、我らに無礼を働いたことが分かれば、後ほど、いかなる処分が下されるか分からぬぞ。そなたたち、一幡君を殺せと命じられたのか」

「いや、捕らえるか、遺骸を見つけてこいというご命令じゃったが……」

「ならば、手を出すこと許さぬ」

若狭は鋭く言い、懐から短剣を取り出すと、さっと鞘を払いのけた。

それを見た武士たちは、さすがに手を引っ込めた。それを見届けると、若狭は脅えたような眼差しを向けている一幡に、目を戻した。

それから、短剣を手にしたまま、ゆっくりと跪き、一幡の前に平伏した。

「母上！」

一幡が疑問の声を上げる。

「三代目鎌倉殿、源一幡さま」

若狭は恭しく言った。

「どうしたのですか、母上。何ゆえ、まろに頭を下げられるのです」

「それは、あなたさまがこの国を統(す)べる大将軍だからでございます」

若狭の目が妖しく光った。

「父上より八幡太郎義家公の血を、母より藤原秀郷(ひでさと)公の血を受け継ぐ鎌倉殿。御所さまはまことの武士とおなりあそばさねばなりませぬ」

「はいっ！」

一幡は力強くうなずいた。若狭はおもむろにうなずき返した。それから、すばやく腰を上げると、我が子を抱き締めた——ように見えた。

「何をするっ！」

武士たちが叫んだ時にはもう、若狭の手にしていた短剣は、一幡の背に突き刺さっていた。

一幡は声も立てずに事切れた。若狭は武士たちが跳びかかるよりも先に、短剣を引き抜くと、今度はそれで自らの頸動脈を掻き切った。

「何ということを……」

ちょうどその時、新たに駆けつけた武士がいた。大柄で屈強な体格で、顔立ちは男らしく引き締まっている。

「……どうか！」

かすかな息遣いになりながら、若狭はその場にいる者たちに必死に呼びかけた。

「我らの遺骸を、北条の目に触れさせるな。情けを知る武士ならば、どうか小御所の火に投じて……」

もう武士たちの顔も識別できない。

ぼんやりと霞んでゆく視界の中で、武士たちの一人が自分に顔を近付けてくるような気がした。

武士は必死に何かを言っているようだが、若狭にはもう聞こえなかった。

――武蔵野を、一幡に見せてやりたかった……。

若狭の体は、そのまま一幡の上に崩れ落ちていった。

「分かった。必ずや小御所へお連れいたす。それに、お形見を武蔵野へお届けしよう」

新たにやって来た大柄な武士――畠山重忠は若狭の手から短剣を奪い、その髪を一房と、一幡の装束の端を切り取った。

それから配下の武士たちに命じて、二人の遺骸をひそかに小御所へ連れ戻した。小御所を焼いた火はまだ消え残っていたが、すでに火勢は弱くなっている。

重忠は無言で、配下の者の手から松明を取ると、二人の装束に火を点じた。さらに、松明に塗る油を注ぐと、遺骸は勢いよく燃え上がった。

翌日、焼け跡から一幡の衣装の切れ端が見つかった。一幡の乳母は、それが一幡のものであることを証言した。

後に「比企の乱」と言われる騒動は、こうして終わった。

間もなく昏睡から覚めた将軍頼家は、比企氏の滅亡と、若狭、一幡の死を聞かされる。

頼家は源氏の家督を弟千幡に譲渡させられ、伊豆に幽閉の身となった。

千幡は元服して、源実朝（さねとも）と名乗る。

前将軍頼家が亡くなったのは、翌元久（げんきゅう）元（一二〇四）年七月のことであった。

九章　結び松

一

比企氏の滅亡から一年後の元久元（一二〇四）年十月半ば、三代将軍実朝は京の坊門家から御台所を迎えることになった。

この時、御台所の鎌倉下向を警護するべく、若い御家人の中から家柄、容姿共に優れた者が選ばれ、上洛することが決まった。

畠山重忠の息子で、十六歳になっていた重保が、これに選ばれた。

同い年の北条政範も一緒である。

重保の生母は、北条時政の娘栄子である。政範は時政の後妻の子で、栄子とは母が違うものの、姉弟の関係だった。

だから、同い年とはいえ、北条政範は重保の叔父となる。

同時期に鎌倉御所へ上がった二人は、御所詰めの初日からすっかり意気投合して、その後は兄弟のように親しく交際してきた。

政範は、今では執権（しっけん）となった北条時政の七男で、母は牧（まき）の方（かた）という。

この牧の方は、先妻の子供たち——つまり、尼御台政子や栄子、それに、時政の跡継ぎと見られている四郎義時らとうまくいっていなかった。

（何とかして、我が子政範に、北条家の家督を継がせたいもの）

牧の方の野望が、いささかあからさまに過ぎたからであろう。

だが、そうした母の思惑をどう感じているのか、政範自身は屈託のない人柄で、重保とは仲がよい。それに、北条家の御曹司として鼻にかけるようなところもまったくない。

「政範殿とは、あまり親しくせぬがよい」

上洛に備えて愛馬の手入れをしていた重保に、重忠はそう忠告した。

その言葉があまりに思いがけないものだったからだろう、重保は父に驚きの顔を向けた。

「何ゆえでございますか。政範殿は親族ではございませぬか」

想定された息子の反応を、重忠はごく静かに受け止めた。

そして、それには答えず、黙って息子が手入れしていた馬の鬣を撫ぜた。ややあってから、ようやく重忠の口は動き出した。

「政範殿は北条を継いで、執権になるやもしれぬお人。親しみや馴れ合いは、時に増長と見えることもある」

「父上は、我が家が比企のようになるやもしれぬと、恐れておいでなのですか」

「比企ばかりではない。河越家も武衛（頼朝）によって取りつぶされた。力を持つ武蔵武士は要らぬ疑いをかけられるのだ」

「杞憂でござりましょう。比企や河越と我らは違う。我らは北条の親族です」

「河越は武衛の姻戚だったのだ。それでも、河越がつぶされたことを忘れてはならぬ」

「河越は九郎判官殿の姻戚だったからでしょう。武衛は判官殿を恐れておられたのです」

自分たち畠山氏は河越氏とは違う。重保はどこまでもそう主張した。

「確かに、判官殿は武衛にとって目障りであり、比企は執権殿にとって目障りだった。ならば、我ら畠山が北条殿の目障りでないと、何ゆえ言えるのか」

「北条は、母上のご実家ではありませんか！」

重保は叫ぶように言った。

重保の感覚では、北条氏は同族なのであろう。

だが、重忠の中ではそうではない。

重忠はそれまで馬の鬣にばかり注いでいた目を、ようやく重保の方に向けた。その眼差しには寂寥の翳があった。

「だが、そなたの家は畠山ぞ。それだけは、忘れるな」

それ以上の言葉は、重忠の口からは出てこなかった。

（父上は何ゆえ、母上や北条の方々にお心を隔てられるのか）

いや、母や北条氏ばかりでない。

重忠は息子に対してさえ、その心の一部を閉ざしているように、重保には感じられることがあった。

重保は父が厩から出て行ってしまうと、馬の手入れをする手を止めて、つと思いにふけった。

幼い頃の遠い記憶の中ではいつも、松籟（しょうらい）が蕭條（しょうじょう）と鳴り続けている――。

二

武蔵国畠山氏の居館、菅谷館は広大な敷地を外堀で囲われている。その中には、館ばかりでなく、厩舎や馬揃えのための平地、戦闘訓練の馬場などがあった。

「乗馬は武蔵武士のたしなみよ」

とばかり、重保も幼い頃から、父の手で馬術をほどこされた。それも、生まれて初めて乗せられたのが、鞍なしの成年馬であった。

重保は幾度となく、馬の背から振り落とされ、小さな体を地に打ちつけた。荒い鼻息を吹きかけられ、馬蹄にかけられそうになったこともある。

だが、打ち身や生傷の絶えぬ訓練によって磨かれた乗馬の呼吸は、少年時代に骨の髄まで叩き込まれた。

重忠はあえて、口やかましく指南することはない。

馬場の足慣らしでも、野駆けに出かけた時も、一人で先に馬を進めてしまう。だが、どんな時でも、重保の目の届く位置にいるのが、父の無言の気配りであった。

重保が七、八歳の頃だったろうか。

ある日、馬場を出て馬を走らせた重忠は、松林の入口で馬を休め、息子を待っていた。

ようやく追いついた重保は、肩で息を切らしながら、ふと松林の中の一本の若木に目を留めた。

「父上。この枝は丸い形をしております!」

枝の先が輪のように丸くなっている。

「これは枝が丸いわけではない。ほら、こうしてな」

重忠は丸い松の小枝をつまむと、器用に分解してみせた。あっと声を上げる間もなく、丸い輪は消え、小枝はまっすぐな形に戻ってしまった。

「これは、こうして結んであったのだ」

そう言いながら、重忠は再び松の小枝を引き結んで、小さな輪を作った。

「今でも、結び松を作る人がいるのだな」

それまでにないしっとりと重みのある声で、重忠は呟いた。

「むすびまつ……」

「そうだ。願いをこめて、松の枝を結ぶ風習をそう言うのだよ」

夕方の乾いた風が再び松の小枝を揺らせた時、父の眼差しは馬場の柵を飛び越えて、はるか遠い秩父山地へと向けられていた。

紫草(むらさき)の根で染め上げたような濃紫(こむらさき)色の空の内に、赫々(あか)と燃える夕日が浮かんでいる。

この世で最も美しいのは、秩父山地に沈みゆく落日だと、父は口癖のように言っていた。

だが、この時はなぜか、父は眼前の景色を見ていなかった。

父の目は夕日に向けられているようで、その実、何も映していない。

「こういう歌がある……」

重忠がそう呟いたのは、もう山の端(は)にかかった日輪が、半分以上も沈んでからであった。

「武蔵野に……」

だが、重忠の口はそこで閉ざされた。

重保と目が合うと、重忠はかすかな笑みを浮かべながら言い直した。

その時、重保には心なしか、父の笑いが寂しげに見えた。


　磐代(いわしろ)の浜松が枝(え)を引き結び　真幸(まさき)くあらばまた返り見む

重忠は一首の歌を口ずさむと、

「これは昔、有間皇子（ありまのみこ）という方がお作りになった歌だ」

と、重保に教えてくれた。

「父上、さっきの歌は……」

重保が尋ねようとすると、重忠はそれを拒むかのようにすばやく言葉を継いだ。

「有間皇子が結び松にこめた願いは、自らの手で結んだ松の小枝を、生きて再び見ることだったのだ」

早口で言い終えると、重忠は再び西の彼方へ目をやった。

「だが、有間皇子がその結び松を見ることはなかった。お上（かみ）に逆らった罪で殺されたのだが、実際は陰謀により、無実の罪をきせられたのだと言われている」

「無実の人が殺されるなんて……」

「世の中には、さようなこともあるのだ……」

父の眼差しは再び虚ろなものとなっていた。

「何ゆえですか！」

不条理がまかり通る世の仕組みを、そのまま受け容れている父の姿勢に納得できなかった。無辜（むこ）の人が殺された先例がありながら、人々が結び松の風習を、飽きることなくくり返していることも――。

「武蔵野に……」

父の呟いた言葉も決して聞き違えてはいなかった。父は明らかに「武蔵野に」と詠み始めたのだ。

だが、なぜそれを途中で言いさしてしまったのか、重保には分からなかった。

さわさわという松林に吹く風の音が耳許で高鳴った。

その時、父の眼差しが恐ろしいほど真剣に、結び松に注がれていると見えたのは、気のせいだったのであろうか。

それから数日後、菅谷館の馬場を見下ろす小高い丘の上に、重保はいた。

ほぼ同じ樹齢の古い松が立ち並ぶ中に、一本だけ若い松の木がある。重保が生まれた頃、菅谷館の内に移し植えられたものらしい。枝もまだ柔らかく、幹の丈も人の背丈の二倍ほどしかなかった。

数日前に枝が結ばれていたのは、この若い松の木であった。

松籟が鳴っているのも、先日と同じである。だが、この日は先客がいた。

齢の頃は、重保の母と同じくらいであろうか。遠目には館内の侍女と見えたが、近付いて見れば、袿には小さな菊が織り込まれていた。侍女が着るより上等なものだということは、重保の目にも分かった。

「あ、結び松……」

松に伸ばした女の手が器用に動くのを目に留めて、重保は思わず口走った。

女は振り返って重保を見た。

顔立ちは清楚で親しみやすく、どこか懐かしい感じがする。

女の目はまっすぐ重保に向けられ、その中心にある黒い瞳は、晴れた夜空のように美しかった。

「武蔵野に……」

女は瞬きもせず、重保を見つめながら口ずさんだ。

「その歌は……」

父の口から漏れたのと同じ歌ではないのか。

だが、女は重保の驚きには頓着せず、和歌の続きを詠じた。


武蔵野に生ふる松が枝引き結び　君が真幸を祈りてをらむ

それは、あなたが作った歌なのですか——そう尋ねたかったが、口が利けなかった。ただ岩のようにじっとしている重保を尻目に、女は松の枝を手際よく結んでみせた。

そして、結び終えると、もう一度重保を見た。

黒目がちの瞳は、何かを伝えようとしているようにも、また、懐かしさを秘めているようにも見えた。だが、女は和歌より他には何も言わなかった。

やがて、女は音も立てずに体の向きを変えた。

その時、重保の鼻腔を、かすかな香がかすめていった。

さわやかな、少し甘酸っぱいにおい——。まるでその女の淑やかな佇まいと同じように、風が一吹きすれば消えてしまいそうな、ほのかな香であった。

女は小さな丘を馬場の方へ下りて行った。

重保の眼差しは女の背を追っていたが、金縛りに遭ったように体が動かない。

その間、松風のささやかな音だけが耳の奥で響いていた。

いや、松籟だけではなかった。どこからか、管絃の音色がかすかに入り交じっている。誰かが笛を吹いているのだ。あたかも、女を呼び寄せようとするかのように——。

重保が手足を自由に動かせるようになったのは、女の姿が辺りの木々の影にすっかり隠れてからである。同時に、松籟に交じっていた曲が、宴席でよく奏される『越天楽』であるとも気付いた。

見上げれば、重保の腕の届かぬ位置で、松の枝はしっかりと結ばれていた。

それは、あの静かな佇まいの女が残した唯一の痕跡であった。

女は何を願って結び松をしたのだろう。

父に訊けば分かるかもしれないと、やがて、重保は気が付いた。「武蔵野に」で始まる和歌を、父も知っているかもしれない。

「父上！」

その日、帰宅を待ち侘びて駆け寄って来た息子の出迎えに、重忠は面食らったようであった。

「どうしたのか」

それでもやはり嬉しいのか、重忠は頬の辺りを緩ませながら、我が子の頭に手を置いて尋ねた。

「武蔵野に……」

だが、重保が覚え立ての和歌を口ずさみ始めた時から、重忠の顔色は急に変わった。

「武蔵野に生ふる松が枝引き結び君が真幸を祈りてをらむ」

幼い重保は、父の顔色が変わったことに気付かなかった。むしろ得意げに、女から聞いた和歌を諳(そらん)じてみせた。

「その和歌を、何ゆえ……」

蒼白になった顔面をわななかせながら、聞き取りにくいほど低い声で、重忠は問うた。

「女の人が口ずさんでいるのを聞きました」

重保は何の屈託もなく、いささか得意げな様子で説明し続けた。

「その人は、馬場の前にある松の小枝を結んでいました。父上があの時、口になさったお歌はこの歌なのではありませんか」

「やめよ！」

飛んだのは怒号だけではなかった。

ついぞ経験のない父の平手打ちが、幼い重保の小さな頬に飛んだ。武術で鍛え上げられた重忠の腕は、棍棒のように思われる。

重保の小さな体は、身の丈の倍以上に跳ね飛ばされた。

「何をなさるのです！」

ちょうどその時、父を出迎えに姿を現した母の栄子が、この有様を見てしまった。一瞬後、重保の体は母によって、庇うように抱き締められていた。

「重保が一体、何をしたというのです！」

重忠は答えなかった。

母とは目を合わせようともせず、横を向いている。その態度は、対話を拒絶するかのように冷たく見えた。

「かわいそうに……」

硬直したままの小さな体を、母はいっそうきつく抱き締めた。母の薫く香の匂いが、重保にはむせそうになるほど甘い。

「かように幼い子を平手打ちにするなぞ、いかに田舎武士の風習とは申せ、度が過ぎますわ」

伊豆に育った母が海を恋しがっているのは、重保も知っていた。

武蔵国を田舎と言い、武張った畠山の家風に馴染めないでいることも――。

母には、思ったことをそのまま口にする癖があった。

だから、平気で武蔵国や畠山家への嫌悪感も口にする。それを、父がたしなめたり、叱ったりすることはなかった。

この時も、父は母に対して、一言の言葉もかけなかった。

「二度と、その歌を口にしてはならぬ」

重保に苦々しい口ぶりで命じるなり、重忠は背を向けた。

「あなたは、重保がかわゆうはないのですか」

泣き出さんばかりになりながら、母が必死に父の背に問いかける。

だが、重忠の返事はなかった。

息子を抱く母の腕に再び力がこもった。

母はその姿勢のまま、父の後ろ姿をきっと睨み据えていた。


重保は再び、馬場を見下ろす小高い丘の上に来ていた。相変わらず、風が松の梢を鳴らしている。

その音はなぜか、先ほどよりも寂しく聴こえた。

「どうして、父上は……」

父に打たれた頬が痛んだ。

理由（わけ）を知りたい。だが、父は答えてくれないだろう。だから、尋ねるとすれば、先ほどの女しかいなかった。

だが、松の根方には誰の姿もなく、女が戻って来そうな気配もない。痛みと孤独を噛み締めて歯を食いしばっていると、視界がにじんでくる。

その時、松風のそよぎが、重保の背後から、かすかな香りを運んできた。

さわやかな甘酸っぱい香（か）――先の女から立ち上っていたのと同じ香りである。

重保は急いで振り返った。

「えっ――」

だが、期待に反して、そこに立っていたのは、先ほど見た女人ではなかった。

重保よりも三、四歳年上と思われる少女が、重保を見下ろすように立っていた。

着慣れて柔らかくなった山吹色の衵（あこめ）は、少女の色白の肌によく似合っている。装束の上等さから言えば、郎党の娘というよりはこの辺の豪族の娘といった趣であった。

黒い瞳は親しみやすく、懐かしい風情を湛えている。

「泣かないでいいのよ」

姉のように優しく微笑んだ少女の面差しは、どこか先ほどの女人に似通って見えた。

目立って異なるのは、口を開くとほのかに見える小さな八重歯であった。それは少女の器量を損なうのではなく、むしろ愛らしさを添えていた。

「慰めておいで、って言われたの」

「誰に……」

少女は微笑むばかりで答えなかった。その代わり、衵の袖で重保の目の縁をそっと拭いてくれた。

重保がそれを気恥ずかしく思うか思わぬうちに、

「もう行かなくちゃ」

少女は慌ただしげに言い出した。

少女の頭上にある結び松が風に揺れて、かすかな音を立てた。それを聞くや、重保は急に心細さを覚えた。

「また、来てあげるわ」

あたかも重保の心の声を聞き取ったかのように、少女はすぐに言い足した。その瞳の中でも、松の小枝が風に合わせて揺れていた。

「名前は何ていうの」

「本当の名前は……教えてあげられないの」

少女は困ったように首をかしげて、そう呟いた。

「どうして……」

「本当の名前は、この世でいちばん大事な人にしか教えないものなのよ」

「そんな話は聞いたことがないよ」

「でも、昔はそうだったのですって。この結び松の風習が始まった頃には——」

「じゃあ、何と呼べばいいの」

「そうね。それじゃ、私のことは、まつ……小松と呼んでちょうだい。この結び松を見たら思い出せるように――」

松風がさあっという音を立てて、二人の間を吹き過ぎて行った。

すると、それが合図だったかのように、少女はすぐに踵（きびす）を返した。

走り去る少女の衵の裾から、白い踝（くるぶし）が見え隠れして、重保の瞼にまぶしく映った。

その姿が見えなくなってから、重保は思い出したように大きく息を吸い込んだ。

さわやかな少女の残り香が、かすかに香った。

三

(何ゆえそう思うのかは、自分でも分からない。だが、父上は私や母上に、何かを隠しておられる。

そして、それはあの時、出会った女人と関係があるのではないか)

幼い重保に、「武蔵野に」の歌を教えてくれた女人は、その後、再び顔を合わせることもなかった。

歌を聞いて激しく動揺した父重忠もまた、その後、女人についても歌についても口にすることはなかった。

(父上が母上や私に、隔てを置かれるのは、私たちが北条の血を引くからだろうか)

北条氏を身内ではないものと見なし、政範とは親しくするなと言う父重忠に、重保はわだかまりを抱かざるを得なかった。

父とはこのことについて、もっとゆっくり話し合いたいと思ったが、重忠にその気はないようである。

そうするうちにも、重保が上洛する日は迫り、重保にも余裕がなくなってしまった。

（都から戻ったら、もう一度よく父上にお尋ねしてみよう）

重保はそう決め、それから間もなく菅谷館を出立した。

重保はいったん鎌倉へ行き、そこから御台所出迎えの一行と共に上洛の途につくのである。仲のよい政範と一緒の上洛は、心楽しい旅となるはずだった。

だが、父重忠の忠告を耳にして以来、重保の心は決して弾まなくなってしまった。そして、鎌倉を出立するその朝、嫌な予感は的中した。

「どこか、体の具合でも悪いのではないか」

政範の顔を見るなり、重保はそう尋ねた。

政範の顔は血の気が失せ、表情も疲れたように沈んでいる。

「いや、何でもないさ。ここ数日、風邪で寝込んでいただけだ」

政範は気軽な調子で答えるのだが、無理をしているのは明白だった。

病後の養生が足りていないのだろうと、重保は思った。

この日の見送りには、政範の母牧の方ばかりでなく、政範の異母兄に当たる四郎義時や五郎時房らも、顔を見せていた。

「この度のお役目は辞退なさい。将軍家には私からお願いしてあげますから……」

牧の方が政範を気遣い、ここに至ってもまだそう勧めている。

時政の後妻である牧の方は、夫とは親子ほどに年が離れているのだが、それにしても若々しく見えた。とても、政範のような息子がいるとは思えぬほどである。

そして、牧の方は政範のことを、幼子のように扱う癖がまだ抜けぬようであった。政範は母がそうした態度を、人前で見せることを嫌がっており、

「余計な差し出口はおやめください。これは私のお役目なのです」

と、母に言い返している。

「まったく、生意気な口ばかりを利いて……」

愚痴をこぼしながらも、牧の方は居ても立ってもいられぬ様子らしい。日ごろ、折り合いの悪い継子の義時や時房にも助力を願う有様だった。

「四郎殿も五郎殿も、何とか言ってやってください」

と、牧の方が言う。

牧の方は、自分とあまり齢の違わない義時を、いつまでも四郎殿と呼び続けていた。

「母上、ここは伊豆ではなく鎌倉なのです。さような呼び方は、兄上方に失礼ではありませぬか」

蒼ざめた顔をして口を挟む政範は、母と異母兄たちの間で、相当に気を遣っている。

明るく屈託ない政範が、そんな苦悩を負わされているのが、重保には気の毒でならなかった。

どうして、誰も気付いてやろうとしないのだろう。

政範の明朗さは、いずれ家督をめぐる対立に巻き込まれてゆく我が身の、宿命的な暗さへの裏返しであるということに――。

「まあまあ。母上はどこにおられようと、我らの母上なのですから……」

むしろ、義時は政範をたしなめ、牧の方の機嫌を取るように言った。

「それよりも、政範は無理をするな。道中では母上に看病していただけぬのだぞ。伊豆へ戻って養生し、母上に世話していただく方がよくはないか」

重保はその言葉を聞くなり、思わずまじまじと義時を見つめてしまった。

義時の言葉が政範をあおっているように聞こえたのは、気のせいであろうか。

「何をおっしゃるのです！　私は母上の手を煩わせるような、幼い童子ではありませぬ」

政範がむきになるに違いないとは、重保でさえ容易に想像できた。

ふと見れば、義時や時房を見る牧の方の眼差しには、隠しようもない険が含まれている。それに気付いていないように何気なく振舞う、義時や時房の態度もふつうではない。

結局、その場にいた誰も、政範を説得することはできなかった。

重保も何やら不穏な気分に駆られ、鎌倉で養生することを勧めたのだが、その言葉にも、政範は耳を貸さなかった。

最後には、牧の方も折れた。

「政範をどうぞ、よろしゅう頼みまするぞ」

重保は牧の方から、くどいほど念を押された。

「かしこまりました。決して無理はおさせしませぬゆえ」

重保は牧の方に約束し、それから御台所出迎えの一行は出立することになった。

重保も政範も馬で行くが、徒歩の従者も大勢いる。

合戦に出向くわけではないので、並足で進むゆっくりとした旅であった。

だが、体の弱った政範には、それでも身にこたえるようである。

東海道を下るにつれ、政範の顔色はいっそう悪化していった。一日や二日遅れても、海道の宿で休息する方がよいと忠告しても、聞き入れようとしない。

旅程は予定通り進められ、一行は十日ほどで都へ到着した。

だが、到着早々、政範は高熱を発して起き上がれなくなった。都の医師にも診せたが、処方をしてもらっても、容態は悪化の一途をたどっている。

「一見したところ風病（風邪）のように見えまするが、これまでの処方で治らぬのは、新たな疫病やもしれませぬ。坂東で、かような症状の病人が出てはおりませんでしたか」

挙句は、政範が疫病を運んできたとでも言うような口ぶりである。

（都の医師は当てにならぬ！）

だが、いくら悔やんでも、今さら、鎌倉や伊豆へは帰れない。

やがて、暦が霜月に改まった。

都に在住する御家人、前武蔵守平賀朝雅が三日後に管弦の宴を催すという知らせが届いたのは、その朔日のことである。

平賀朝雅は頼朝とも血縁という出自のよさに加えて、時政と牧の方の娘――すなわち、政範の同母姉を妻に迎えるという威勢のよさであった。

それでも、重保は政範の病状を理由に、その誘いを辞退した。

「重保殿のお父上は、かの静御前が鶴岡八幡宮で舞った時、銅拍子を打ったほどの御仁。それゆえ、重保殿にはぜひとも銅拍子をお願いしたい」

朝雅からは、再度誘いの口上が伝えられてきた。

さらに、高熱に効くという宋渡りの薬、それに滋養によいという人参が政範のために届けられた。念のため、医師の許へ行ってその薬を検めさせると、確かに高熱への効能があると、医師は答えた。

「ならば、何ゆえこれまで政範殿に与えてくだされなかった!」

声荒く問いつめると、医師は急に苦々しい顔つきになり、態度を急変させた。

「人参はたやすく手に入るものではない。切らしていたのです。まるでそれがしが悪いようなお口ぶりですな」

重保は返事をしなかった。

都の医師の冷淡さは、鎌倉武士への根強い悪感情のせいかもしれない。だが、そのあおりを食らった政範こそ哀れであった。

重保は北条館へ駆け戻るなり、政範のために薬を煎じた。

「政範殿、これできっと快方に向かわれますぞ」

抱き起こして椀を唇に宛がってやると、政範はかすかにうなずき、薬湯を飲んだ。

青白く血管の透けて見える喉が剥き出しになっている。喉仏の痛々しく動く有様を、重保は祈るような思いで見届けた。

「いま一度……」

政範の口から漏れる息が、ぜいぜいと苦しげな音を立てている。

「……伊豆の海が見たい」

「見られますとも！」

思わず、重保は政範の手を握って叫んでいた。

「……ああ」

政範はうなずくさえつらそうである。

「もうお休みなさいませ」

重保は政範の体をそっと横たえた。

「……宴に行くといい」

政範の唇から、最後の力を振りしぼったような声が漏れたのは、その時であった。

重保ははっとして、政範の蒼ざめた顔を見返した。

「何をおっしゃるのです」

重保は友を責めるような口ぶりで言った。

「かような時に、宴を催すこと自体、間違っている。平賀殿は何と冷淡なお人なのか。あのようなお人とは、思うてもいなかった」

重保はつい、これまで溜めていた平賀朝雅への憤懣を口にしてしまった。

「そう言うな。私の義兄だ」

病牀の政範が、むしろ庇うように言う。

「私にとっても、母上の妹の夫だから、義理の叔父に当たるのか」

重保は考えるように言い、二人で顔を見合わせ、かすかに苦笑した。

「宴には行ってくれ」

政範がさらに言った。

「されど……」

「畠山家やお父上の立場もあろう。義兄は前武蔵守だ。今でも武蔵に力を持っている」

政範は、まるで兄が聞き分けのない弟を説得するような物言いをした。

(私は、病人の友に要らざる心配をさせて――)

何という愚かさなのだろう。

宴のことなど、初めから政範の耳に入らぬよう、気を配らねばならなかったものを――。

重保の胸に、己自身への激しい苛立ちが湧いた。

だが、ここで、行け、いや、行かぬという問答をしていては、余計に病人を疲れさせるばかりである。

そこで、重保はひとまず参席の返事を出し、翌日の政範の具合を見ることにした。

翌日になると、薬の効能か、政範の頬にはわずかな赤みが差していた。

「これで、快方に向かわれますな」

政範はほのかに微笑し、自分はもう大丈夫だと言った。

宵の宴を気にかけてくれるのが分かるだけに、その気遣いを無にすることはできない。

そこで、重保は十一月四日の夕べ、気懸かりと不安を残しながらも平賀朝雅の六角東洞院（ひがしのとういん）へ出かけて行った。

この宴席で、重保は「越天楽」の銅拍子を打った。

もともと、父重忠ほど管弦の才能があるわけではなく、そもそも政範の病状が気にかかって気持ちも入らない。

銅拍子の音色は幾度となく不調を来たし、曲の流れを乱してしまった。

「お父上がおいでであれば、よかったやもしれぬな……」

曲が終わった後、平賀朝雅がげんなりした顔つきで重保に言った。重忠が鶴岡八幡宮で銅拍子を打ったことを知る者たちが、お愛想のように笑ってみせる。

その時、それまで胸中に溜め込んできた鬱憤が、こらえようもないほど熱く沸騰した。

「確かに、それがしには父ほどの才はござらぬ。だが、平賀殿にお尋ねしたい。そもそも、貴殿の義弟君が重病に臥せっておられる時に、かような宴を催すとは、いかなるおつもりか」

朝雅は重保の攻撃に、驚きもうろたえもしなかった。ただ、侮蔑のこもった薄い唇を捲り上げて、うっすらと笑ってみせた。

「これはただの酒宴ではござらぬ。いわば、ご政道と申すべきものぞ。公武の大事なる橋渡しと思うてご奉公する私が、かように蔑まれねばならぬとは……」

大袈裟とも思える長い溜息の後、朝雅は急に合点がいったという顔つきでうなずいてみせた。

「ああ、貴殿が一度ご辞退なされたのは、お父上のご評判を落とすまいとのご配慮であったのだな。それと気付かず、無理にお誘いして失礼いたした」

客人たちの間に失笑が漏れる。

重保は頬をかっと燃え立たせると、立ち上がりざま、手にしていた銅拍子を床に打ちつけた。

金属の床を転がる冷たい音が、参席者たちの耳を騒々しく打つ。

「これだから、田舎武士にも困ったものよ」

朝雅の哄笑が背を追いかけてきたが、重保は振り返らなかった。

今はただ、少しでも早く友の傍へ帰りたい。何ゆえその傍を離れてしまったのだろう。激しい悔いだけが胸に残った。

そして、その悔いは生涯、重保の胸に刻まれることとなった。

宴の催された翌日、政範はあっけなく逝ってしまったのである。

看取ったのは、重保一人であった。

十章　最後の武蔵武士

一

今年の冬の武蔵野は、ことさら凍ていて見える。いつもなら清冽な印象でもって迫る秩父山地の雪化粧も、今は政範の喪に服するように、薄墨色に鈍く輝いている。

政範の遺骸を鎌倉に送り届けた重保が、武蔵国畠山庄へ帰ったその日、父重忠は鎌倉街道の途中まで息子を迎えに出てくれた。

「ご苦労だったな、重保」

馬上の重忠もまた、冬の冷気をその身にまとっている。寒さのせいで赤らんだ頰は健康そうで、壮年の男のたくましさと、まだ身内に残る若々しさをうかがわせた。

そういえば、父は「武蔵に畠山重忠あり」と言われた勇者であったと、この時、重保は改めて思い起こした。

重忠は二十年前の一の谷の合戦で、搦手の将軍源義経の軍勢に属し、鵯越の逆落しを経験している。鹿しか通れぬと言われた急峻を馬で攻め下った義経軍の活躍により、源氏は一の谷で平家に勝利した。この時、重忠は愛馬三日月を背に負って鵯越を駆け下り、勇名をとどろかせた。

重保が生まれる前の出来事である。

「政範殿は、お気の毒であった……」

「はい……」

近親者の死が重くのしかかり、ともすれば父子は無言になった。耳に入るのは、蹄の音と武蔵野を吹きすさぶ乾いた風の音ばかりである。

「都も寒うございましたが、武蔵野の寒さはまた格別ですね」

やがて、重保の方から沈黙を破った。体の芯から冷やしてしまいそうなこの寒さこそ、心を安らげてくれるもののように、今は感じられる。

「秩父の山頂も、今年は雪の来るのが早かった」

そういえば、秩父山地の雪を見るのはこの冬、初のことであったと、重保は今改めて気付いた。

「やはり、武蔵野はいい」

友を喪ったばかりの身に、故郷の土の匂いとそこに降り注ぐ光が染み透っていった。

憂いを知らなかった頃、武蔵野の田舎を出て、鎌倉の御所へ出入りするのは、むしろ楽しみなことであった。

同い年くらいの若者たちと語り遊び、いずれ担うであろう幕府の仕事を見聞し、若い将軍のお側勤めをする。それは張りのある暮らしであった。

だが、親しい友の死に遭った今、故郷は重保の憂いも寒々しさも、すべてをありのまま受け容れてくれる。傷ついた心を抱えて帰って来る場所は、ここより他になかった。

伊豆の海を見たいと言った友の、病牀の言葉が思い出された。

自分は今、武蔵野の大地の上にいる。生きて故郷の土を踏んでいる。

だが、当たり前と思っていた生の、まことは何と頼りないことか。

そう思った瞬間、重保は不意に小松に逢いたくなった。

耳の奥の方では、松籟のさわさわと鳴る音が聴こえた。


重保が鎌倉御所へ出仕するようになってから、小松と逢うのも難しくなった。

だが、二人の間には、ひそかに取り決めた約束事がある。

重保は帰館するなり、馬場の脇の小高い丘に向かった。松林の中には、一本だけひときわ若い松の木がある。

「あなたが武蔵国にいる間は、この松の小枝を結んでおいて」

小松がそう言った時から、結び松が二人の逢う印となった。

小松は自分の家族や住まいなどについて、くわしい素性を決して明かさなかった。重保はこっそり小松の跡をつけたこともあるのだが、いつも途中で見失ってしまう。

だが、どうやってその印を確かめるのか、重保が松を結べば、必ず小松は逢いに来てくれた。

晴れ渡った冬の日、梢を通して見える秩父山地は、くっきりと白い稜線を蒼天に描き出している。

懐かしい故郷の風景を見ていると、上洛からこの方、ずっと張りつめていた緊張がほぐれてゆくようであった。

いつしか重保は松の木にもたれて、転寝(うたたね)をしてしまったらしい。

松籟は耳に心地よい子守唄であった。

「元気がないのね」

懐かしい声にはっと目覚めた時、重保はその人の姿よりも先に、ほのかな甘酸っぱい香(か)を聞いた。

それは、あるかなきかのかすかな匂いであるのに、どういうわけか、一望千里の曠野を連想させる。

小松はいつも、このどこか懐かしさを覚えさせる香を、ほのかに薫き染めていた。

目を上げると、そこにはまるで冬の秩父山地のような白い衣(きぬ)をまとった小松がいた。

「政範殿が亡くなった……」

「知っているわ」

口を開くと、かすかに見える小さな八重歯も昔のままだ。それを目にした時、重保の口は勝手に動き出した。

「私が殺した……」

父の前でも口にできなかったことが、小松にだけは素直に語り出せた。

「政範殿は、あなたが殺したわけではないわ」

すべてを聞き終えた後で、小松は静かに断じた。

「ただ、政範殿を亡き者にせんとする者がいたのよ」

思い当たる人がいるでしょう――小松は重保の目を見据えながら問いかける。

政範と家督を争っていた北条義時の顔が自然と浮かんだ。義時と母を同じくする尼御台政子や、その弟五郎時房の顔も――。

加減の悪い政範の心を、わざとあおったような義時の言動も思い起こされた。

だが、実の兄が弟を手にかけることまでするであろうか。

となれば、他に政範の死を願う者といえば――。

「平賀氏のことが気になるのでしょう」

言い迷う重保の憂いを振り払うように、小松が一気に言った。

「政範殿が亡くなって、北条時政と牧の方の寵愛は、娘婿の平賀氏一人のものとなる」

「では、そのために、政範殿を――」

宴の前日、政範のために届けられた薬と人参がよもや――。

あえて念頭に浮かべるのを避けてきた疑念が、一瞬にして避けがたく閃く。

それは、重保の全身の血を冷たく沸かせ、身内を灼いた。

「直に手を下したかどうかは分からない。ただ、その死を願ったことは――」

間違いないのだろう。そうでなければ、宴席など設けぬはずであった。

「でも、平賀氏があなたにつらく当たったのは……」

小松の言葉を引き取って、重保は言った。

「分かっている。武蔵国に野心を持っているからだろう」

小松はうなずいた。

「でも、平賀氏は操られているだけよ。本当に武蔵国を欲しているのは……」

「それも、分かっている」

武蔵国は幕府が開かれる前から、畠山氏、河越氏、比企氏らによって領有されていた。

だが、文治五（一一八五）年、まず謀叛人源義経の姻戚であった河越氏が失脚し、次いで建仁三（一二〇三）年には、二代将軍頼家の外戚比企氏が粛清された。

次は畠山氏の番だ。

父重忠が再三再四、北条と畠山の違いを言って聞かせたのも、これゆえであったかと、重保にもようやく了解できた。

「武蔵は権力者たちの垂涎の的。畠山氏は武蔵の豪族である限り、狙われるわ」

「私に安泰はない、と――」

「いつの世も、力を持つ者に穏やかな暮らしなどないものよ」

「私が欲しいのは武蔵国を守る力だけだ。それ以上の野心などない。ただ自分の故郷で、大切な人々と穏やかに暮らしていきたいだけだ」

およそ覇気と野心のある若者ならば、決して吐かないであろう言葉を、自分が口にしたことに、重保は驚いていた。

政範が生きていた頃、重保にもそれなりの夢や向上心があった。

父重忠のように合戦で手柄を立て、祖父時政のように幕府の政務を切り回してみたい。武家に生まれた男ならば、誰もが描く夢を、重保も思い描いていた。

だが、何かが違ってしまった。

北条家の婿平賀朝雅と諍いをし、嘲笑された時から——あるいは、政範の死にめぐり合わせた時から、畠山家の嫡男として約束されていたはずの重保の未来は、何かで閉ざされてしまった。

そして、その時から、重保の心が帰って来る場所は、この武蔵野以外にはあり得なくなった。

「あなたと同じことを思っていた人がいたわ」

小松は背伸びをして、秩父山地を見霽(みはる)かすようにしながら、ぽつりと言った。

「その人には故郷がなかったから、ただ穏やかな暮らしを望んでいただけだったけれど……。その人は英雄になろうなどと思っていなかった。勝手に英雄にまつり上げられただけ」

小松の眼差しが重保の上に戻ってきた。その黒い瞳はどこか悲しげに見えた。

「誰が政範殿の死を招いたか、それは分からないわ。ただ、政範殿を看取ったあなたは、北条一門にとって、忌むべき者なの。特に牧の方の目に、あなたは災厄の使者と映っているでしょう」

小松は自分の言葉の不吉さを払おうとするかのように、首を軽く振った。

揺れる黒髪の間から、さわやかな懐かしい香が零れた。

「北条一族には気を付けなさい。権力に敏いあの一族は、間違いなく武蔵国を狙っている」

「執権殿か」

祖父というより、御家人たちの総帥という感覚しか持てぬ、時政の顔を思い浮かべた。齢を取ってもなお、貪欲で抜け目のなさを漂わせる相貌であった。

「血のつながりに多くを期待してはいけない。北条の血は冷たいのだから……」

「北条の血は冷たい……」

小松の眼差しはすでに重保から離れていた。

遠くへ向けられたその眼差しは、また秩父山地の雪景色でも見ているのだろう。

だが、脇からそっとのぞき込んだ重保は、小松の瞳のあまりの虚ろさに驚いた。

その黒い瞳は何も映していない。その瞳と同じ瞳を、重保は幼い頃、どこかで見たことがあるような気がしていた。

二

元久二（一二〇五）年を迎えると、重保も父重忠と共に、鎌倉へ戻った。

鎌倉では新春の行事がいくつも予定されている。

北条家は政範の喪に服していたが、将軍実朝が御台所を迎えた最初の春ということもあり、神事や仏事を除く行事には皆、顔をそろえていた。

牧の方もその中にいた。

公家出身の御台所に合わせて、小御所は京風に染め変えられていったが、その指図は牧の方から出されている。小御所の差配を取り仕切るその姿は、一人息子を亡くした悲しみを忘れようと、進んで多忙の中に身を置いているようにも見えた。

「御所さまと御台さまの御膳を供されたのは、どなたですか」

御前から下がってきた牧の方の眦（まなじり）には険があった。

元日、鎌倉御所では都の風習に倣って、歯固（はがため）の儀式が行われる。歯固とは、「齢」が「年歯（としは）」（「よわい」とも読む）に通じることから、大根や押鮎などを御前に供して、長寿を祈る儀式であった。

「私ですが……」

進み出て跪いた重保を、牧の方は立ち姿のまま、冷ややかに見下ろした。

「ゆずり葉がありませんでしたよ」

ぶっきらぼうに言い捨てられたが、重保はこらえた。

「お蔭で、私は恥をかきました。御台さまが鎌倉の風習はこうなのかと、お尋ねになるのですもの。これは、御所さまに恥をかかせたも同じこと」

「申し訳ございませぬ。つい、うかとして……」

「つまらぬ言い訳はおやめなさい。御盤の下にゆずり葉を敷く習いなぞ、武蔵の田舎武士は知らなかったのでしょうよ」

嘲るような物言いであった。

「政範であれば、こうはしなかったであろうに……」

重保の口を封じるだけの語気の強さで、牧の方は呟いた。

「まこと、世のためになる人材は、長生きできぬと決まっているらしい。役にも立たぬ者ばかりが、生き延びているとは憎らしいこと」

それは言外に、政範が死んだのになぜお前が生きているのか、と言うようなものである。

「六波羅の館勤めの侍女が申しておりましたよ。政範は亡くなる前夜、それまでとは異なる薬湯を飲ませられたのだと――」

違うと言い訳しても、信じてもらえるような証拠はない。むきになればなるほど、己の立場を悪くするだけだろう。だが、罪人と罵られながら口をつぐまねばならぬのは、耐えがたい苦痛であった。

一連の祝賀行事が一段落した頃、重忠は息子を流鏑馬の稽古に誘い出した。鶴岡八幡宮近くにある畠山家の館の馬場が、その稽古場となった。

流鏑馬とは騎射の一種で、三つの的を三本の鏑矢(かぶらや)で馬を馳せながら矢継ぎ早に射る武芸である。相当の馬術が要求されると共に、弓矢にも抜きん出ていないと、中心の星はおろか、的にさえ当たらない。これは武士の技量が試される高度な稽古であると共に、儀礼的な場でよく施行される遊戯でもあった。

「先にやるか」

重忠は言葉少なに問うた。

「……いえ」

祝賀行事の緊張と牧の方の嫌味に疲れて、集中力をかき立てるさえ、重保には難儀であった。この時期に、わざわざ最も集中力を要求される流鏑馬に誘った父を、重保はひそかに怨めしく思った。

「では、私が先にやろう」

重忠は流鏑馬の時に着ける射籠手(いこて)をまとっていなかった。どうするつもりかと訝る重保の前で、重忠は突然、片肌を脱いだ。狩衣(かりぎぬ)の擦れる音が、初春の冷気を切り裂くように響いた。

壮年の父の上半身は少しも衰えや緩みを見せていない。鍛え抜かれた固い筋肉が、重忠の二の腕を厚く覆っていた。日の光を受けて、均整の取れたたくましい父の体は美しかった。武士が美しくあるというのはこういうことだと、その姿は告げているようであった。

すでに郎党三人が、それぞれの的の傍らに座し、主人の騎射に備えている。

重忠は愛馬に跨り、手綱を握った。

はっというかけ声と共に、人馬が一体となって走り出す。

この躍動の一瞬にすべてが決まるのだと、昔、寡黙な父が口にしたことがあったのを、重保はふと思い出していた。

今、精神の集中が最も要求される流鏑馬に、父が自分を誘った意味を、重保はしかと悟った。

木の的を貫く小気味よい鏃（やじり）の音が、春まだ早き空に、ひょうと響き渡った。

次々に重忠の放った三本の矢が、的の板に命中した。

三本の内、二本が星的（ほしまと）の中心を貫き、残る一本もその脇に突き刺さっている。

「お見事でした、父上！」

戻って来た父を弾む声で迎えた時、重保の顔色には血の気が上っていた。

「うむ」

重忠はうなずいただけで、息子に愛用の重籐弓（しげどうのゆみ）を手渡した。

それで射よという意味なのだろう。これまで父とは別々の武具を使ってきた重保には、今の父の志がことさら胸に沁みた。

「かたじけのうございます」

諸手で捧げ持つように受け取った息子に、父は傍らの床几を示した。そして、自らも腰を下ろすと、

「この世は不公平で、無秩序なものだ」

ややあってから、呻くような声で呟いた。牧の方の感情的な怒りを指して言われたのだと、ただちに察せられた。

「己が正しく生きようとすればするほど、誤解の壁が立ちふさがる。だが、武士たる者、まことの心に従って生きねばならぬと、私は思う」

寡黙な重忠にしてはめずらしく、滑らかな口ぶりであった。

「己を枉げてまで、理不尽な考えに流されることはない。たとえ今を切り抜けられたにしても、行く行くは必ず我が身を恥じ、過去を悔いることになるだろう」

「父上は、さような思いをしたことがあるのですか」

「ある……」

父は短く、だが、それ以上はない正直さで答えた。

春とはいえ、二月に入ったばかりの風はまだまだ冷たい。そのひんやりと乾いた空気が肌に触れた時、重保は父の孤独を感じた。

今もなお、重忠の武術が群を抜いているのは流鏑馬に見たごとくであった。

だが、若き日の父を英雄的な行動に駆り立てた何かが、今の父には欠けていた。

「私はそもそもの始まりで過ちを犯した。それを正そうと努めたこともあったが、もはや取り返しはつかなかった」

日がゆっくりと傾いて、庭の梢が重忠の上に影を落とした。

遅咲きの白梅が春の淡い日差しに柔らかく浮かび上がっていた。風が吹き、重忠の汗を飛散させたが、重忠は寒そうに震えるでもない。

「私には、幼馴染の娘がいた」

その一言を口にするまでには、しばらくの間があった。この言葉を吐き出しただけで、父は渾身の力を使い切ってしまったように見える。

「……河越重頼殿を知っているな」

重保は黙ってうなずいた。

「重頼殿の娘で、私より三歳年下の少女がいた。名は郷姫といった。我々は親しかった。そうだな、兄と妹のように――。それを恋と呼べるかどうか、私はいまだに分からぬが、それでも生涯守ってやりたいと思っていた」

重保は自分の中の、最も奥深い部分の扉が音を立てて動き始めたような感覚を覚えた。

「だが、一の谷の合戦の後、郷姫は武衛の弟君に嫁ぐこととなった……」

「判官殿（義経）のことでござりますか」

河越家の娘が九郎判官義経の妻となり、やがて、奥州まで義経の供をし、その地で殺されたという話は、重保も人の口を通して耳にしたことがある。

「私がもしも郷姫を娶っていれば、郷姫が奥州で死ぬこともなかったろう。河越家があのように無残につぶされることも――」

重忠はじっと目を閉じて、呻くように呟いた。

もしもそうなっていたら、父が母を娶ることはなかっただろう。そして、自分がこの世に生まれてくることも――。

「判官殿と郷姫は奥州で攻められ殺された。二人の間には幼い姫もいたという。その姫までもむざむざと――」

重忠の声が空に吸われた。

静寂と共に、風が吹きつけてくる。重保はもう寒さを感じることもなかった。ただ体を強張らせたまま、父の言葉を待った。

「私はな。息子ができたなら、郷姫の娘を妻に迎えてやりたいと思ったことがあった」

義経と郷姫の娘とは、生きていたなら重保と同じくらいの年齢であろう。

重保が生まれたのはちょうど奥州征伐の年であった。今からもう十六年も前のことになる。

重忠は低く笑った。

その空虚な笑い声を耳にしながら、重保は閉じた瞼に幻の少女を浮かべた。もしも生きていたならば、父の願いのように、妻にしていたかもしれぬ少女――。

「私のようにはなるな」

重忠の双眸は弱まった日差しの下で、鈍く光って見えた。

「父上……」

「判官殿と郷姫の死を耳にした時、人は思う道を進んでよいのだと、私は思った。まことの正義とは己の内にあるものを信ずることだ」

父は不意に立ち上がると、息子に背を向けた。あれほどたくましく雄々しく見えたその背中は、いつになく小さく見えた。

「……失礼します」

これ以上、父の姿を見るのがつらかった。

重保は先ほど借り受けた重藤弓を握り締めると、父に一礼して立ち上がった。そして、己の愛馬に騎乗するなり、はっと馬腹を蹴った。

「やあっ！」

いつにない声を空に張り上げ、一つ目の的にしぼり込んだ矢を放つ。

見事に外れた。二本目の矢を射籠手に番える。だが、二本目も的を掠りもしなかった。

三本目はかろうじて的板には当たったものの、中心の星は外した。

（私は駄目だ……。父上には及ばぬ）

だが、父に敵わぬという事実は、この時、重保の心をほのかに慰めてくれた。

三

牧の方の理不尽な怒りとそれを放任する周囲との摩擦に疲れ、重保は父を鎌倉に残したまま、一人故郷へ出立し、四月初旬には初夏の畠山庄に入った。

今こそ小松に逢いたいと、重保は思った。その思いはそれまでと違って、切実なものをはらんでいた。

だが、四月が過ぎ、五月の声を聞いても、小松は姿を見せなかった。

菅谷館の雑木林を蝉の声が揺るがせるようになっても現れない。やがて、夏は盛りを過ぎ、蜩（ひぐらし）の震えるような鳴き声が細々と聞かれるようになった。

重保は朝、松の根方へ行き、結び松を作った枝の下に腰を下ろすのが日課となった。そして、そこに座り込む時間は日に日に長くなっていった。

夏至が過ぎてもなお、小松は現れなかった。

そして、夏至から数日後のその日——。

重保は、日が沈んでもしばらくの間、松の根方から動けなかった。

やがて、白っぽい月が昇り始めた。

重保は疲れた目で、その行方をぼんやりと追い続けた。

松籟がさわさわと鳴っている。

ああ、これは妙なる管弦の音色のようだと、重保は思う。

涼しい夜風が、昼の間、汗と砂埃にまみれた頬を洗ってくれた。

ほつれた髪が数本、侍烏帽子(えぼし)からはみ出して風に弄(なぶ)られているのが分かる。

だが、手で掻き上げて、髪のほつれを直そうという気力さえ、夏の日がな一日、人を待ち焦がれて過ごした重保にはもうなかった。

その鬢(びん)に、ふと冷たいものが触れた。昼の暑さに疲れ果てた皮膚に、白磁のような指先の冷たさは心地よい癒しであった。

松籟がほのかな香を運んできてくれる。重保のよく知る香りであった。

「武蔵野に……」

ほつれた鬢の毛を撫ぜながら、小松がささやくように言った。

女の指先の、陶器のような滑らかさと冷たさに酔いながら、重保はそっと目を閉じる。

「……生ふる松が枝引き結び君が真幸を祈りてをらむ」

瞼の奥に今なお残る白い月を追いながら、重保は吟じた。

「この松の木は……」

小松が重保の体ごと、松の幹を抱くように、その両腕を伸ばした。

その時、ふわりと女の香が立ち上った。白い指が松の木肌を撫ぜる気配が、目にしないでも重保には感じられた。

「あなたのお父上が、奥州から持ち帰ったものだわ。奥州征伐は知っているわね」

重保はうなずこうとしてうまくできず、ごくりと唾を飲み込んだ。

「あなたの父上にとって、奥州は特別な土地だった。奥州征伐のつい数ヶ月前、そこで判官の一家が殺されたのだから……」

判官――源義経は父の恋敵である。

父の想い人は、義経の妻であった。

二人の間に生まれた小さな姫を息子の妻に迎えることが、父のはかない最後の夢であったとは、つい先だって聞いたばかりである。

「あなたの父上は、判官一家の最期の地、衣川の館跡に生えていた小松の木を武蔵野に持ち帰った。根付くかどうか分からぬその木は、菅谷館の内で無事に育つことができた……」

父の言葉と小松の言葉が何かに導かれるように合わさっていった。その中心には結び松の丸い輪がくっきりと映っている。

「武蔵野の和歌は、あなたの父上が私の母のために、お詠みになったものだわ」

重保の視界は霞んでいた。

白い月、揺れる結び松、そして、泣き笑いのような女の顔——淡い闇の中で、それらは混濁していた。

「もう、行かなければ……」

立ち上がる衣擦れ（きぬず）の音が、重保の意識を破った。重保の双眸は今、くっきりと女の顔だけを映していた。

「待て——」

重保は小松のほっそりとした手首を捕らえた。

松の枝と枝の間を幾度となく風が吹き抜けた。

まだ秋には間があるとはいえ、夜風はすでに涼気をはらんでいる。湿り気のない乾いた風が重保の頬を撫ぜたかと思うと、その後すぐに柔らかな掌がそこに触れた。

「ずっと、私の傍にいてくれ」

「……それは、できないわ」

「何ゆえ！」

「私が何者か、あなたが知ってしまったから……。私たちはいつまでも一緒にいてはいけないのよ」

いずれそうなることを、予感していたような声であった。

「あなたのお父上の想いがあまりにも強くて、母上と私はここに来てしまったの。奥州の土となって、眠り続けるはずだったのに……」

小松の声が松風にさらわれてゆく。風が少し強くなってきた。

「母上というのは……」

「あなたに和歌を教えてくれた人……。私にあなたの許へ行けと言った人……」

「それは、まさか！」

吹きつけてくる風はますます強くなり、重保を息苦しくさせた。風の強さが度を過ぎているせいか、あるいは重保の心にゆとりがないせいか、ほのかな女の香を聞くことができない。

懐かしい香を心ゆくまで味わいたいという一心から、重保は目を閉ざした。

松籟が心地よく夢路へ誘う。その音にやがて、笛の音色が交じった。

（これは、『越天楽』ではないか！）

その曲は、政範の死の直前、宴の席で奏した苦い記憶と結び付いている。だが、それだけではない。もっと前にも、何か大事な記憶と結び付いていたはずだ。

やがて、笛の音色が唐突にやんだ。

夢から覚めた心地で目を開けると、笛を手にした小松が重保の目をじっと見据えている。

「鎌倉に、行ってはいけない」

その声は厳粛な響きを帯びて聞こえた。

それが、小松の最後の忠告なのだと、重保にも察せられた。

その時、重保は求めあぐねていた香をとらえた。

重保はゆっくりと息を吸い込みながら、静かに口を開いた。

「行けばどうなる」

小松の眼差しは、重保からつとそらされた。

「正しく生きようとすればするほど、誤解の壁が立ちふさがる」

小松が口にしたのは、かつて父が重保に示した言葉だ。

小松の眼差しが重保の上に戻ってきた。真剣な眼差しだった。

「もう一度言うわ。鎌倉へ行ってはいけない。たとえ、誰から呼び出されたとしても……」

「いや」

重保は目をそらさずに応じた。

「私は行く！」

「行けば……」

あなたはきっと殺される、という女の声を引き取って、重保は続けた。

「行けば、あなたと同じ場所へ行ける」

重保は強く吹きすさぶ松風から守るように、小松の体を抱いた。女は逆らわなかった。

「教えてくれないか。あなたのまことの名を――」

「こぎく……」

女はもう躊躇わなかった。

「小菊というのよ。私のまことの名は——」

この世で最も大事な男にだけ教えるという真実の名は、すでに重保のものであった。

「小菊、よき名だ……」

甘酸っぱく懐かしい香を、重保は今こそ胸の奥まで吸い込んだ。

まるで、この香を我がものとすることで、女そのものを我がものにできると、一途に信じ込んでいるようなかたくなさであった。

「ああ……」

溜息とも呟きともつかぬ声が自然に漏れた。

冷たさを増してゆく夜風が、松の樹下を吹き過ぎて行く。女の髪が風にあおられ、重保の頬に触れた。

重保は娘の体を抱き締め続けた。

そうした夢幻の時間がどのくらい続いたのだろう。気付いた時、娘の姿は見えなかった。代わりに、目の前にいたのは父重忠であった。

「そなた、ここで誰と話していた」

重忠は険しい表情を息子に向けて尋ねた。

「知り合いの娘と話しておりました」

悪びれず重保は答えた。

重忠は沈黙したまま、息子の顔をじっと探るように見つめ続けた。それから、大きく太い息を一つ吐くと、

「私の目には、誰も見えなかったぞ」

重忠は、言葉を押し出すようにして言った。

「……そうでしたか」

重保は淡々と答えた。

「そなたの独り言だけが聞こえた。他の者の声は何一つ……」

重保は虚空を見つめている。重忠は途中で言葉を閉ざした。

しばらく松籟の音だけが聴こえた。ややあってから、

「判官殿の姫君の名は、何とおっしゃったのですか」

と、重保はひそやかな声で父に尋ねた。

「確か、小菊姫……だったと思う」

重忠は記憶をたどるような顔をして答えた。

重保はもう何も言わなかった。

そして、翌日、鎌倉へ発った。

四

元久二（一二〇五）年六月二十日、重保は鎌倉に参着した。

この時、鎌倉は不穏な空気に満ちていた。間もなく謀叛が発覚するという噂が流れたのである。重保と同じように領地から呼ばれた御家人たちは、緊張していた。

「重保さま、由比ヶ浜に異変ありとの知らせにござりまする」

二十二日夜明け方、重保は郎党の報告に跳ね起きた。

——行ってはならない。

どこからか聞こえてきたその声に一瞬、重保の動きは止まった。だが、それを振り切るように立ち上がるや、愛馬を駆って浜へと急いだ。

畠山氏の実直な家風と、執権の家出身の母を持つ矜持——それが、重保を憐れなほどまっすぐで、かたくなな男にしている。

この時も、重保は御家人として、畠山の人間として、北条氏への不審と疑惑も忘れ、ただ将軍家に尽くし幕府を守ることしか考えていなかった。

「何奴（なにやつ）！」

浜辺で馬から下りた時、郎党の一人が突然、野太い声を上げた。重保は足を止め、郎党たちと背中合わせに固まると、周辺の闇に目を凝らした。

いつしか闇は殺気立った濃密なものに変わっていた。

「謀叛人とはおぬしらか！」

重保は声を励まして叫んだ。

敵方はどうやら十数人、対する重保の郎党はわずか三人である。

時間稼ぎをしている間に、他の御家人らの加勢が得られればよいが……。

「武蔵国住人、畠山重忠が嫡子重保だな」

闇がうごめいて声を発した。

「ああ、そうだとも。だが、武士ならば、まず自らが名乗るべきではないか」

相手を諭すくらいの気持ちであった。だが、その時、相手は引きつった声で笑い出した。

「謀叛人相手に名乗る名なぞ、ないわ！」

「謀叛人だと！」

重保は愕然とした。由比ヶ浜の謀叛人が己自身を指しているなど、まさか疑いもしなかった。

では、あの報告は、自分を由比ヶ浜へおびき寄せるための姦計であったか。

敵は、正々堂々と自分に渡り合えぬ卑怯者なのか。

「そうか。そうまでして、私を謀叛人にしたいのだな」

不思議なくらい、重保の声は落ち着いていた。

「私は、ここで死ぬのか……」

重保は呟き、鎌倉の薄暗い空を仰いだ。

再び、武蔵野を見ることは叶わぬのか。

一瞬、武蔵野を見たいという思いが胸を衝いたが、異郷の地で伊豆の海を見たいと言いながら果てた友を思えば、自分がこうした最期を遂げるのも、政範への追悼のような気がした。

松籟の音が耳の奥で鳴り始めていた。

「ああ、やっと……」

たとえこの地で果てたとしても、自分は武蔵野へ帰って行けると、重保には信じられた。

自分が帰って行くのは、武蔵野の、あの菅谷館の松の根方しかない。

刺客たちがじわじわと重保との距離を縮めてくる。

それが誰なのか、あるいは、誰の命を受けた刺客なのか、重保は確かめようともしなかった。

「やっと、私は……」

その声が空に吸い取られるより早く、夜明け前の青い浜辺に白刃がきらめいた。

「重保さま！」

郎党の一人が重保を庇うように、前へ出て、刃を受けた。鮮血が飛び散り、生臭い匂いを風が運んでくる。男がどうっと倒れたのは、その後であった。それが重保の意識を目覚めさせた。武蔵野の武士(もののふ)たる自覚を呼び起こした。

「……おのれ！」

為す術もなくただ敵の刃を受けるのでは、英雄たる父の名を、そして畠山の名を汚すことになる。死す時はせめて、朝な夕なに見慣れてきたあの秩父山地の清冽な姿のように、雄々しくありたい。

「やあっ！」

気合と共に、重保はまっすぐ敵に向かって前進した。

それこそが、己の信条の証であるかのように――。短い人生をこの一瞬に収斂させようとするかのように――。

「父上ーっ！」

重保は無意識のうちに、そう叫んでいた。

だが、その声が十分に伸び切らぬうちに、幾本もの刃が重保の体めがけて繰り出されていた。

深手を負った重保は、そのまま前のめりに倒れ込んでいた。

視界が霞み、急速に薄れてゆく意識の底で、何かが鳴っている。それは降るような松籟であった。その懐かしい音を縫うように、幽かな笛の音色が交じって聴こえてくる。

『越天楽』――小菊が吹いていていたものだ。

いや、それよりももっと昔、結び松をしていた女性が立ち去る時にも、あの曲が鳴っていた。

あれは郷姫の霊だったのか。ならば、郷姫を呼んでいたのは、その夫であった義経か。

「むさしのにおふる……まつがえひき……むすび……」

絶え絶えの息遣いと共に吐き出された言葉は、もうそれが和歌であることさえ聞き取れなかった。その時不意に、重保を闇が包んだ。

十七歳の武士は、父が昔詠んだというその和歌を、最後まで口にすることなく、若き命を血に染まった由比ヶ浜の夜明けに散らせた。


重保討たるの報は、鎌倉へ向かっていたその父重忠の許へも、同日のうちに届いた。

「重保さまのご遺髪と、それから……」

重保が最後に身に着けていたというそれを、重忠は郎党から手渡された。

「これは……」

干からびた松の小枝であった。それは小さな丸い輪で固く結ばれていた。その輪に絡み合うように付けられていた結び文――。


風吹けば松が根方を宿として　月に日に異（け）に君をしぞ思ふ

――松の根方は私の宿。私はいつの日も、そこで風の音を聴きながら、あなたを想っている。

「重保よ、そなた……」

息子が和歌をたしなむのを、重忠は知らなかった。おそらく、生涯でただ一度、詠んだ和歌ではなかったか。

重保は何を祈ってこの松が枝を引き結んだのだろう。

一体、誰にこの歌を贈るつもりだったのか。それを問うことは二度とできない。

その日のうちに、北条時政の子息四郎義時、五郎時房兄弟の討手が二俣川に到着した。

この時、いったん武蔵国へ引き返し、菅谷館に立てこもって戦おうという意見は、畠山軍の中にもあった。

だが、重忠は我が子亡き今、勝利はもはや己の目指すものではないと切り返した。

いや、菅谷館へ帰ろうとも、北条氏に狙われた以上、もはや畠山家を存続させることは叶うまい。

ならば、守るべきものは名誉のみであった。

「皆の者！」

重忠のよく通る声が、畠山家の郎党たちの上を朗々と鳴り響いた。

「我らが武蔵武士の意地を示すはこの時ぞ。今こそ、北条の奴輩に目にもの見せてくれようぞ！」

「おおーっ！」

畠山軍に雄叫びが上がった。

「我らは一の谷の勇士に、最後まで付いて参りまする！」

そう叫んだ郎党の声に、呼応しない声はなかった。

畠山討伐のため繰り出された幕府軍は数万騎、それに対して、迎え撃つ畠山軍はわずか五十余りである。

討ち死には必至の中、重忠は馬に跨って戦場を駆け抜け、若い頃と変わらず、大弓を幾度も引きしぼった。

そして、敵の矢に首を射られるまで、一度ならず、我が子重保の名を呼びながら、英雄にふさわしい獅子奮迅の戦いぶりを見せた。

畠山重忠、享年四十二——。

奇しくも、彼自身がその昔、幼い息子に語り聞かせた古人の結び松の逸話のごとく、罪なくして迎えた死にざまであった。

死闘のあった二俣川の戦場では、その日の夕べから翌朝にかけて、清しき武士たちの最期を悼むかのように、絶え間なく風が吹き荒れていた。

その時刻、武蔵野の一角、主のいない菅谷館の小高い松林では、蕭條たる松籟がやむことなく鳴り響いていた。

「――ついに、畠山も滅び去ったか」

武蔵国比企郡の館には、一人の尼が下仕えの女二人と共に暮らしている。すでに比企氏が滅び去った今、その館は誰も寄り付かぬ場所となっていた。

謀叛人とされた比企氏の館に、何者が住み着いていようと、誰もが見て見ぬふりをしている。最後にこの館を訪ねて来た客は、比企の乱の直後、若狭局と一幡の形見を届けてくれた畠山重忠だった。その重忠も二度と武蔵国に帰って来ない。

「少し外の景色が見たい」

畠山氏滅亡を下仕えの女から聞いた比企尼は、急に言い出した。最近は館の中にこもりきりで、庭先へ出ることさえめったになくなっている。

だが、その日、比企尼は女たちの介添えの下、庭に下り立った。誰も手入れしない庭は夏草が茫々と生い茂っている。

比企尼は空を見上げた。秋も間近な空は、抜けるように青かった。

（若君……）

比企尼は自ら抱き、自ら育て、不遇の時には見守り、決断の時には激励し、武士の世の頂点に立たせた男の顔を思い描いた。

その男と共に、自分は武士の世に花を咲かせるのだと思ったのも、遠い昔のことだ。

（もしも、私が若君の乳母とならなければ、比企は滅びず、河越や畠山もああも無残に殺されはしなかったのか……）

三人の娘たち――遠子、朝子、宗子や養子の能員、その娘の若狭局の運命もまた、まったく違ったものになっていたのかもしれない。

（だが、それを思うのも、もはや詮無いこと――）

誰もが逝ってしまった。

若くして次々に逝った人々へ、生き残った自分に、どんな手向けができるだろうか。

比企尼は思いを凝らすように、じっと目を閉じた。

夏草の茂れる宿に漏れ出づる　日は武蔵野の散華（さんげ）となりて

比企尼はゆっくりと目を開けた。

闇に包まれていた視界に、夏の光が降り注いでくる。

武蔵野はその恩恵を余す所なく引き受けている。そこに生まれた人々が逝っても、常に変わることなく、武蔵野はここにあり続ける。

この曠野に注ぐ光こそ、武蔵野から生い立ち、散った人々の供養なのだと思いながら、比企尼は再び静かに目を閉じた。瞼の裏には散華の光がいつまでも消え残り、輝き続けていた。

（了）

あとがきに代えて

私が武蔵武士の登場する最初の作品を書いたのは、今から十年ほど前になる。河越重頼の娘で、源義経の正妻になった郷姫を描いた『悲恋柚香菊 河越御前物語 義経と郷姫』（角川学芸出版刊）である。

武蔵武士を主体とした小説ではないが、ここには比企氏、畠山氏、河越氏が登場する。この時、私は川越市および、嵐山町、東松山市などを取材し、出版後は関連の地域で何度か講演に呼んでいただく機会を持った。

そうした折、東松山市の比企一族顕彰会でも、講演をさせていただいた。髙島敏明氏は当時から、比企一族顕彰会を主宰され、そのご活動は現在の比企総合研究センターでのご活躍につながっておられる。

私は、『義経と郷姫』出版の折、大変お世話になった遊子堂の小畑祐三郎氏のご助言もあり、いずれ武蔵武士と彼らに関わる女性たちの大河歴史ロマンを書きたいという構想を抱いた。

保元の乱の一年前に当たる、久寿二（一一五五）年に起きた大蔵合戦から、元久二（一二〇五）年の畠山氏滅亡までのちょうど五十年にわたる歴史物語三部作『魂魄の曠野』を、京、武蔵国、鎌倉の三地域を主舞台にして描きたいと考えたのである。

武蔵国には、大蔵合戦で斃れた源義賢、治承・寿永の内乱で活躍した畠山重忠、斎藤別当実盛、熊谷次郎直実などの武将もいれば、義賢に愛され木曾義仲の母になったとされる遊女小枝、義経を愛した郷姫、源頼朝・頼家を取り巻く比企氏の女性たちなど、綺羅星のごとき役者がそろっている。ちなみに、全国的に知られる静御前は、義経を追う旅の途上、現在の埼玉県久喜市（元栗橋町）で亡くなったという伝説があり、また木曾義仲の息子義高の終焉の地は、入間川のほとり（狭山市）という。

あえて言わせていただくならば、この時代の武蔵国は、まさに『三国志』にも劣らぬ豪傑、勇将、悲劇の武将、美姫、賢女、烈女の宝庫なのだ。

私は物語の構想として、大蔵合戦から保元・平治の乱までを第一部、頼朝の挙兵から平家の滅亡までを第二部、義経の都落ちから畠山氏滅亡までを第三部として、源頼朝・義経兄弟や、畠山重能・重忠・重保三代の武将たち、また比企氏の女性たちや小枝、静御前、大姫（頼朝の長女）などの生き様を、存分に描き出したいと考え、すでにその三部作の第一稿を書き上げた。

私がこの執筆を進めていた時、髙島氏より「比企氏を中心とした小説を――」というお話を頂戴した。これは、私が思い描く構想の一部と重なるところがあり、その一環としてお引き受けしたいと思った。

本書『武蔵野燃ゆ』では、特に武蔵国と武蔵武士に関わる部分を中心的に取り上げている。小枝や静御前、義高・大姫の悲恋物語など、今回取り上げられなかった部分は、『魂魄の曠野』三部作でさらに存分に描き尽くし、完成させたい。それは、現在の私の目標の一つである。

来年は畠山重忠が斃れて、ちょうど八百十年――。武蔵の英雄重忠の死と共に、武蔵武士たちの時代は終焉を迎えたと言えるのではないだろうか。

その歴史を舞台とした作品を、縁あって今、世に送り出せるのはありがたいことである。

最後になりますが、前記の髙島敏明氏、まつやま書房および会議録センターの関係諸氏、そして小畑祐三郎氏に、この場をお借りして心からの感謝を述べさせていただきます。

武蔵武士と彼らを取り巻く女性たちの物語が、現代の武蔵野に暮らす方々は無論、そうでない多くの方々にも広く共感され、語り継がれることを願ってやみません。

平成二十六年盛夏

篠　綾子

【参考資料】

『吾妻鏡』（岩波文庫）
『玉葉』（国書刊行会叢書）
『愚管抄』（岩波書店　日本古典文学大系）
『保元物語・平治物語・承久記』（岩波書店　新日本古典文学大系）
『平家物語』（岩波書店　新日本古典文学大系）
『平家物語全注釈』（角川書店）
『義経記』（岩波文庫）
『曾我物語』（小学館　新編日本古典文学全集）

【参考文献】

上横手雅敬『源平の盛衰』（講談社）
上横手雅敬『平家物語の虚構と真実（上・下）』（塙新書）
岡田清一編『河越氏の研究』（名著出版「関東武士研究叢書４」）
川合康『源平合戦の虚像を剝ぐ治承・寿永内乱史研究』（講談社選書メチエ）
河内祥輔『保元の乱・平治の乱』（吉川弘文館）
古代学協会編『後白河院動乱期の天皇』（吉川弘文館）

五味文彦『平清盛』（吉川弘文館人物叢書）
五味文彦『平家物語史と説話』（平凡社）
貫達人『畠山重忠』（吉川弘文館人物叢書）
齊藤喜久江・和枝『比企遠宗の館跡』（まつやま書房）
清水清編著『甦る比企一族』（比企一族顕彰会刊）
棚橋光男『後白河法皇』（講談社選書メチエ）
角田文衛『王朝の明暗』（東京堂出版）
野口実『武家の棟梁源氏はなぜ滅んだのか』（新人物往来社）
野口実『源氏と坂東武士』（吉川弘文館歴史文化ライブラリー）
保立道久『義経の登場　王権論の視座から』（ＮＨＫブックス）
元木泰雄『保元の乱・平治の乱を読みなおす』（ＮＨＫブックス）
元木泰雄「十一世紀末期の河内源氏」（古代学協会編『後期摂関時代史の研究』吉川弘文館）
元木泰雄『源義経』（吉川弘文館）
元木泰雄『河内源氏　頼朝を生んだ武士本流』（中公新書）
元木泰雄編『院政の展開と内乱』（吉川弘文館「日本の時代史7」）
安田元久『後白河上皇』（吉川弘文館人物叢書）

【著者略歴】

篠　綾子（しの・あやこ）

1971年、埼玉県生まれ。東京学芸大学卒。作家。

健友館文学賞受賞作『新平家公達草紙—春の夜の夢のごとく』（健友館）でデビュー。短篇「虚空の花」で九州さが大衆文学賞佳作受賞。

他の著書に、『義経と郷姫—悲恋柚香菊　河越御前物語』『山内一豊と千代』（以上、角川学芸出版）、『浅井三姉妹—江姫繚乱』（NHK出版）、清盛三部作『蒼龍の星』上・中・下、『女人謙信』（以上、文芸社文庫）。

近著には、初の江戸時代小説『墨染の桜—更紗屋おりん雛形帖』（文春文庫）があり、シリーズ第2弾が同文庫で、また藤原定家シリーズ（角川文庫）等の刊行が予定されている。

正統派歴史時代小説を手がける期待の作家である。

武蔵野燃ゆ　比企・畠山・河越氏の興亡

発行日　平成二十六年十一月十一日
著　者　篠　綾子
発　行　比企総合研究センター　代表 髙島敏明
〒三五五-〇〇一七　埼玉県東松山市松葉町一-一三-一七
電　話　〇四九三-二三-八六二二
FAX　〇四九三-二五-〇一六八
E-mail takashima@hikisouken.jp
http://www.hikisouken.jp/
発　売　まつやま書房
〒三五五-〇〇一七　埼玉県東松山市松葉町三-二-五
電　話　〇四九三-二二-四一六二
FAX　〇四九三-二二-四四六〇
振　替　〇〇一九〇-三-七〇三九四
http://www.matsuyama-syobou.com/
印刷・製本　株式会社 会議録センター
電　話　〇四八-五四八-五七九九（編集部）

ISBN973-4-89623-088-8